ミラン・クンデラにおけるナルシスの悲喜劇

ローベル柊子

成文社

ミラン・クンデラにおけるナルシスの悲喜劇——目次

はじめに……7
序章　ナルシスという宿命……14
（1）ナルシシズムは不幸のもと　（2）ナルシスとは誰か　（3）クンデラとナルシシズム　（4）イメージの小説家　（5）小説が教えてくれること

第一部　ナルシスたちの物語

第一章　自己演出の挫折……36
（1）登場人物の挫折　（2）ステレオタイプな自己演出　（3）人生という「ドラマ」　（4）人間ナルシス
第二章　滑稽なナルシス……48
（1）『可笑しい愛』あるいは若者のナルシス的演劇性　（2）『冗談』あるいは未熟さゆえの無知　（3）『生は彼方に』あるいは元抒情詩人の自伝　（4）『別れのワルツ』あるいは傲慢ゆえの人間嫌い
第三章　苦しみのナルシス……74
（1）『笑いと忘却の書』あるいは自尊心を傷つけられた者の「リートスト」　（2）『存在の耐えられない軽さ』あるいはキッチュという美化の鏡　（3）『不滅』あるいは顔というエンブレム

第四章　諦観のナルシス ………… 94
（1）『緩やかさ』あるいは自惚れ者の謙虚さ　（2）『ほんとうの私』あるいは世界の周縁で生きること　（3）『無知』あるいは悲しい自画像　（4）『無意味の祝祭』あるいはナルシスに降り注ぐ喜劇の優しい微光

第五章　凡庸さとの和解 ………… 121
（1）「主人公」の不在　（2）小説的主人公と運命　（3）クンデラの小説世界の美学とモラル

第二部　小説家とナルシシズム

第一章　語り手と作者の共犯関係 ………… 132
（1）ナルシシズムと全知の語り手　（2）語り手の権力　（3）作者の戦略　（4）クンデラのナルシシズム　（5）小説家の「私」と小説

第二章　ポストモダン的自意識 ………… 154
（1）クンデラとポストモダン文学　（2）現代における十八世紀的な語りの実践　（3）語り手を介した作者の自己意識　（4）完結した一つの物語への抵抗　（5）クンデラと非ポストモダン

第三章　自己についてのエクリチュール……184
（1）過去の自己批判　（2）現在の自己正当化　（3）小説家の自画像　（4）自伝に対する抵抗　（5）自伝的フィクションあるいはオートフィクションの可能性
第四章　越境作家のアイデンティティ……211
（1）クンデラの越境　（2）世界文学と「中欧」の概念　（3）チェコ的または中欧的な精神風土　（4）フランスにおける現代社会批判
第五章　「私」の唯一性を求めて……236
（1）想像しがたいもの　（2）よく生きること
参考文献……249
あとがき……258

ミラン・クンデラにおけるナルシスの悲喜劇

はじめに

本書はミラン・クンデラ（一九二九〜）の小説を「ナルシシズム」のテーマに沿って読み解いていくものである。クンデラは全十一作の小説を発表しているが、どの小説においてもナルシス的な登場人物の物語を描き、ナルシシズムを人間全般に関わる根幹的な事柄として、現代のメディア社会が抱える問題の特殊性にも着目しながら考察している。理想の自画像を思い描いては現実から目をそらし、他者が自分に向ける視線を意識して自分をよく見せようと躍起になるといったナルシス的な傾向は今に始まったことではない。しかし、ＳＮＳやブログ、動画サイトなど様々なメディアを通じて誰もが自己を表現し、同時にいとも簡単に他人の生活をのぞき見ることが可能な現代は、とりわけナルシシズムが過剰なまでに刺激されやすい時代であると言える。無限に発信される「生」についての情報が、ひたすらイメージ、見世物として享楽的に、そして虚しく消費されていくような状況において、私たちはどのようにすれば「よく」生きることができるのだろうか。このような問いについて考える上でクンデラの小説はいくつかの手がかりを与えてくれるだろう。クンデラの小説の読解を通して、現代社会に生きる私たちの在り様を考えていきたい。

クンデラという作家にとってナルシシズムは、小説の内容および形式の両面において重要なテーマであるが、ナルシシズムを扱ったクンデラ研究が豊富にあるかというと実はそうではない。クンデラについての伝記的研究や他の作家との比較研究を除くと、クンデラに関する研究はアプローチの仕方によって大まかに三つに分類できる。一つ目はヨーロッパ近代小説の流れの中におけるクンデラ、二つ目はチェコ出身の亡命作家としてのクンデラ、三つ目はポストモダン文学の枠組みにおけるクンデラである。第一のカテゴリーの代表的なものはフランソワ・リカールの『アニエスの最後の午後——ミラン・クンデラの作品についてのエッセー』[1]である。リカールはクンデラのお墨付きを得ている数少ない研究者で、クンデラの小説の序文や後書きを担当することがある。主にフランスの研究者に多いこのアプローチは、ともするとクンデラの言説に「忠実」になりすぎる傾向がある。逆に第二のカテゴリーに属する研究はチェコの研究者に多く、ヨーロッパの西側諸国に対してクンデラが見せる都合のよい「自画像」を攻撃的に批判する傾向が顕著である。ミラン・ユングマンの「クンデラのパラドックス」[2]がその例である。第三のクンデラとポストモダン文学の関連を見る研究は第一、第二のカテゴリーの研究に比べると数が少ないが、ギー・スカルペッタの『不純』[3]やデイヴィッド・ロッジの「ミラン・クンデラと近代批評における作者の概念」[4]が挙げられる。クンデラ同様チェコから亡命した批評家のクヴィエストラフ・フヴァチークの『ミラン・クンデラの小説世界』[5]やマルタン・リゼクの『どのようにしてクンデラとなるか』[6]においては、第一と第二のアプローチがとられている。

日本国内の研究状況はどうかと言うと、研究書に関してはクンデラ作品の邦訳の大半を手掛けた西永良成氏による『ミラン・クンデラの思想』[7]と『小説の思考』[8]、チェコ語とフランス語の両言語に通じた赤塚若樹氏の広範にして重厚な内容の『ミラン・クンデラと小説』[9]、近代ヨーロッパ小説の文脈でクンデラを捉える工藤庸子氏の『小説というオブリガート』[10]がある。学術論文や研究発表にまで範囲を広げると研究者の数は増えるが、それでもクンデラ研究者として自他ともに認める研究者は日本においては今なお指で数えられるほどしかいないのではないだろうか。クンデラを愛好する読者の数に比べて研究者は少ないというのが寂しい現状だ。これはクンデラが存命中の作家であるということと、その文学的コンテクストの多様性が原因なのではないかと考えられる。

以上の諸研究において、ナルシシズムに言及しているのはユングマンの「クンデラのパラドックス」、リゼクの『どのようにしてクンデラとなるか』、赤塚若樹氏の『ミラン・クンデラと小説』のみであり、その言及の仕方もクンデラの小説を一貫するテーマとして扱うのではなく、クンデラ自身の自意識や作家の自画像を批判するものがほとんどである。

本書ではこうした研究状況を踏まえ、ミラン・クンデラの全小説作品を対象に、ナルシシズムというクンデラの小説世界における中心的テーマを、物語の内容、語りの手法、小説の精神というそれぞれ異なる次元において考察していく。クンデラの多様なコンテクストに対しては、できうる限りその多様性を視野におさめつつ分析を進めていく。すなわち、文化・言語的コンテクストについてはフランスをはじめとするヨーロッパとチェコを含む中央ヨーロッパの両方、文学的コンテクストについてはクンデラ自身が自作品を位置付けようとするヨーロッパ小説とクンデラ自身が言及していないポストモダン文学の両方に留意するといった具合だ。もちろん、自作品について詳細な説明をして解釈を方向付けようとするクンデラの態度やその小説家としての自画像に対しても慎重に見ていく。エッセー、インタヴューなどクンデラ自身による自作品の解説は貴重な資料ではあるが、それらをすべて鵜呑みにしたのでは、作者自身も気付いていない作品の魅力を引き出すという文学研究の醍醐味がなくなってしまう。

構成としては序章を冠した二部構成とする。序章ではクンデラの小説を「ナルシシズム」のテーマで読み解いていくことの意義について述べる。第一部ではクンデラの小説全十一作を年代順に、登場人物のナルシシズムの描写に注目しながら分析していく。一作品ごとにすべてのナルシス的登場人物を扱うことは紙幅の都合上難しいため、各作品においてナルシス像の特徴が一番よく表れている人物の物語を紹介していく。クンデラにおけるナルシス像がどのように変化していくのか、クンデラが人間のナルシシズムについての理解をどのように深め、受け入れていくのかを見ていく。続く第二部では、小説における作者的な語り手の性質に注目し、エッセーやインタヴューでの言説を参照しながら、クンデラの小説家としてのアイデンティティ形成のプロセスを見ていく。小説家クンデラ自身のナルシシズムに触れるとともに、クンデラが小説という場においてナルシシズムを追求する理由をクンデラの小説観との関係の中で明らかにしていく。

本書はナルシシズムというテーマを中心に設定してはいるものの、クンデラの小説を読み解く上での重要な切り口を多数取り上げている。冒頭に述べたように、クンデラの小説との対話を通して、ナルシシズムについての考えを深めるというのが本書の目的だが、本書を通してクンデラという小説家とその小説作品の魅力を伝えることができれば幸いである。

なお、本書において主として分析するクンデラの小説作品とエッセー集から文章の抜粋を紹介する際は、フランス語版（決定版）をもとにした拙訳を使用する。以下に本書で使用する著作の表題とその原題を刊行年とともに示しておく。

小説作品

『冗談』(*La Plaisanterie* フランス語訳初版＝一九六八年、著者によって全面的に見直されたフランス語訳決定版＝一九八五年、ともにガリマール社)〔*Žert* チェコ語初版＝一九六七年〕

『可笑しい愛』(*Risibles amours* フランス語訳初版＝一九七〇年、著者によって全面的に見直されたフランス語訳決定版＝一九八六年、ともにガリマール社)〔*Směšné lásky* チェコ語初版＝一九七〇年〕

『生は彼方に』(*La Vie est ailleurs* フランス語訳初版＝一九七三年、著者によって全面的に見直されたフランス語訳決定版＝一九八七年、ともにガリマール社)〔*Život je jinde* チェコ語初版＝一九七九年〕

『別れのワルツ』(*La Valse aux adieux* フランス語訳初版＝一九七六年、著者によって全面的に見直されたフランス語訳決定版＝一九八六年、ともにガリマール社)〔*Valčík na rozloučenou* チェコ語初版＝一九七九年〕

『笑いと忘却の書』(*Le Livre du rire et de l'oubli* フランス語訳初版＝一九七九年、著者によって全面的に見直されたフランス語訳決定版＝一九八五年、ともにガリマール社)〔*Kniha smíchu a zapomnění* チェコ語初版＝一九八一年〕

『存在の耐えられない軽さ』(*L'Insoutenable légèreté de l'être* フランス語訳初版＝一九八四年、著者によって全面的に見直されたフランス語訳決定版＝一九八七年、ともにガリマール社)〔*Nesnesitelná lehkost bytí* チェコ語初版＝一九八五年〕

『不滅』（*L'Immortalité* フランス語訳初版決定版＝一九九〇年、ガリマール社）［*Nesmrtelnost* チェコ語初版＝一九九三年］
『緩やかさ』（*La Lenteur* フランス語版＝一九九五年、ガリマール社）
『ほんとうの私』（*L'Identité* フランス語版＝一九九七年、ガリマール社）
『無知』（*L'Ignorance* フランス語版＝二〇〇三年、ガリマール社）
『無意味の祝祭』（*La Fête de l'insignifiance* フランス語版＝二〇一四年、ガリマール社）

エッセー集
『小説の技法』（*L'Art du roman* フランス語版＝一九八六年、ガリマール社）
『裏切られた遺言』（*Les Testaments trahis* フランス語版＝一九九三年、ガリマール社）
『カーテン――七部構成の小説論』（*Le Rideau* フランス語版＝二〇〇五年、ガリマール社）
『出会い』（*Une Rencontre* フランス語版＝二〇〇九年、ガリマール社）

注
（1）François Ricard, *Le Dernier après-midi d'Agnès. Essai sur l'œuvre de Milan Kundera*, Paris, Gallimard, coll. «Arcades», 2003.
（2）Milan Jungmann, «Kunderian paradoxes» in *Critical Essays on Milan Kundera*, Peter Petro (dir.), New York, G.K.Hall & Co., 1999.

（3）Guy, Scarpetta, *L'Impureté*, Paris, Grasset, 1985.
（4）David Lodge, «Milan Kundera and the idea of the author in modern criticism» in *After Bakhtin : Essays on fiction and criticism*, New York, Routledge, 1990.
（5）Květoslav Chvatík, *Le Monde romanesque de Milan Kundera*, Paris, Gallimard, coll. «Arcades», 1995.
（6）Martin Rizek, *Comment devient-on Kundera ? Images de l'écrivain, l'écrivain de l'image*, Paris, L'Harmattan, coll. «Espaces Littéraires», 2001.
（7）西永良成『ミラン・クンデラの思想』平凡社、一九九八年。
（8）西永良成『小説の思考：ミラン・クンデラの賭け』平凡社、二〇一六年。
（9）赤塚若樹『ミラン・クンデラと小説』水声社、二〇〇〇年。
（10）工藤庸子『小説というオブリガート――ミラン・クンデラを読む』東京大学出版会、一九九六年。

序章　ナルシスという宿命

(1) ナルシシズムは不幸のもと

クンデラの小説には必ず、ナルシス的な人物が登場する。彼らは自意識過剰で自分がどう見られているかを気にしすぎるあまり、結果として滑稽かつ悲惨な状況に陥る。彼らの失敗談には思わず笑ってしまうような軽さもあるが、同時にどのような読者にとっても身に覚えがある状況であるからこその痛ましさ、気恥ずかしさ、情けなさも感じられる。調子に乗っていたら痛い目にあったという経験は誰にでもあるだろう。また自己陶酔している人を見て、なぜかこちらがいたたまれなくなってしまったという記憶もあるだろう。クンデラの登場人物の物語は誰にでも起こりうることを描いているという点で、現実的であまりにも身近で人間くさいのだ。小説の題材にしてはドラマ性に欠けるし、感動して気持ちよくなるといったカタルシスも得られない。一つわかりやすい例を挙げよう。

クンデラの最初の長編小説『冗談』には、不倫相手に別れを告げられたヘレナという女性が、いかに本気で相手を愛していたのかを証明するために頭痛薬と思い込んだ錠剤を大量に服用するシーンがある。「息も絶え絶えに相手のことを想う私」を想像して彼女は陶酔するのだが、実はその錠剤は下剤だった。彼女は、心配して様子を見に来た元不倫相手の目の前で下痢に苦しむという醜態をさらしてしまう。身体のごくごく現実的な現象が彼女の幻想を無残に打ち砕くのである。

同様の経験をした読者はさすがにいないと思うが、悲しんでいる自分、怒っている自分、悩んでいる自分の姿に酔って過剰な言動をとってしまい、後で冷静になったときに後悔するといったことは多かれ少なかれあるのではないだろうか。本書が扱うのはこうしたごく日常的な、それでいて私たち自身を傷つけ、周囲の人々にも迷惑をかける厄介な「習性」、別の言葉で言い換えるなら、虚栄心や自己陶酔、自惚れといった類のナルシシズムである。

過度の自己愛ゆえに苦しむ登場人物のエピソードを読み、似たようなことが自分にもあると実感し、歯がゆさや苦い思いを抱いたならば、どうすればこうした事態を免れることができるだろうかと考えるのが自然である。クンデラもただ登場人物のナルシシズムを笑うだけではなく、ナルシスたちのための独自の控え目な処方箋めいた幸福論を小説の中で提唱している。それはいわば、ナルシシズムとの上手な付き合い方のようなものだ。ナルシシズムは追い払いたいと思って追い払えるものではない。それならばいかに自らのナルシシズムを手懐けるかということなのだが、その「方法」については小説の読解を通して紹介することにしよう。ここではまず、クンデラにとってナルシシズムが人間の治しようのない本性のようなものであり、なおかつ不幸をもたらすものとして捉えられていることについて説明していく。

「幸せであるように見えること」と、「幸せであること」。この二つのうちどちらが大事だろうか。これはある種、答えが決まりきっているような問いでもある。たいていの人は迷うことなく二番目の「幸せであること」と答えるだろう。「見かけの幸せなど意味がない」、「大事なのは見た目ではなく、現実だ」といったことを多くの人々が主張するだろう。「人の目を気にしていたら不幸になる」とまで言う人もいるかもしれない。しかし、それは本心だろうか。見た目より実際が大事だというのは、そのように考えるのが健全で正しいという建前上のことで、本当のところは逆なのではないだろうか。誤解を招かないようにより慎重な言い方を選ぶならば、実際の日常生活の中で、私たちの多くが時間と労力を割いたり、躍起になったりするのは、自分なりの幸せを追求することではなく、いかに自分が幸せで充実した生活を送っているかを周囲の人々に見せたり、社会で共有されている幸福な生き方に近づこうとしたりすることではないだろうか。

クンデラの『不滅』という小説には、アヴェナリウス教授という奇想天外な人物が登場するが、この人物は先の二択の問いを、より具体的な形で投げかけている。リタ・ヘイワース(一九四〇年代、セックスシンボルとして一世を風靡したハリウッド女優)と一緒に堂々と公衆の前に姿を現すことを選ぶか、彼女と秘密の一夜を過ごすことを選ぶか、というものだ。リタ・ヘイワースでは想像しにくい場合は、好きな俳優、モデル、アイドル、スポーツ選手などに置き換えてもよいだろう。そして、公の場に出るというのも、一緒に撮った写真や動画をSNSに投稿するとした方が現実味があるかもしれない。ともあれ、アヴェナリウス教授によると、口では何と言おうと大半の人々が、めくるめく一夜よりも広場での散歩を選ぶそうだ。「重要なのは称賛であって、快楽ではない。外観であって、現実ではない。現実は誰にとっても、もはや何も意味をなさない」とまで言う(1)。一人で心地よいひと時を味わうよりも、より多くの人の「いいね」を集める方が大事だといったところだろうか。

延々と続く自慢話、世間体という名の社会的圧力、SNSに溢れる充実ぶりをアピールする投稿、雑誌の表紙に掲げられた幸せな結婚の条件や理想の死に方といった見出しの数々。見かけだけではなく、実際に幸せになりたいと願っていても、幸せの「一般的」定義に振り回されたり、他人に自分が幸せな人間だと認めてもらわないと自分が幸せだと実感できない人もいる。もちろん自分の身に起きたことを誰かと共有すること自体は幸せに何の影も落とさない。問題は、他者の目に映っていると思われる自分のイメージに固執することである。しかも、見かけにこだわったとしても、思い通りのイメージを周囲が共有してくれるという保証はどこにもないのだ。幸せであることの方が大事であると誰もが頭でわかっていても、誰かに話したいという強い虚栄心に負けて、「幸せに見える」方に夢中になってしまう。何をしていても、「見られている」ことを意識するあまり、現実のあるがままの姿を捉え損なう。そして、最後には自分が何を感じ、何を思い、生きているのかさえわからなくなる。

フランスの思想家ギー・ドゥボールは『スペクタクルの社会』の中で、社会生活における人間の在り方が、経済の発展に伴い、「存在すること（être）」から「所有すること（avoir）」へ堕落し、消費社会に到達した今では「所有すること（avoir）」から「見えること（paraître）」へ移行しつつある段階であると述べている。言い換えるならば、本来、「私」が誰であるかを決めるのは、そこにいる「私」自身の存在であるはずなのに、「私」という人間が「私」が持っているもの（豪邸、芸術品、高級車、ブランドバッグなど）、あるいは持っていないもので定義されるようになり、最終的には、「私」が何に「見えるか」という外観、つまりイメージのみが意味をなす状況になるということだ(2)。この書物が書かれたのは一九六〇年代末だが、二十一世紀の現在でもドゥボールが指摘した「外観」重視の最終段階は続いているし、私たちには、スペクタクル、つまり見世物になった「生」にどこか虚しさを感じながらも、それなりに楽しんでいるような享楽的な雰囲気がある。それでも忘れてはならない。誰かの目線を意識したイメージを追い求めることは、本当の自分を見誤ることであるし、そのために多くのものを犠牲にしたところで、他人は自分が望んだものとは全く違うイメージを自分に対して抱くものなのだ。私たちを束の間、浮かれさせ、それゆえに失態へと招きかねないナルシシズム。外観を過剰に意識するからこそ、人は自分の気に入らないイメージで自分が見られることに強い拒否反応を示す。本当の自分を顧みずに、他者の目という鏡に映る自分に囚われてしまうというナルシシズムは、不幸の根源なのだ。

(2) ナルシスとは誰か

ナルシシズムをより理解するために、この言葉の語源である、ギリシャ神話の美少年ナルシス（ナルキッソス）の物語を見てみよう。オウィディウスの『変身物語』によると、ナルシスはケフィソス河の神とリリオペという美しいニンフの間に生まれる。予言者テイレシアスはこの子供が長く生きることができるかと問われ、「自分を知ることがなければ」という謎の言葉を残す。ナルシスはやがて美しく成長する。ニンフのエコーをはじめ、少年少女たちはこぞって夢中になるのだが、当のナルシスは誰の愛に対しても無関心で冷淡である。愛の掟に従わないナルシスを見て怒った愛の神ネメシスは、報われない愛の苦しみを、ナルシスに思い知らせようと罰を与える。ある日、狩りの後に喉の渇きを癒そうと泉のほとりに身をかがめたナルシスは、水面に映った人の姿を見て、それが自分だとは知らずに恋に落ちてしまう。これが愛を軽視した罰なのだ。決して手に入れることのできない者に恋焦がれ、ナルシスは泉から離れることができない。ようやく自分が愛しているのは自分自身の姿なのだと気付くが、既に体も衰え、気の触れたナルシスは、自分自身が愛の対象であることを嘆きながら死んでしまう。冥界の大河ステュクスのほとりでは、死してもなお飽きずに自分の顔を眺め続けるナルシスの姿があり、彼が果てた泉のほとりには水仙の花が咲いていた(3)。

こうして神話を紐解いてみると、ナルシスはもともと自己愛の強い人物ではなかったことがわかる。自分を自分とは知らずに、他者だと思い込んで愛するという根本的に成就不可能な恋とは、他者を愛そうとしなかったがために受けた罰だったのである。

このようなナルシスの運命をどう捉えることができるだろうか。ナルシスに同情的に解釈するのなら、自分自身の像という永遠に届かない存在に憧れながら苦悩の末に死ぬという彼の運命は痛ましいものだ。しかし、少し距離を置いて冷めた視線を投げかけてみると、彼の飽くことなく泉の中の自分の姿に恋い焦がれて憔悴していく様子は滑稽にも見える。ナルシスの神話は芸術家たちにインスピレーションを与え続け、様々な絵画作品や文学作品のテーマとして扱われているが、どちらかというと悲劇的なものとして、暗く深刻そうな様子や、美しく抒情的な雰囲気の中で描かれることが多い。カラヴァッジョの『ナルシス』では、水面に映る自分の姿への執着の異様さと狂気が、一切の無駄を省いた純粋な暗闇の中に描かれていて、まるで研ぎ澄まされた刃のような美しさと純粋さを放っている。ニコラ・プッサンは既に息絶えたナルシスをエコーが悲しげに見つめている様子を描いている。穏やかな色彩の効果もあって、見方によればエコーが呆れているようにも見えるのが面白いが、作品全体としては牧歌的な詩情をたたえている。ギュスターヴ・モローもナルシスを描いているが、こちらは自然の中で自分も植物になってしまったかのようにぼんやりと自分の中に引き籠って瞑想している夢想的なナルシスである。文学においては、自己愛についての道徳的批判の対象になることもあれば、不可能な愛あるいは自省の表象として扱われることもある。(4)

さて、クンデラのナルシス像はどうかというと、それは登場人物の描き方からわかるように、第一に笑いの対象である。それは私たちにとって日常的な存在の、自惚れ屋で自意識過剰なナルシスである。クンデラの登場人物は、いつも自分たちが他人の目にどう見えているかということを気にかけている。他人が自分に対して下す判断におびえるという自信のなさを見せながらも、自己愛に溢れ、たやすく一面的な自分のイメージに陶酔する。水面に映った自分の姿を愛でるナルシス同様、彼らは他人の目に都合よく映っている自分の姿を想像して、そのイメージに惚れ惚れしてしまうのだ。そしてまたナルシス同様、彼らは自分自身のイメージを熱心に見つめていながらも、一心不乱に水面を食い入るように見つめている最中の自分自身の姿は見えていないのだ。陶酔の中で、彼らは我を忘れてしまうが、陶酔は儚いものだ。最後には常に自分の想像したイメージとは程遠い現実の自分を直視するという苦々しい状況が待っている。

クンデラはエッセー集『カーテン』において、フローベールの『感情教育』の一節を引用しながら、このようなナルシシズムの痛々しい滑稽さを説明している。夜会から帰宅した主人公のフレデリックは、愛するアルヌー夫人のことや自分の将来への期待に胸を膨らませている。ふと鏡の前で立ち止まった彼は、自分を美しいと思い、一分間自分を見つめ続ける。このシーンについて、クンデラは次のように分析している。

「一分間」。この時間の正確な単位が、その場面の異様さの全てを言い表している。彼は立ち止まり、自分を見つめ、自分を美しいと思う。一分の間ずっと。動かずに。彼は恋をしているが、自分自身に目を奪われるあまり、愛する人のことを想わない。彼は鏡の中の自分を見ている。しかし、鏡の中の自分を見ている自分の姿（フローベールが見ている彼の姿）は見えていない。彼は自分の抒情的な自我の中に閉じ込められ、自分と自分の愛の上に喜劇の優しい微光が降り注いでいることに気付かないのだ(5)。

この分析からわかるように、クンデラにとってナルシスが滑稽なのは盲目的な自己陶酔によって現実の自分が見えなくなってしまうからだ。鏡の中の自分にうっとりと見惚れているフレデリックは、傍から見れば笑いを誘う。この滑稽さは決してフレデリックに限ったことではない。クンデラの登場人物も私たちもこのような自己陶酔の衝動に駆られ、自己愛を満たしてくれるような誘惑にはなかなか逆らえない。ナルシシズムは人間の本性なのである。このように考えると、ナルシスに「喜劇の優しい微光」を投げかけることが、意地悪く皮肉たっぷりの笑いではなく、悲しみや虚しさ、そして同情の入り混じった複雑な感覚に近いことがわかる。誰もが多少なりとも他人の目を気にする。しかし、他人が見ている自分というものは自分では決して見ることのできないものだ。泉や鏡の中の反映、写真、映像などで自分を見ることができても、他人が見るようには見ることができない。これはどうにも変えることのできない事実である。ナルシスの物語は人間存在に課せられたこの不可能性を象徴している。

それでは「私」という存在を定めるものは何だろうか？　「私」自身なのか、他者なのか。自分がそうだと思ったものが「私」という人間なのだという確信を得ようにも、他者を基準にしようにも、私たちは自分自身を自分の目で見ることができない。クンデラはどのような人間も「自分がそうであると考えている者ではない」と言う。「私」の捉えどころのなさ、それゆえの錯覚や自己陶酔、そして失望。このナルシスの愛の対象は彼自身である。しかし、彼はそれを対象としては所有することができない。このナルシスの愛のパラドックスは、自分自身が何であるかという問いに対して、根源的に、そして永遠に無知である私たちの「生」そのものを表している。このような私たちのナルシス的状態は喜劇的でもあり悲劇的でもある。ただ、喜劇と言ってもそれは底抜けに陽気なものではないし、悲劇と言っても暗さにどっぷりと浸っているものでもない。クンデラの小説に笑いとメランコリーが入り混じった雰囲気が漂っているとすれば、それはこうしたクンデラのナルシシズムに根ざした人間観に由来するものなのである。

(3) クンデラとナルシシズム

クンデラの全十一作からなる小説群はまさに、私たちに宿命づけられたナルシシズムとどう付き合うかという長い思索の道のりである。ここではクンデラがどのような人物なのか、なぜナルシシズムにこだわるのかについて紹介する。まずは簡単にクンデラの経歴を振り返ってみよう。

ミラン・クンデラは一九二九年、チェコスロヴァキア（現在のチェコ共和国）のブルノに生まれた。

著名なピアニストで音楽学者の父親に幼少からピアノを習い、作曲などの音楽教育の手ほどきを受ける。音楽はその後の彼の小説と人生において重要な位置を占めることとなる。物語には楽器を演奏する人物が多く登場するし、語り手が音楽についてエッセーのような考察を展開することもある。また小説の構造にも音楽的な知識が活かされている。

クンデラが成人期を迎えた頃のチェコスロヴァキアは、スターリン主義に突き進んでいく真っ只中にあった。クンデラも一九四七年、十八歳のときに、当時の大多数の知識人同様、共産党に入党したが、一九五〇年には反党的思想を理由に除名処分を受ける。学業面においては、最初はプラハのカレル大学で文学や美学を学んだが、途中で方向転換をし、プラハ芸術アカデミーの映像学部で、演出法やシナリオの書き方を習得した。卒業後は同アカデミーで世界文学の授業を担当し、一九五〇年代半ばから詩、戯曲、文学評論、短編小説などを精力的に発表し、文壇での名声を得ていった。一九六七年に発表された最初の長編小説『冗談』はベストセラーになり映画化もされた。小説家として軌道に乗り始めたのと並行して、クンデラは詩の創作から距離を置くようになる。

一九六八年の自由改革運動「プラハの春」では支持を表明したが、この運動はソ連主導のワルシャワ条約機構軍によって弾圧される。「正常化」体制下、クンデラは他の支持者とともに粛清対象となり、教職を追われ、作品はすべて発禁処分となる。(6) 作品発表は、フランスの出版社ガリマール社によるフランス語翻訳を通してのみに限られるという厳しい状況を強いられる。一九七五年、フランスのレンヌ大学から客員教授として招聘を受けたことを機に、フランスに移住する。当時のクンデラには亡命の意思はなかったものの、その後、出版された小説『笑いと忘却の書』が引き金となって、一九七九年にチェコ市民権を剥奪され、実質的に亡命者の境遇となる。一九八一年にはフランスの市民権を獲得し、フランスで執筆活動を続ける。一九九五年に発表された小説『緩やかさ』以降は、小説をフランス語で執筆している。

以上がクンデラの一般的な略歴である。こうした年表的な事項のうち、ナルシシズムとの関連で注目するべき点は、詩作を離れ小説家に転向したということである。小説家として知られている作家が過去に詩を書いていたというのは珍しいことではないし、ある作家の主たる活動の場が詩から小説に変わったとしても別に不思議ではない。しかし、クンデラの場合、ただの「文学ジャンルの変化」としては片付けられない事情がある。クンデラ自身がこだわっていると言った方が正しいだろう。クンデラは詩人から小説家となった変化のことを「回心」として説明する。「回心」とは、それまで信じていたものをすっかり捨て去って、全く別の神やその教えを信奉するという劇的な変化を意味するが、こうした強い言葉を敢えて使う背景には、クンデラの強い決意が見て取れる。先ほども紹介したエッセー集『カーテン』では次のように述べている。

ある小説家の誕生を「神話」という模範的な物語の形で想像するならば、この誕生は「ある回心の物語」であるように私には思われる。サウロがパウロになるのだ。小説家は自らの抒情的世界の瓦礫の上に生まれるのである。(7)

抒情的世界というのは詩の世界を指しており、「サウロがパウロになったように」というのは新約聖書の中のエピソードにもとづいた表現である。熱心なユダヤ教徒としてキリストを迫害する側にあったサウロが、アナニアというキリスト教徒との出会いを通して啓示を受けると、目から鱗のようなものが落ちてよく見えるようになり、キリスト教徒パウロになったという回心の話である。ただ、「回心」と言うだけでなく、「目から鱗が落ちる」という慣用句のもとになったこのエピソードを引き合いに出している点に、クンデラが詩から小説への転向を、「盲目」から「開眼」へという変化としても捉えていることがわかる。クンデラにおいては、詩とりわけ自分の感情や情緒を歌いあげる抒情詩は、一種の盲目状態であり好ましくないものとみなされている。それは熱狂、陶酔、忘我と結びつけられている。クンデラにとって抒情詩人とは、「自分の魂と、それを皆に聞かせたいという欲望に心を奪われた者の最も典型的な姿(8)」なのだ。要するに、抒情詩人とはナルシスの権化であると言うわけだ。

そのような詩人に対して小説家は、詩の世界が崩壊した「瓦礫の上に誕生する」という小説家像からも見て取れるように、詩人を乗り越えた先にある、進化した状態である。それは一言で言えば、「明晰さ」を表し、自分自身を距離を置きながら観察し、冷静さを保つことができる者のことである。また、フレデリックの一分間のシーンの例えで言えば、詩人は自分の美しさに我を忘れてしまうフレデリックであり、小説家はそのようなナルシス的なフレデリックに「喜劇の優しい微光」を投げかけるフローベールである。

クンデラの抒情詩に対する否定的な解釈や、詩と小説を抒情対反抒情の構図にまとめてしまうやり方は、あまりに単純で偏ったものだと批判されることがある。なぜこのような極端な構図が生まれてしまうのか。なぜクンデラは詩を放棄して小説家になったということをこれほどまでに強調するのか。それはある事件を通して、クンデラが抒情詩に深く失望したということと、自らも若く未熟な抒情詩人であったという過去に関係している。一九八一年のインタヴューで、クンデラは抒情詩の精神と小説の精神は「自身の生における対立する二つの段階[9]」であるとも述べている。詩人と小説家という対立は、抒情と反抒情だけでなく、未熟さと成熟さ、過去と現在という対立とも重なっているのだ。

クンデラが抒情詩と絶縁する原因となったのは、チェコスロヴァキア共産主義時代の抒情性である。エッセー集『裏切られた遺言』で次のように述べている。

恐怖政治そのものよりも、恐怖政治の抒情化こそが私にとってトラウマとなった。このときを境に私はあらゆる抒情的誘惑に対して免疫ができたのだった。そのとき私が深く渇望した唯一のもの、それは明晰で醒めた眼差しだった。そしてそれをようやく小説という芸術の中に見つけ出したのだ。[10]

クンデラ自身の青春を自伝的に自戒の念も込めて描いているとも言える小説『生は彼方に』では、この時期のチェコスロヴァキアの状況を「詩人が処刑人とともに君臨していた[11]」時代と表現している。また小説『笑いと忘却の書』ではより具体的に、直接のきっかけとなった出来事に言及している。

それは一九五〇年六月のことで、前夜ミラダ・ホラーコヴァーが絞首刑にされた。彼女は社会党の代議士で、共産党の裁判にて反国家的陰謀の罪に問われた。アンドレ・ブルトンとポール・エリュアールの友人で、チェコのシュールレアリストのザヴィシュ・カランドラも彼女と同じときに絞首刑に処された。その日、チェコの若者たちは踊っていた。彼らは前夜同じ街で、一人の女性と一人のシュールレアリストが一本の縄の先にぶら下がっていたことを知っていて、だからこそより熱狂的に踊っていた。なぜなら彼らは踊ることで、人民と人民の希望を裏切って絞首刑にされた二人の罪深い邪悪さと鮮やかな対照をなす無邪気さを表現していたのだから(12)。

分析すること、問いを投げかけること、疑うことを一切せずに、感情の赴くままに「善」と定められたものに微笑し、「悪」と定められたものに顔をしかめる全体主義の世界を覆う抒情性にクンデラは嫌悪を感じたのだ。抒情が集団的陶酔を煽り、その中に同化した個々人は自らの本当の姿に無知であり、無知のまま取り返しのつかない状況へ突き進んでいく。そのような恐ろしい時代の只中で、クンデラは自らに詩を書くことを禁じ、抒情の熱から醒めきった小説家になることを決意したのだろう。ナルシス的な人物を描き続け、ナルシシズムについて批判的に考察を続ける背景には、他者という不特定多数の価値観、絶対的な基準であるかのように世の中に存在している既存の概念や物事の意味に無自覚に依存している全体主義的な状況への憂慮と、自分のイメージに酔い痴れたら最後、どんなに非人道的な行為すら熱狂の中で盲目的に遂行しかねない状況への危惧がある。共産主義下のチェコスロヴァキアで、祖国愛に溢れた革命家というイメージに酔った大勢のナルシスたちが誇りと信念をもって親しい人をも密告し、処刑に追いやるのを目の当たりにしたクンデラの深い失望がナルシス的な人物を描く動機の根底にある。

(4) イメージの小説家

抒情詩人が自分の感情や自己の存在に酔いしれ、現実を忘れてしまう未熟な人間であるとすれば、小説家は自分自身を含むあらゆる物事を、アイロニーをもって見つめることのできる成熟した人間であるというのが、クンデラにおける抒情詩人と小説家をめぐる構図である。とすると、小説家となったクンデラは、もはやナルシシズムに囚われることなどないのだろうか。実は、そうでもない。クンデラの小説の語り手というのは、クンデラ自身に意図的に似せられた「作者的な語り手」なのだが、この語り手には、登場人物を冷静に観察するクンデラと、ついつい自分のイメージを都合よく演出してしまう職権濫用気味のクンデラの両方がいる。そこがクンデラの小説の愛すべきところで、面白いところでもある。クンデラの自己イメージの演出については、第二部で詳しく扱うが、ここではクンデラがどのような自己演出を行っているかということに触れておこう。

まず、詩人から小説家になったという「回心」の話はやや脚色されていると言えるだろう。クンデラ自身が小説、エッセー、そしてインタヴューで述べている通りだとしたら、この「回心」は一九五〇年頃のことであると推定される。しかし、クンデラが実際に最初の小説とも言える短編「私、憂いに沈む神」を執筆したのは一九五九年である。[13]「回心」の時期と実際に小説を書いて発表するまでに九年の開きがあるわけだ。その間、クンデラは三冊の詩集を出している。一九五三年の『人間、広い庭』、一九五五年の『最後の五月』、そして一九五七年の『モノローグ』である。一九五八年にはフランスの詩人ギヨーム・アポリネールの詩集も翻訳している。最初の短編を発表した一九五九年以降もクンデラは詩に関わっている。一九六一年には『最後の五月』の改訂を行い、一九六五年には再びアポリネールの詩を翻訳している。詩との関わりがなくなるまでに、十五年はかかっていることになる。こうしてみると、クンデラが一九五〇年の事件の直後に突如、小説を書き始めたというわけではないことがわかる。クンデラの「回心」はむしろゆっくりと時間をかけてなされたのだ。劇的に一変したかのように語ることで、確かに詩人と小説家の対立は際立つが、現実問題としてはドラマのようにある日を境に急に小説家になれるものではない。しかし、この長い年月こそ、抒情詩への失望の深さと小説家になるという決意の強さを示しているようで、その意味では単純化された「回心」の話よりもさらに劇的ではあるように思われる。

詩人の過去を躊躇せず現在の自分から切り離そうとするクンデラだが、その姿勢は徹底していて、クンデラ監修による公式の「作品リスト」には詩や戯曲は含まれていない。詩集の出版を禁じ、一九九〇年には戯曲『プターコヴィナ』の上演に関して「自分自身が満足していないテクストが上演されるのを許可することができない」と表明し、別の戯曲『ジャックとその主人』に関しても小劇団かアマチュア劇団以外には上演を認めていないようだ。

自分の名前で既に発表した作品について、ここまで著者の権利を主張し出版や上演を自分の管理下に置こうとする作家は珍しいが、クンデラは小説に関しても同じようなスタンスをとっている。クンデラは一九八〇年代に自分がチェコ語で書いた小説のフランス語訳をチェックし、改訂版を出すという作業を集中的に行っているのだが、その際、元のテクストにあったチェコに固有な事柄に関する箇所を削除し、フランスの読者を想定した修正を加えている。そして、さらに驚くことに、この新しいフランス語訳を「真のオリジナル」として、チェコ語で既に出版されていた小説にも同じ変更を施したのだ。

また、クンデラは自分の小説についてかなり詳細に解説するのを好む作家でもあり、エッセーやインタヴューで、創作技法やそれぞれの小説を執筆する上で意図したことなどについて饒舌に語っている。研究者としては、このクンデラ自身による解説との距離の取り方が難しいところである。彼の小説を分析する上で、クンデラ自身が述べていることを無視するわけにはいかないが、それをそのまま繰り返しても意味がない。

「小説家」としての自分のイメージを守ろうと努力しているクンデラだが、クンデラの自画像を見る上で、忘れてはいけない要素がある。それは「ヨーロッパ」である。クンデラは現在、チェコの小説家というよりは「ヨーロッパの小説家」としてのイメージの方が一般的にも強いが、そこにもクンデラの意図が働いている。どのような作家も何かしらの文学的な潮流の中に位置付けられるもので、それはたいてい研究者の仕事でもあるのだが、クンデラは自分で既に自分を文学史の中に位置付けてしまっている。それはセルバンテスやラブレーを祖とし、ヨーロッパの様々な国の作家たちがリレーでつなぐようにして紡いできた「ヨーロッパ小説の歴史」である。クンデラはその継承者を自認しているのだ。小説そのものの内容を見ても、クンデラがチェコという特殊性よりも、ヨーロッパという、より広く大きなコンテクストを見据えているのは確かである。

こうした戦略をクンデラのナルシシズムとして片付けることはもちろんできないが、祖国を離れ、フランスという全く新しい環境で出発するという「亡命」がもたらした状況はクンデラにとって、他者の中で形作られていくイメージが持つ強さとそれが独り歩きしていく恐ろしさを痛感し、そこに常に潜むナルシス的な欲望にもより注意深くなる機会でもあったと言えるだろう。

(5) 小説が教えてくれること

ここまで、本書が扱うナルシシズムがどのようなものなのか、それについて考える意味、さらに、なぜクンデラの小説を読むことがナルシシズムについて考えるという目的に適っているのかを説明してきた。第一に、クンデラはナルシス的な登場人物の物語を描き続けており、第二に、クンデラ自身が小説創作という活動を通して、ナルシシズムを自分の問題として取り組んでいる。そして第三に、ナルシシズムを人間全般に関わる事柄として、現代特有の問題にも着目しながら考察している。

クンデラの小説から読み取ることのできる考察というのは、クンデラという一人の作家の目線から捉えられたもの、つまりある特定の文化、時代、社会といったコンテクストにおいてクンデラという個人が生きた経験、そこで培われた特殊なものの見方や価値観に多かれ少なかれ影響を受けているものである。したがって、クンデラの小説、また本書自体で扱われるナルシシズムに関する情報というのは、専門書にあるような「正しい知識」とは性質の異なるものである。そこにあるのは、クンデラと読者一人ひとりとの対話である。小説は誰かを説得したり論破したり、何かを証明したりする道具ではない。クンデラの言葉を借りれば、小説とは「遊びと仮説の領域」(14)であり、「絶対的にこれが正しい」という主張とは正反対にある、絶え間のない問いかけの場なのである。小説は私たちを対話に誘っている。こうした小説の在り方、小説の精神は、世界や私たち自身について、私たちが正しいとすっかり思い込んでいる事柄を、違った角度から見るということを教えてくれるだろう。

注

（1）Milan Kundera, *L'Immortalité*, traduit du tchèque par Eva Bloch, Paris, Gallimard, coll. «Folio», 1993, pp. 503-504.

（2）Guy Debord, *La Société du spectacle*, Paris, Gallimard, coll. «Folio», 2011, p. 22.

（3）ギリシャ神話の多くの話においてナルシスは自分が愛しているのが自分であることに気付いていない。Cf. *Dictionnaire des mythologies et des religions des sociétés et du monde antique*, sous la direction d'Yves Bonnefoy, Paris, Flammarion, 1981, p. 155.

（4）文学におけるナルシスの神話の様々な再解釈については以下の辞書を参照されたい。*Dictionnaire des mythes littéraires*, sous la direction de Pierre Brunel, Nouvelle édition augmentée, Monaco, Édition du Rocher, pp. 1071-1075.

（5）Milan Kundera, *Le Rideau*, Paris, Gallimard, 2005, p. 109.

（6）詳細は不明だが、粛清されたクレメンティスの帽子やカランドラの処刑のエピソード、マルクス主義者を揶揄するなど政治批判として読み取れる箇所が問題視されたと言われている。

（7）*Le Rideau*, pp. 106-107.

（8）*Ibid.*, p. 106.

（9）インタヴュー「歴史の両義性」聞き手・訳：西永良成、『海』、一九八一年一月号、中央公論社、二九二頁。

（10）Milan Kundera, *Les Testaments trahis*, Paris, Gallimard, coll. «Folio», 1993, p. 189.

（11）Milan Kundera, *La Vie est ailleurs*, traduit du tchèque par François Kérel, nouvelle édition revue par l'auteur, Paris, Gallimard, coll. «Folio», 1987, p. 401.

（12）Milan Kundera, *Le Livre du rire et de l'oubli*, traduit du tchèque par François Kérel, nouvelle édition revue par l'auteur, Paris, Gallimard, coll. «Folio», 1985, p. 115.

（13）この短編は短編集『可笑しい愛』のチェコ語版初版に収録されたが、フランス語訳初版では削除され以降の版では収録されていない。この短編についてクンデラは「初めて自分の道を見出した。自分の口調、世界そして私自身の人生に対する批判的な距離、つまり私の小説家としての道を見つけたのだ」と述べている（« De la Note de l'auteur pour la première édition tchèque de *Risibles amours* après la libération du pays de l'occupation russe » in *Le Monde romanesque de Milan Kundera*, Květoslav Chvatík, Paris, Gallimard, coll. « Arcades », 1995, Annexe, p. 241）。

（14）Milan Kundera, *L'Art du roman*, Paris, Gallimard, coll. «Folio», 1986, p. 97.

第一部　ナルシスたちの物語

第一章　自己演出の挫折

ミラン・クンデラは登場人物の挫折を好んで描く。『冗談』(一九六八年)から『無意味の祝祭』(二〇一四年)まで、小説全十一作が発表されているが、どの小説にも共通して描かれ、クンデラの小説の面白さとなっているのは、「自分が自分の思っているような人間ではない」[1]という登場人物の失望体験である。夢から覚め、自尊心を傷つけられた登場人物たちはひどい挫折感を味わう。このような瞬間にクンデラ的な、どこか哀愁を帯びた可笑しさがこみあげてくる。第一部では登場人物の描写に注目しながら、クンデラの小説作品を一つ一つ紹介していくが、この第一章ではその前置きとして登場人物の挫折がクンデラの小説の中で果たしている機能を見てみよう。

(1)登場人物の挫折

端的に言うと、クンデラの小説における挫折の体験は、「先入観の非＝思考」(la non-pensée des idées reçues)と「非＝真面目の精神」(l'esprit du non-sérieux)という二つの対立する態度の接点として考えられている。この二つの聞き慣れない用語は、クンデラ独自の造語で、小説、エッセーやインタヴューなどで頻繁に使われる。既に言及した「詩」と「小説」、「抒情」と「反抒情」、「未熟さ」と「成熟さ」の対立に重なるところもある。前者の「先入観の非＝思考」は、既存の価値観や考え方を盲信して疑おうとしない思考停止の状態を指す。この点においては、チェコスロヴァキアの共産主義体制下で言動が統制されている全体主義的な状況も、資本主義社会のマスメディアを通じて伝播する単純で表面的な情報に人々が安易に流される状況も、類似したものであるとクンデラは指摘する。クンデラはこうした先入観の蔓延した社会に対する警戒の必要性を常に強調し、「キッチュ」、「真面目な世界」、「予備解釈された世界」などと作品ごとに様々な言葉を使って説明している。それに対して、後者の「非＝真面目の精神」は、不変の真実であるかのように見える物事に対して疑念を持つことのできる、自由で柔軟な態度を指す。世間で重要だとみなされている事柄や当然だとされている考え方を真面目に受け取ることをやめ、違った見方をしてみることである。そうすることで社会、あるいはそこに生きる人間の滑稽さが見えるようになり、ユーモアのセンスを手に入れ、「喜劇の優しい微光」を投げかける側の人間になることができるという。

クンデラの登場人物は、自分が何者であるかを出来合いの単純な記号やイメージとして理解し、表現しようとする傾向がある。先入観に染まっている彼らは自ら、型にはまったキャラクターになってしまうのだ。この行為もまた、予め自分自身に既成の意味を与え、それを信じ込むという点で、「先入観の非＝思考」状態であると言えよう。したがって、「自分が自分の思っているような人間ではない」という事実を知ったときには、自分が何者であるかという問いの答えが一度無効になり、自分自身に新しい光をあてることができる。そして、自分自身の問題のみならず、他の物事に対しても、見えるがままのもの、あるいはそうだと思い込んでいる通りの意味のものではないのではないかという疑いを持つことができる。このように、登場人物の挫折は、「先入観の非＝思考」から「非＝真面目の精神」への移行という重要な転換の節目となるテーマなのである。

しかし、そもそも「自分が自分の思っているような人間ではない」とはどういうことなのか。なぜそれを挫折だと言えるのか。一般的に言えば、「自分が自分の思っているような人間ではない」と知ること自体は、必ずしも落胆することでも嘆くことでもない。例えば、自分が他人に比べて劣っている、あるいは何の取柄もないと思い込んでいる人間が、ふとしたことでそれが誤りで、何かしらの優れた能力を持っていることに気付いたとしたら、挫折するどころか、むしろ自信をつけるだろう。しかし、クンデラの小説世界において、この自覚が常に挫折とセットとなっているのは、登場人物が自分を過大評価しているからだ。「自分の思っているような人間」、つまり自分が何者であるかという認識が、理想の自画像にもとづいているのだ。彼らは都合よく自分という人間を解釈し、そのような人物なのだと思い込み、それらしく振舞うことで、やがて他人も自分をそのように見ているのだと錯覚するようになる。彼らにとっては、自分が本当は何者なのかということは重要ではなく、自分がどのように見えるか、つまり自分たちの与えているイメージが問題なのだ。彼らは幸せに見えるか、美しく見えるか、有能に見えるかということの方が実際にそうであるよりも大事なのだ。各自、それぞれの視点から見た物語の中で、主人公として輝いていると思うことができれば彼らは満足なのだ。そのため、何かの拍子に愛すべきその自画像の仮面が剥がされ、否応なしに自画像とは似ても似つかぬ自分の本当の姿に直面するときには、自信をすっかり失い絶望的な挫折を味わう。このようにクンデラの小説における登場人物の挫折の背景には、ある役柄を演じるかのように自らを解釈し、それを顕示するという、登場人物の自己演出がある。

(2) ステレオタイプな自己演出

自己演出には登場人物や状況によって様々な形がある。誰かに気に入られたいという欲求や、自分の社会的立場にふさわしく振舞わねばならないという必要性にもとづく日常的なものもあれば、自分の耐え難い卑小さを隠すための行きすぎた自己演出もある。しかし、どの登場人物の自己演出についても、自分がイメージしている通りの人間でありたいという欲求があり、演出する役柄がステレオタイプであるということは共通している。彼らは自分たちには他人にはない独自性があることを強調したいにもかかわらず、平凡な人物像の型にはまってしまう。例えば、個性的な人物であろうとするなら、いわゆる「個性派」と言われるような決まりきったキャラクターになることを選ぶといった具合だ。彼らは自分自身を作り上げて、自分自身になっていくのではなく、既に用意されている役を自分にあてがうのだ。

クンデラの小説によく登場するタイプの人物として、「失恋で傷つき自殺未遂に終わる女」というのがある。『冗談』のヘレナと『無知』の少女期のミラダがそのよい例で、二人ともこうしたメロドラマ的なステレオタイプのイメージに陶酔して同じような行動をとる。詳しくはそれぞれが登場する作品分析の際に紹介するが、恋に破れて自殺をはかる女のイメージはこの他にも『生は彼方に』の雪山で立ち尽くす少女や、狂言自殺で周囲を振り回す『不滅』のローラにもそのヴァリエーションが見受けられる。もう一つ頻繁に登場するタイプは「大人の振りをする生意気な若者」である。『冗談』の青年期のルドヴィークや「青二才隊長」など、クンデラの小説に登場する若い男の人物は共通してこの傾向を持つ。

他にも様々なステレオタイプが登場する。『冗談』のマルケータや『可笑しい愛』所収の短編「エドゥワルドと神」のアリツェのような若い女は自己犠牲的なヒロインという甘美なイメージに影響されて、恋人が苦境に陥った途端、自分の全てを捧げようとする。年配の男の登場人物においては、若く美しい女を愛人にすることが男性的魅力の証明で、人々の羨望の的になれると信じている。『可笑しい愛』所収の短編「誰も笑おうとしない」の主人公、「ハヴェル先生の二十年後」のハヴェル先生、『別れのワルツ』のバートレフなどがあてはまる。

クンデラの登場人物がステレオタイプの人物を演じるという現象は、先入観に溢れる社会や、メディアによって広められるイメージやものの考え方を盲信する状況と無関係ではない。彼らは自分が好ましいと思う人物を演じるが、それは常にステレオタイプである。ステレオタイプの人物というのは、単純化された特徴によって誰もが共通のイメージを持つことができるような人物である。自己演出する登場人物を演出家兼俳優と例えるなら、彼らは観客という他者に向けて自分が何者であるかをわからせようとしているのであり、その場合、ステレオタイプの人物を演じることには、演出される役柄の意味が万人に理解可能であるという利点があるわけだ。ステレオタイプは作り手と見る側の共通の約束事になる。たとえ、他者が実際に、登場人物が演出する人物像に同意しているかどうか不明だったとしても、登場人物自身はその演出が周囲の他者に理解されているものと思い込んでいる。若者が大人ぶるのはそうすることで恋人や仲間が自分を成熟した男のように見るに違いないと考えているからであるし、失恋後に女が自殺をほのめかすのは、そうすることで自分を捨てた男に愛の深さを見せつけることができると思っているからである。苦境に陥った恋人を極端に自己犠牲的な方法で支えようとする娘もまた、それが美しいことだと信じているからそうするのだし、中年の男は人々の羨望の視線を意識しながら若く美しい女を連れ歩くのである。

自分の存在に何かしらの意味を与えたいという欲望と、ステレオタイプな人物の演出は密接に関わっている。登場人物たちが意味のある存在になろうとすればするほど、彼らはステレオタイプに頼らざるを得なくなる。そして逆に、彼らがこのステレオタイプの世界に囚われれば囚われるほど、何者でもないということがよりいっそう耐え難く思われるのだ。だからこそ、自分に適していると思う役柄を演じる機会に遭遇したとき、自分の無意味さを忘れるためにすぐさま舞台の上に立とうとするのだ。

一見すると、登場人物たちは状況や自分の欲求に応じて役柄を演じているようだが、彼らはステレオタイプのヒーロー像のドラマティックなイメージや物語に魅了されているだけなのだ。物語やドラマと似通った状況に遭遇すると、そのヒーローに自分たちもなりたいという衝動に駆られてしまうのだ。『冗談』の「青二才隊長」が、たくましく大人びた男を演じるのは、ただ部下を束ねたいからという実用的な必要性からだけではなく、ならず者の集まる兵営という男臭い舞台が、彼が一度も味わったことのない男らしさを提供してくれるのではないかという誘惑に乗ってしまうからではないだろうか。ヘレナの自殺未遂には、鎮痛剤を大量に服用するという行為のドラマ性が作用していないだろうか。ミラダは雪山で自殺を図るが、そこにも雪山のイメージが与える影響がないだろうか。彼らの自己演出はただ自分自身を対象とするだけでなく、物、環境、他者、つまり自分の周囲のあらゆるものを総動員して作り出す、閉ざされた演劇空間のようにも見えてくる。そうして、彼らは俳優のように舞台の上に立ち、想像上の観客の前で演技を始め、自身の役に没頭するあまり、それが劇であることをしまいには忘れてしまうのである。

(3) 人生という「ドラマ」

登場人物が自分のために演出した世界というのは、そもそも現実の世界に対する大きな誤解にもとづくものなので、ふとした偶然でいとも簡単に崩壊する。現実とは予備解釈された世界ではなく、予測不可能で、多義的なものである。状況のほんのわずかな変化のために、彼らの演出した役の妥当性は消えてしまい、「自分の思っているような人間」ではなくなる。セリフ、小道具、衣装、舞台装置、相手役、観客など架空の演劇空間を構成している要素のどれか一つでも予定されていた通りの機能が果たされないという事態になると、自己演出は失敗し、すっかり役に同化し、自己陶酔に浸っていた登場人物は、場違いな道化になってしまうのだ。もちろん、失敗の原因となる状況の変化というのは自己演出を仕組んだ登場人物から見た場合のことであり、実際は登場人物が勝手に間違った思い込みをしているだけなのだ。登場人物の挫折とは、ただ「自分が自分の思っているような人間ではない」というだけでなく、「世界が自分の思っているようなものではない」と知ることでもある。

先にも述べたようにクンデラは「挫折」の経験に大きな意味を与えている。挫折を味わい、「先入観の非＝思考」の状態から「非＝真面目の精神」を手に入れるというプロセスは、小説の登場人物だけの経験ではなく、詩人から小説家へと「回心」したクンデラ自身の経験でもある。しかし、「自分が自分の思っているような人間ではない」ことを知って、挫折感を味わうという経験だけで、人生に対する態度が百八十度変わるのだろうか。この挫折体験の後、登場人物は自己演出をすることも、美しく見られたいと欲することもなくなるのだろうか。実のところを言うと、クンデラの登場人物は痛ましい挫折を経ても根本的には変わらない。

クンデラの小説には、過去を振り返り、若気の至りをいまいましく思う人物が頻繁に登場する。『笑いと忘却の書』のミレック、『緩やかさ』のベルク、『無知』のヨゼフなどがその例だ。彼らは過去に「自分が自分の思っているような人間ではない」と思い知らされる挫折を経験していて、確かにどこか醒めた部分も持ち合わせてはいるのだが、自己演出の魔力から完全に逃れているわけではない。自分の人生を振り返る時期に差し掛かった彼らは、自分の過去を修正し、自分の人生を自分の気に入るような物語に仕立てたいという欲望に駆られるのだ。屈辱的な過去の記憶をあるがままに受け入れるのではなく、どうにか正当化したり、ごまかしたりして、まるで完璧な自伝のモデルがあるかのように修正していく。現時点において過去の失敗を取り戻すか、さもなければ失敗そのものをなかったことにしようとする。この行為も一種の自己演出であり、人生の演出と言えるだろう。こうした登場人物は自分の人生の解釈を自ら制御することを欲する。人生を自分の気に入るように解釈し、その解釈の正当性や根拠を脅かすものは許さない。

このように、挫折を味わったにもかかわらず、その後も自分の人生を演出し続ける登場人物を見ていると、自己演出性とは人間の持って生まれた性質、逃れられない宿命であるように思われる。自分自身と自分の人生の主人でありたいという欲求が、人間として生きていく以上無視することのできないものとして備わっているがために、何度も架空の演劇空間を創造し、自分についての物語を上演するのだ。

自己演出をする登場人物は、自分とは違う人間になろうとするのだが、彼らは本来の自分が何者であるかを知らない。彼らにとって自分の存在とは何者でもない、形のない不安定なものなのである。そうした状態では、社会の中でどのような立ち位置で生きればよいのかわからない。この無知の状態に由来する不安に耐えられずに、彼らは自己演出をする。「自分」を形作り、安定し、輪郭のはっきりとした「自分自身」として生きようとする。しかし、そうすることによって、彼らは自分の存在と人生の主体になるどころか客体になってしまう。というのも、彼らの自己演出とは他人の視線や価値観によって左右されるものだからだ。自分の存在と人生の主人であろうとしながら、皮肉にも彼らは外部の状況に流されているだけなのである。支配しているつもりが、支配され、自発的に行動しているつもりが、周囲の状況に翻弄されている。まさに自分の思っているような人間では決してないのだ。この客体の状態から逃れるための唯一の方策は、この世界を真面目にとるのをやめ、予め定められた物事の意味に頼らないことだろうが、人間の世界で人間として生きていく以上、そのようなことが可能なのは「超人」だけだろう。

（4）人間ナルシス

小説『存在の耐えられない軽さ』に、人間の宿命を表すような文章がある。主要な登場人物の一人であるテレザという女性が、鏡をのぞきこむ飼い犬のカレーニンを見て物思いにふけるシーンである。カレーニンは鏡に映る自分の姿を見てもそれが自分だとわからないようだ。テレザはそれを、楽園を追放される前のアダムの状態のように幸せなことだと思う。

楽園でアダムが泉に身を傾けるとき、アダムは自分が見ているのが自分自身だとはまだ知らなかった。［…］アダムはカレーニンのようだった。テレザはときどき戯れにカレーニンを鏡の前に連れて行ったものだった。犬は自分の姿を認識せず、信じられないような無関心さでぼんやりしたように鏡を見ていた。カレーニンとアダムを比べてみると、私の頭の中に、楽園では人間はまだ人間ではなかったのではないかという考えが浮かんでくる。より正確に言うと、人間はまだ人間の歩むべき道に投げ出されていなかった。楽園にいない私たちはとっくの昔に人間の道の上に放り出され、直線をなす時間の虚空を飛んでいる。それでもまだ細い紐が私たちをはるか遠くの楽園につなぎとめている。靄のかかった楽園。そこではアダムが泉をのぞきこみ、ナルシスとは違って、そこにぼんやり現れる黄色い影が自分だとは思ってもみない。楽園へのノスタルジーとは人間の人間ではありたくないという強い願いなのである。(2)

ここで、自分の外見に無頓着なカレーニンとアダムは、二つの非人間的な存在として捉えられている。人間のみが、自分に外見というものがあることを意識してしまう。だからこそ、私たちは自分が一体どのように見えているのかが気になり、自分を演出したい衝動に駆られ、自分のイメージをコントロールしたいと欲するようになるのだ。犬のカレーニンや楽園のアダムと違って、私たちは鏡の中に映る姿が自分たちのものだと認識することができるが、同時にそれが像でしかないことも知っている。実際に自分の目で、自分自身を見ることは不可能なのだ。自分にとって、自分の姿とは永遠に想像の産物でしかありえない。そして想像は無際限に欲望を刺激する。私たちは自分自身を取り違え、失敗へ突き進んでしまう。

さて、この引用した箇所で、クンデラはナルシスについて直接に言及している。興味深いのは、ナルシスを楽園から追放された人間の状態として捉えている点である。アダムとイブは禁断の果実を口にして知恵をつけると、自分たちが裸であることに気付き、いちじくの葉で体を隠そうとする。それが神の目にとまり、何の苦労も不自由もない楽園から追放されることとなる。楽園追放はキリスト教の聖書のエピソードで、ナルシスはギリシャ神話の人物で、二つを混ぜこぜにするわけにはいかない。しかし、自らの外見を知ること、外見という概念を考えること、心と体とを分けて認識することを、人間存在の苦しみの根源とみなす上では、この楽園のアダムと地上のナルシスというのは非常に象徴的な対照であると言える。身体や見かけへの自意識というのが、人間が犯した罪であり、人間に宿命づけられた罰ということである。

第一部では、人間をナルシスの状態として定義するクンデラの人間観が、その小説の創作における主軸になっていることを見ていく。最初の短編から最後の作品に至るまで、この人間観は常に考察の対象となり、また変化もしていく。予めその流れをまとめると、それはナルシス的人間を滑稽なものとして笑う陽気な描写から、徐々にその苦しみに焦点をあてた悲観的な見方となり、最終的には諦めの境地とでも言えるような穏やかな雰囲気を帯びるようになる。この三つの段階に合わせて、クンデラの小説全十一作を分類する。第一期「滑稽なナルシス」は『可笑しい愛』、『冗談』、『生は彼方に』、『別れのワルツ』の四作、第二期「苦しみのナルシス」は『笑いと忘却の書』、『存在の耐えられない軽さ』、『不滅』の三作、そして第三期「諦観のナルシス」は『緩やかさ』、『ほんとうの私』、『無知』、『無意味の祝祭』の四作が分類される。(3) この分類の仕方は実は、クンデラの人生における重大な転換期をもとにした分類とも重なっており、これらの三期の作品群は「フランス移住前にチェコ語で書かれた作品」、「フランス移住後にチェコ語で書かれた作品」、「最初からフランス語で書かれた作品」と言い換えることもできる。小説家の人生とその作品の提示する世界観は密接に結びついているが、これについては別の章で触れる。それでは、これから一作ずつクンデラの小説を見ていくことにしよう。どのようなナルシス的な人物が描かれているのか。作品ごとにその描写はどのように変化していくのだろうか。

注

（1）*Le Rideau*, p. 109.

（2）Milan Kundera, *L'Insoutenable légèreté de l'être*, traduit du tchèque par François Kérel, nouvelle édition revue par l'auteur, Paris, Gallimard, coll. «Folio», 1989, pp. 430-431.

（3）刊行年に従い、一般的に『冗談』をクンデラの第一作とするのが通例である。『冗談』は一九六七年にチェコスロヴァキアで発表され、一九六八年にフランス語訳が出版された。一方、短編集『可笑しい愛』の総合版はチェコスロヴァキア、フランスともに一九七〇年である。しかし、クンデラが最初期に執筆した小説作品は、一九五九年頃に書かれ、後に『可笑しい愛』に所収される短編である。本書ではクンデラの小説創作にまつわる変化を検討していくため、刊行年ではなく執筆年に従って、先に『可笑しい愛』を扱うこととする。

第二章　滑稽なナルシス

第一期の小説群では、他人が自分をどう見ているのかを過剰なほどに気にする人物や、他人の瞳の中に映る自分の美しい姿に陶然となる人物が滑稽なものとして描かれている。彼らは、穏やかな水面に映る自分の像が乱れぬように苦しみながらじっと見守るナルシスのように、他人の眼差しの中に何としてでも自分が思い描いているイメージを見出そうとする。彼らは自意識過剰で自惚れの強いナルシスであるがゆえに苦しんでいるが、自分たちが自分の姿に夢中になって周りが見えなくなっているナルシスであることには無自覚だ。このような自分の本当の姿を知らないナルシスである限り、彼らは滑稽なナルシスでしかありえない。

(1)『可笑しい愛』あるいは若者のナルシス的演劇性

『可笑しい愛』は七つの恋愛についての滑稽な小話が収められた短編集である。クンデラの小説の後書きを担当していることで有名な研究者フランソワ・リカールも指摘しているように、この短編集にはその後のクンデラの小説の企ての全ての萌芽を見ることができる。(1) まさに「出発点」なのである。ここでは若者のナルシス的な自己演出に注目し、七編の短編のうち、「シンポジウム」のフライシュマン、「ハヴェル先生の二十年後」の若いジャーナリスト、「ヒッチハイクごっこ」の若いカップル、「エドゥワルドと神」のエドゥワルドを例に見てみよう。

「シンポジウム」はある病院での一夜が舞台となっている。当直の医師や看護婦が集まって歓談する中、医学生のフライシュマンは今夜こそ憧れの女医を誘惑するという期待に胸を膨らませている。一つ一つの仕草に気を配り、その優雅さに自分でうっとりしながらフライシュマンは女医に流し目を送る。女医が外の満月がきれいだと言うと、それを「合図」だと思い込み、彼は意気揚々と庭へ向かう。「自分を眺める」という趣味を持っているフライシュマンはその晩も、プラタナスの木の幹に背をもたせかけ、煙草に火をつけ腕を組み、空を見上げながら、そのようにして魅惑的な冒険に胸を躍らせている自分の様子を思い浮かべて上機嫌になる。このようなフライシュマンの様子を語り手は極めて冷静に客観的に描き出す。このスペクタクルの観客である読者は、恋をしている自分に夢中な若者を見て呆れる他ない。自分の甘いイメージに陶酔して、陶酔に浸っている自分の滑稽さには気付かないフライシュマンだが、その夢の先にはクンデラ的な痛々しい結末が待っている。足音が聞こえたので、彼は気取ってわざと振り向かずに煙草の煙を吐いて空を見上げたまま「あなたが来るとわかっていました[2]」と言う。しかし、実際に来たのは年老いた院長で、フライシュマンの計画は、プラタナスの根元に院長が小用を足すという美しさとかけ離れた卑俗な行為によって終わる。フライシュマンは院長に馬鹿にされたのだと思い込み、今度は侮辱されて怒りに燃える自分の様子を思い浮かべる。その若い男のイメージに満足し、その晩は皮肉屋の冷たい男を演じる。フライシュマンはどこまでもおめでたい。彼は、彼に恋しているという噂の看護婦には、特に冷淡な態度をとる。そして、その看護婦が意図的なものか、酔った勢いでの事故かわからないが、ガス中毒で危険な状態に陥ると、フライシュマンは自分のせいで彼女が自殺未遂をしたのだと考える。「死をも厭わない愛の深さ」に罪悪感を覚え、甘美な苦悩を味わう。翌朝、彼は看護婦に花束を贈り、優しい言葉をかける。「腕組みをして誘惑した女を待つ美青年」から「冷笑的な美青年」、そして「死ぬほど愛されて苦悩する美青年」へ。状況が変わるごとに器用にフライシュマンは自分が気持ちよくなれる役になりきり、そのような自分を一生懸命眺めるのに夢中で、周りが見えない。看護婦の命の危険ですら、この若者にとっては自身が主人公の舞台を引き立てる「ドラマ」でしかないのだ。その自己中心ぶりは寒気を感じさせるが、この短編ではフライシュマンのナイーブな独りよがりの芝居がただ笑いを誘う。

次に「ハヴェル先生の二十年後」の若いジャーナリストを見てみよう。根拠のない自信に満ち溢れているフライシュマンと違ってこちらは少々心配性の人物だが、恋人と一緒にいるときの自分が他人にどのような印象を与えるかが気になって仕方がない。自分がどう見えるかばかりを考えているという点ではフライシュマンと同類である。彼は恋人を愛してはいるものの、その選択が世間一般の目から見たときに満足のいくものであるかどうか、正しいものであるかという問題で頭を悩ませている。温泉町を訪れている有名女優に取材を申し込みにいったところ、その夫である医者のハヴェルがかつて色好みで名を馳せた男だと知り、ジャーナリストは早速、自分の恋人を「鑑定」してもらうことにする。結果として恋人はハヴェルのお眼鏡には適わず、ジャーナリストは胸を締め付けられる思いで恋人を見捨てる。青年そしてハヴェルに勧められるがままに中年の女医を誘惑し、訳のわからないうちに関係を持つ。青年が気の毒なのは、ハヴェルが彼に対して気まぐれにものを言っていたことだ。不機嫌だったときには、ジャーナリストの恋人がつまらない女だと、本心とは裏腹のことを言い、機嫌のよかったときには調子に乗ってからかい半分に女医を魅力的な女だと勧めた。ジャーナリストはハヴェルの気まぐれの犠牲者でもあるが、世間体を気にして自分のイメージのためになら恋人を捨てる身勝手さを考えれば、当然の報いとも言える。皮肉にも、ジャーナリストが色好みの権威として崇めたハヴェルもまた、老いた今では世間が持つイメージを気にする自信のない男なのだ。自分をかつての輝かしいイメージで見てくれる青年の尊敬と憧れに溢れた眼差しほど自尊心をくすぐり、頼もしく感じさせるものはない。彼もまた自分の価値判断や自分の存在に確信を持つことができずに他人の価値判断に依存している。誰もが自分が愛する自分のイメージを見出すために誰かの眼差しを必要とし、その眼差しの中に映る自分の姿に一喜一憂する。こうした実体のない世間一般の基準を真面目に考えて、その影におびえるナルシスたちの世界がユーモラスに、笑いを誘うものとして描かれている。

「ヒッチハイクごっこ」は前述した二つの短編に比べると、あまり笑えない内容の話となっている。若いカップルが二週間のバカンスに出かけるドライブの途中、「通りがかりの運転手」と「女ヒッチハイカー」の振りをするという「ごっこ遊び」に興じる。普段は兄のような優しさで真面目で内気な恋人を見守る青年は、「女に対して粗野で荒々しい態度をとる厳しい男[3]」を演じ、自信がなく嫉妬深い娘は軽薄でふしだらな女を演じる。それぞれ演じているのは普段の自分とは正反対のキャラクターであるにもかかわらず、彼らは二人ともいとも簡単に別人になりきる。どこでそのような人物の振舞いを覚えたのか。語り手曰く、これらの役は通俗小説などの「粗悪な文学[4]」から引き出したものである。B級映画やパロディなどで誇張して描かれる、いわゆるヒッチハイクをするようなグラマラスな女とそれに応じる荒くれ男といったステレオタイプだ。いつもとは違う状況で、見知らぬ者同士のように振舞うという遊びは二人を興奮させるのだが、知らぬ間に罠にはまってしまう。ホテルの一室で、青年は尻軽女こそが恋人の本性なのではないかと疑心に駆られる。自分は彼女の純真さを愛していたが、それは自分が勝手に投影したイメージにすぎないのではないか。青年は、貞淑にも軽薄にもなれる「絶望的なまでに千変万化(5)」な存在に嫌悪感を覚えるとともに徹底的に売春婦として辱めたいと思う。女を買った経験のない彼は、人から聞いた話や小説で読んだ話から「するべきこと」を探そうとする。そうして思い浮かんだのが、ピアノの蓋の上で、黒い下着のみを身に着けて踊る女のイメージだった(6)。娘の方はと言えば、ヒッチハイカーの仮面をつけることで、羞恥心から解放され、自分の体が男の視線を集めていることに興奮するが、青年に服を脱がされた途端に、尻軽女の役を演じ続けることができなくなる。裸の彼女は演技をやめ、本来のおずおずとした微笑を浮かべるが、男は演技をやめず、彼女をふしだらな売春婦として扱う。彼女は混乱し、事が終わった後に泣きながら「私は私」と繰り返す。ステレオタイプの役を自覚して楽しんで演じているつもりが、すっかり役に飲まれてしまったという、すっきりしない後味の悪い短編である。

「エドゥワルドと神」も青年が恋人に幻滅するといった、苦い結末の短編である。エドゥワルドはボヘミアの田舎町で教員として働いている。恋人のアリツェは熱心なキリスト教徒のため、「汝姦淫するなかれ」で知られる第七戒を厳格に守り、エドゥワルドに身を任せようとしない。エドゥワルドは彼女の気を引こうと聖書や神学書を熟読し、しまいには教会に通い、熱心な信者ぶりを見せびらかすようになる。しかし、社会主義時代のチェコスロヴァキアにあっては頻繁な教会通いは問題視され、エドゥワルドは学校に呼び出される。女校長と四人の審問者を前に、彼は言い訳がましいことを言うよりは率直さを装った方が得策だと考え、「信じたくないのだが、信じてしまうのだ」[7]と言う。この態度が校長の気に入り、彼は難を逃れる。この噂は瞬く間に町中に知れ渡り、アリツェはエドゥワルドを殉教者のようにみなす。それまで頑なにエドゥワルドを拒んでいたのが、今や積極的に体を許そうとする。「ヒッチハイクごっこ」の青年同様、エドゥワルドもこのような豹変にたじろぎ、彼女と一夜をともにするものの、失望しか感じることができない。首尾一貫した存在としてのアリツェが、状況が変われば考え方も価値観もいとも簡単に変わる、様々な要素の偶然の寄せ集めのように見えてしまうのだ。アリツェが演じる「自己犠牲的な恋人」役を嫌悪するエドゥワルドだが、彼もまた女校長を前に、彼女を頼りにする誠実な若い男の役を演じたツケを払うことになる。この校長は脂ぎった黒髪、黒目のやせぎすで、鼻の下にうっすらと産毛の生えている女で、若い男に目がない。案の定、エドゥワルドの態度を好意と受け取り、自宅に招待する。自分の魅力のおかげで教会の問題も解決するだろうと有頂天になっているエドゥワルドは、「舞台」が変わり、別のスペクタクルに入り込んでいることに気付かない。校長の自宅のローテーブルにはコニャックのボトルと二つのグラスが準備され、ロマンティックな雰囲気が漂っている。ソファに腰掛けるや否や、舞台は幕開けとなり、校長はエドゥワルドを誘惑し始める。エドゥワルドが「プログラムの変更」[8]に気付いたときには時遅しで、自分に割り振られた「若い愛人」の役を演じる他なかったという結末となる。この短編に登場する人物は周囲を巻き込みながら独りよがりな舞台を繰り広げていく。周囲の状況を十分に意識しているのだが、誤解というベールがかかった状態で見ている。そのような誤解のせいで壊れる愛もあれば、誤解から生まれる愛もある。ナルシスたちはついついステレオタイプな冒険の主人公になろうとしてしまう。そして自らを窮地に陥らせることになる。

『可笑しい愛』では若者のナルシス的な演劇性が軽やかに描かれている。実際の演劇の舞台では誰もが自分の思っているような人間ではないのは当然だ。役者が役にすっかりなりきり、本当の自分を忘れてもおかしいことではない。しかし、現実で同じことをするのは滑稽で危険なことだ。なぜなら人生という舞台においては、他者は共演者、観客として参加しているわけではないからだ。それを無視して劇を強行しようとすると挫折を味わうことになる。そして忘れてはならないのが、演劇はフィクションであっても、実人生とはリハーサルなしに進む一度限りの本番だということだ。それでも自分の存在のあいまいさに不安を抱く若い登場人物たちは出来合いの仮面をつけて得意になってしまう。フライシュマンは「大人の不確かな世界に投げ込まれて間もない青年[9]」で、経験の少ないジャーナリストは「お墨付き」がないと安心できない。荒々しい運転手を演じる青年はまだ二十八歳だからこそ、自分が成熟した男だと勘違いする。[10] エドゥワルドは「若者特有の不安定な自信[11]」によって特徴づけられている。こうした未熟さはこの『可笑しい愛』では哀れむべき滑稽さとして描かれているが、次の『冗談』以降の作品ではときに、取り返しのつかない重大な出来事の要因として扱われていく。

（2）『冗談』あるいは未熟さゆえの無知

若さとは、たいてい素晴らしいもののように語られる。瑞々しい肌、弾けるような身体能力、未来への期待、柔軟な思考、自由な行動。若さの特権を挙げればきりがないが、クンデラにおいては若さとは未熟さであり、未熟さとは現実の自分の姿が見えなくなっている滑稽なナルシスの状態である。クンデラは次のように述べている。

ずっと前から私にとって、青年期とは抒情的な年齢、つまり個人がほとんどもっぱら自分自身に集中し、自分の周りの世界を見て、理解し、明晰に判断することができない年齢である。この仮説（必然的に図式的だが、図式としては正しいと私には思える）にもとづくなら、未熟さから成熟さへの移行とは、抒情的態度の超越だと言えるだろう。[12]

不確かな世界で自分のことしか見えていない若者の登場人物の様子は、『可笑しい愛』で紹介した。これから取り上げる『冗談』では若者の特性が、「未熟さ」という概念によって否定的なものとしてはっきりとテーマ化されている。『冗談』はクンデラの最初の長編小説で、ルドヴィーク、ヘレナ、ヤロスラフ、コストカの四人の登場人物が交互にそれぞれの視点と口調で、自分の心情や見聞きしたことを語るモノローグによって構成されている。一番多くを語るのはルドヴィークで、物語もこの人物を中心に進んでいく。他の作品と違って中立的な語り手は存在しないが、このルドヴィークの人物像を通して、未熟さについての考察を読み取ることができるので、彼の語りを中心に見ていくことにする。

ルドヴィークは三十代の男で、過去に親友ゼマーネクに裏切られ、大学を追われるという挫折を経験している。偶然、その妻でジャーナリストのヘレナと知り合いになったことから、彼女を寝取ることで旧友に復讐をしようと決意する。故郷を復讐の舞台に選んだルドヴィークはそこでヘレナを待ちながら過去を振り返る。彼の挫折の物語は一九四九年にさかのぼる。それは「真面目で堅実な[13]」時代で、労働者階級の勝利を喜ぶような微笑を浮かべることが強要され、皮肉や冗談は通じないどころか非難を浴びる危険さえある。そのような中、ルドヴィークは仲間内では嘲笑的な男を演じ、特に真面目な恋人のマルケータに対してはあえて反世間的な態度を見せつけていた。大人になったルドヴィークが振り返るに、「あらゆる時代の二十歳の男がする愚かなやり方と同じように[14]」若かりし頃の彼は実際よりも大人びて、醒めていて、達観しているように見られたいがために冗談好きの仮面をつけていたのだ。しかし、それが命取りとなる事件が起きる。夏休みの間、ルドヴィークはマルケータとの関係を深めようと期待していたのだが、真面目なマルケータは共産党の政治教育の合宿に参加してしまう。毎日楽しく過ごしているという彼女の手紙に腹を立てたルドヴィークは、勢いで「楽天主義は人類のアヘンだ。健全な精神なんてあほくさい。トロツキー万歳[15]！」という挑発的な絵はがきを送ってしまう。ほんの冗談のつもりが、これが検閲されたことで、ルドヴィークは正真正銘のトロツキストとみなされる。窮地に陥ったルドヴィークを見るや否や、マルケータは「エドゥワルドと神」のアリツェ同様、それまでの真面目な態度を急変させる。とあるソヴィエト映画で描かれていた、医者の汚名をそそぐために献身的に尽くす妻と同じ状況にある自分を想像して、彼女はルドヴィークを支えるために自分の体を捧げようとする。ルドヴィークはそのような芝居にうんざりする。一方、頼りにしていた親友のゼマーネクはルドヴィークを擁護するどころか、会議で率先して彼を糾弾する「熱心な若い美青年の共産党員」のスペクタクルを展開する。その結果、全会一致でルドヴィークの大学と共産党からの追放処分が決まる。

その後、ルドヴィークは彼と同じく反党的な言動によって糾弾された者が集まる兵舎で強制労働をすることになり、そこで「青二才隊長[16]」に出会う。二十五歳の士官の彼は、その冷酷さで兵士たちの恨みを買っているが、他の若い登場人物同様、大人の仮面をつけた若者だ。与えられた大役をどうこなせばよいのかわからず、「漫画に出てくる容赦ないヒーロー、ごろつきどもを束ねる鋼のような強靭さをもった若い男、口数少なく、冷静、さりげなく的を射たユーモア、自分と逞しい筋肉への自信[17]」といった断片的なイメージを寄せ集めて作った仮面をつけたような人物だ。この人物のことを思い返しながら、大人になったルドヴィークは若さについて考える。若い頃の自分もゼマーネクもマルケータもこの「青二才隊長」と同じく、未熟だからこそ一人前の大人の振りをしたがるいまいましい「若い俳優[18]」だったのではないか。

若さは恐ろしい。それは古代ギリシャの悲劇役者の厚底靴（コチュルン）を履き、ありとあらゆる衣装を纏った子供たちが動き回り、半分しかわからないまま覚え、そのくせ熱狂的に執着している言い回しを声高に叫ぶ舞台だ。歴史も恐ろしい。ときとして未熟な者たちの遊び場になってしまうのだから。青二才のネロやボナパルト、高揚した子供たちの一群の遊び場。そこでの真似事の情熱や単純化された役柄が悲劇的なほど現実的な現実に変貌してしまうのだ。このことに思いを馳せるとき、私の思考の中の価値体系全体がひっくり返り、私は若さに対して深い憎しみを覚えるのだ。そして反対に、歴史上の大悪党たちの行動に、ぞっとするような未熟者ゆえの動揺がふと垣間見えるとき、一種逆説的な寛容さを彼らに対して抱いてしまう[19]。

さて、復讐の方はというとルドヴィークはヘレナを誘惑し寝取ることに成功するのだが、その後、実はヘレナとゼマーネクの夫婦関係が既に崩壊していたことがわかる。当のゼマーネクには若い大学生の美人の恋人がいて、ルドヴィークはヘレナの新しいパートナーとなってくれることをゼマーネクに感謝されるという皮肉な結果となる。ルドヴィークはヘレナに関係を続けられないことを告げるが、既にルドヴィークとの未来を夢見始めていたヘレナは動揺してしまう。そして、本書の冒頭で紹介した下痢のシーンが出てくる。ヘレナは失恋のつらさのあまり、助手の青年インドラのコートのポケットから取り出した鎮痛剤を飲んで命を危険にさらそうとする。しかし、それは鎮痛剤のアルゲナではなく、ひどい便秘であることを知られたくないインドラがアルゲナの錠剤ケースの中に入れた下剤で、それを大量に服用したヘレナは、心配して様子を見に来たルドヴィークの前でひどい下痢に苦しんでいるところを目撃されてしまう。そこに居合わせたインドラの幼さの残る顔、生意気な振舞いとは裏腹の気の小ささを目の前にして、ルドヴィークは「青二才隊長」の影、子供っぽさを隠すために必死の努力をする未熟な若者の永遠の姿を見出すのだった。

『冗談』と『可笑しい愛』の間には多くの類似点がある。執筆の時期が重なっていることから『可笑しい愛』で扱われたテーマが『冗談』ではより濃縮された形で表現されていると考えられる。ルドヴィークが冗談で破滅するという挫折は短編「誰も笑おうとしない」の主人公が悪ふざけによって転落する話のヴァリエーションであるし、マルケータの自己犠牲の精神はアリツェと同じ種類のものだ。『可笑しい愛』の若者たちが恋愛面において不運だという特徴も、ルドヴィークに当てはまる。一方、『冗談』が『可笑しい愛』と異なるのは、若者のナルシスに投げかけられる視線である。これは主に語りと構成の違いによるものである。『可笑しい愛』においてはほとんどの短編において語り手が存在し、登場人物のナルシシズムを物語世界の外側から客観的に描写するのに対し、『冗談』では四人の登場人物が主観的に語るという構成で、未熟さについての考察を展開するのは自らの過去を苦々しい思いで振り返るルドヴィークである。十五年も前の出来事の復讐を企てるルドヴィークは過去との和解ができていない。そのようなルドヴィークにとって、若者の未熟さとは滑稽でくだらないものではあっても、自分の人生に転落をもたらした許しがたい欠点なのである。

(3)『生は彼方に』あるいは元抒情詩人の自伝

『生は彼方に』は、かつて抒情詩人であったクンデラの自己批判的な作品とされている。『冗談』のルドヴィークが自分の過去を振り返り、未熟な若者だった自分に憎しみを感じるように、クンデラも『生は彼方に』の主人公で若い抒情詩人のヤロミールの未熟さに、自身の「愚かしい抒情時代[20]」を反映させるかのように冷酷に描写していく[21]。

ヤロミールはロマンティックな夢を見がちな母親から生まれる。この母親と息子のナルシス的な共存関係が、この作品に滑稽さとともに言いようのない不気味さを与えている。自分のことをさして愛してもいない相手と、妊娠という事情に迫られて結婚をした母親にとって、ヤロミールは失われた大恋愛の夢を償い、そして慰めてくれる存在であり、生まれる前から既にそのロマンティックなシナリオに組み込まれている。過保護な母親のもとでヤロミールは周囲の大人に気に入られるよう、自分が言うことなすことがどのような効果を与えるかを絶えず意識する子供に育つ。偶然、韻を踏んだ文章を口にしたときの母親の感動した眼差しと周囲の称賛を見て、ヤロミールは幼くして「詩の魔法の力[22]」を知る。子供が発した他愛もない言葉にまるで深い意味が隠されているかのように錯覚する親を皮肉りながら、語り手はそこに抒情詩への辛辣な批判を込める。

抒情の神髄とは未経験の神髄である。詩人は世界について多くを知らないが、詩人から溢れ出る言葉は水晶のように決定的な美しい組み合わせを形作る。詩人は成熟した人間ではないが、それでもその詩句は神託のような成熟さをまとい、当の本人ですら唖然とするほかない[23]。

幼いヤロミールはまだ抒情詩人ではない。しかし、人生そのものについて深く考えたわけではなくても、言葉の組み合わせで人を感動させて称賛を得ることができるということを知っている。その上で母親を喜ばせようとする様子には、後に語り手がさらに発展した形で定義する抒情詩人の本質の徴候が既に示されている。母親はヤロミールの賢さだけでなく、並外れた感受性の豊かさにも感激し、ヤロミールは母親の嬉しそうな顔に「他とは違う特別な子供[24]」という自分に対するイメージを見出し感激する。後に彼が成長し、本格的に詩を書き始めるようになっても最初の読者は母親である。彼が求めているのは厳しい批評ではなく「自分の詩句に自分と同じくらい感激してくれる人[25]」だからだ。母親は詩の意味が読み取れなくても感涙を流す。むしろ詩が理解不可能であるところが、彼女を「非凡な子供の母親[26]」たらしめているのだと思う。感動のあまり、彼女は感想を述べることすらできないのだが、その言葉にならない反応はヤロミールには自分の才能の最も確かな証明のように思われる。二人のナルシスは互いに、自分の望むイメージを反映する完璧な鏡を眺めるように惚れ惚れと見つめ合っているのだ。

しかし、この幸せはヤロミールが思春期に差し掛かると綻び始める。母親似の繊細な顔つきや、子供っぽさ、母親が愛でる黄色く細い髪が彼には気に入らない。他の若い男の登場人物同様、ヤロミールも、自立し成熟した男の容貌に憧れる。異性にも関心を持ち始めるが、幼い外見が彼を常に躊躇させる。一方の母親は、自分と距離を置き始めた息子に怒りを覚え、息子の衣類や友人との約束を管理し束縛しようとする。利害の不一致が起きるや否や、彼らの完璧な合わせ鏡にひびが入る。

高校卒業後、ヤロミールは政治学院へ進学する。異性からはほとんど見向きもされないが、唯一、眼中に無かった赤毛の不器量な娘と関係を結ぶことができる。彼女はなぜかヤロミールを多くの女と付き合ったことのある男のように見ていて、ヤロミールは自惚れる。ヤロミールが革命運動と赤毛の娘との恋愛にのめりこんでいけばいくほど、彼の詩は難解な自由詩から、誰にでもわかりやすい、韻やリズムによって気持ちを高揚させるような大衆的なものへと変化していく。語り手は詩の抒情性と革命の熱狂との関係について次のように述べている。

> 詩によって人間は存在との同意を表明する。韻律とリズムはその同意の最も激しい手段なのだ。そして勝利をおさめたばかりの革命がまさに必要としているものとは新しい秩序への激烈な同意、つまり韻律に溢れた詩ではないだろうか？［…］抒情はひとつの陶酔であり、人間は世界とよりたやすく溶け合ってしまうために陶酔する。革命は研究されたり、観察されたりすることを望まない。革命はただ一体となってくれることを欲する。この意味において革命は抒情的であり、抒情は革命

にとって不可欠なのだ[27]。

内側に沸き起こる激情は人を疑うことや考えることから遠ざけ、その感情をさらに燃え上がらせる行動へと押し流していく。詩を読んで、あるいは歌を聴いて、自分が抱く感情の美しさに惚れ惚れすること、革命運動に参加し自分がしている行動の偉大さに感動すること、このようなナルシス的忘我の状態がまさに抒情的なのである。クンデラ自身が抒情詩に失望したきっかけとなった知識人カランドラの処刑も、まさに革命の熱狂に酔った大衆とそれを扇動する抒情詩人によって実行された。インタヴューではその様子を「抒情的な熱狂は自我と世界との間の批判的距離を驚くほど見事なまでに消し去り、詩人は死刑執行に一体化して快活に歌っていた[28]」と描写している。

革命という「歴史的な大事件」を目の前にしてヤロミールもまた、自分の存在の本当の卑小さを忘れようとするがごとく、その大舞台に詩人、そして革命家として身を投じる。ヤロミールは共産党に入党し、よりよい世界を築くために自分の全エネルギーを捧げることを友人に誓う。歴史もまた詩のように、若く未熟な登場人物を意味ある存在に仕立て上げる舞台なのだ。しかし恐ろしいのはその舞台で起きることは現実であるということだ。ヤロミールが恋人の赤毛の娘を告発するエピソードがそれを如実に表している。

ある日、赤毛の娘が約束の時間に遅れて来たため、嫉妬深いヤロミールが激怒する。何とか彼をなだめようと赤毛の娘は亡命する兄と最後の別れを惜しんでいたのだという嘘の言い訳をしてしまう。翌日、ヤロミールは国家保安部に赴き恋人の兄を告発し、そのことで自分が大人の階段を上り、高みに達したような気分に浸る。恋人も逮捕されることになるが、ヤロミールは彼女の苦境を想像して、「よりよい未来のために恋人を犠牲にする」[29]という自分の行為の悲劇性、その甘美で高貴なイメージにうっとりとする。悲劇的だからこそ、彼は自分の人生に運命的な意味や重みが加わるのを感じ、かつてない幸福感に包まれる。赤毛の娘はヤロミールの手の届かない他者の手に渡ったわけだが、ヤロミールは嫉妬すらしない。なぜなら「彼女の運命は彼によって作られたもの」で、彼女は「彼の犠牲者、彼の作品、彼のもの[30]」となったからだ。このような独善的な解釈と行為は、看護婦のガス中毒事件に対するフライシュマンの態度（『可笑しい愛』の「シンポジウム」）やルドヴィークを裏切るゼマーネク（『冗談』）を思い出させる。抒情に酔ったナルシスたちはいとも簡単に他者の存在を無視する。

そんなヤロミールも他のナルシスたちによって存在を軽んじられる。ある晩、皆が皆、称賛の的になろうと躍起になっているようなパーティーでヤロミールは公然と侮辱され、真冬のバルコニーに締め出されてしまう。悔しさのあまり、ヤロミールは冷たいコンクリートの上に身を横たえるという常軌を逸した行為で屈辱を晴らそうとする。これが仇となって彼は若くして死んでしまうのだが、その死因は長年彼の憧れていた劇的な焼身自殺ではなく、平凡極まりない肺炎だった。死の床で、ヤロミールと母親は再び相互への愛を確認し、互いに泉に映る自分の顔を眺めるナルシスのように見つめ合う。息子は母親を美しいと言い、母親は息子が自分に似ていると言う。

彼は目を開き、自分の上に、あごが優しくくぼみ、黄色の細い髪に囲まれた顔がかがみこんでいるのを見た。あまりに近くにその顔があったので、彼は自分が井戸の上に横たわり、井戸が自分の像を送り返しているのだと思った。いや、どんな小さな炎もなかった。彼は水の中に溺れるのだった。彼は水面の顔を見ていた。そして、その顔に突然大きな恐怖が浮かび上がるのが見えた。それが最後に彼が見たものだった。[31]

ヤロミールはまさに、水面をのぞき込んで、自分の欲する自分のイメージを手にすることができないまま死んでいくナルシスである。そして水とは「自分自身、愛、感情、錯乱、鏡、渦巻きの中で迷ってしまった者たちを破滅させる要素[32]」である。母親は息子の死後も、詩人の母親としてのスペクタクルを続行し、息子の大きな黒い墓標に「詩人ここに眠る[33]」と刻ませる。母親の劇の登場人物として生を受けたヤロミールは、母親に似た幼い外見に常に悩まされ、死後もまた支配されている。

主人公のヤロミールを若く未熟な抒情詩人のまま死に至らせるという物語の結末にクンデラの自戒の念が感じられる。ナルシシズムの描写の観点で前の二作と比べて特徴的なのは、ナルシスたちが他者に自分の存在、自分のスペクタクルへの同意を強要し、それゆえに生まれるナルシス同士の摩擦や衝突が際立っている点である。ナルシスたちはそれぞれ自分一人が世界の中心に立って称賛を浴びようとする。ナルシスたちの間で利害が一致すれば、蜜月関係のヤロミール母子のようなケースも考えられるが、争いは避けられない。人が人とともに生きる世界で、自分のスペクタクルを強行しようとすれば必然的に、他者と競い合い、傷つけ合い、蹴落とし合おうとする闘争の場に身を置くこととなる。ヤロミールは母親の舞台から逃れようと苦闘し、自分の舞台のために恋人の人生を壊した。クンデラはこのようなヤロミールを罰するかのように、その人生をナルシスたちの闘争での敗北によって終わらせている。

（4）『別れのワルツ』あるいは傲慢ゆえの人間嫌い

『別れのワルツ』は『生は彼方に』の暗さを消し去るような、くつろいだ雰囲気の小説である。[34] 舞台はとある温泉町で、自分の精子を不妊治療に用いる医者のスクレタ、富豪のアメリカ人のバートレフ、女たらしのトランペット奏者クリーマ、その浮気相手で妊娠中のルージェナ、スクレタが預かっているオルガという少女、その少女の後見人である元政治犯のヤクブなど癖のある人物が複数登場し、彼らの温泉町での五日間が物語の内容となっている。遊戯的で軽い調子の語りとは裏腹に、この作品ではルージェナが毒薬によって殺されるという深刻で恐ろしい事件が起きるのだが、他のクンデラの作品同様、その死はいとも軽く扱われる。ナルシスとはそもそも人を愛することのできない青年で、言い方を変えれば同類に関心を示さない人間嫌いである。看護婦を顧みないフライシュマン、ルドヴィークを裏切るゼマーネク、赤毛の娘を告発するヤロミール、あるいはカランドラの死を見過ごす詩人エリュアール。ナルシスたちは自分たちに見惚れるためならば、他人を死に追いやることも厭わない。この作品ではヤクブという人間嫌いの登場人物に注目する。彼は四十代で、少女オルガの後見人なのだが、実はそのオルガの父親であり友人でもあった男によって告発され牢獄に入れられたという過去を持っている。人間存在そのものに失望している彼は、いつでも自分で死を選べるようスクレタからもらった毒薬を持ち歩いているのだが、亡命を決意したためその薬を返し、オルガにも別れを告げるために温泉町にやって来る。ヤクブは、人類は地上に生きるに値しないと確信しているのだが、彼のこの人間嫌いこそが直接的にではないにしろ、ルージェナの死に結びつくことになる。

一日目はルージェナの妊娠発覚で始まる。田舎の温泉治療施設で毎日不妊治療患者の女の裸を見ている彼女は、日常の単調さにも、無数の身体における身体的個性の無意味さにもうんざりしている。そんな彼女にとって妊娠は彼女に特別な価値を与えてくれる出来事で、彼女は父親が平凡な恋人のフランティシェクではなく、不倫中の有名人クリーマだと思い込むことにする。クリーマは妻カミラの嫉妬を恐れながらも浮気に走る男で、連絡を受けるや否や、中絶をさせようと二日目に温泉町に到着する。そこで彼はルージェナに妻とは離婚するつもりで、ルージェナと二人だけの恋愛生活をしたいと嘘をつき、ルージェナの説得を試みる。

三日目にヤクブが登場する。政治に深く関わり、告発や裏切りを目撃してきた彼はこの作品の浮かれた雰囲気の中でただ一人真面目腐った顔をしている。彼もまた、過去を憎むルドヴィークや、ヤロミールを冷たく突き放す語り手と同じように、抒情詩に失望したクンデラの分身のような人物であると言える。自分の父親がヤクブの告発者なのではないかと疑うオルガにヤクブは、大半の人々が穏やかな日常を送っている分には殺人者に対して憤りを感じるが、少しでもその領域を出た途端、自分でもわからないうちに殺人者になってしまうような、誰も抗うことのできない誘惑があるのだと言う。[35] ヤクブが恐れている人間、それは何らかの信条やイデオロギーに則って過激な行動に出る一部の狂信者たちではなく、信じているわけでも特別に強い関心を持っているわけでもないのに、自分の行動に大義を与えることができるという誘惑に駆られて、自分を超えた何らかの至上命令に盲目的に従ってしまう平凡で善良なナルシスたちである。

ヤクブはスクレタとともにバートレフを訪れ、人間はこの地上に生きるに値するか否かという問題について語り合う。自分が深く関わった政治の世界を人間社会の縮図とみなし、自分も含め様々な裏切りを目撃したヤクブは、人間は再生産され存続する価値がない存在だと言い切る。

科学と芸術がまさに歴史の円形闘技場そのものであるなら、政治はその逆に人間が人間に対して前代未聞の実験を行う閉じられた科学実験室だ。実験材料としての人間が罠に陥れられ、拍手喝采に誘われ舞台に登らされ、絞首刑におびえ、告発され、密告を強いられる。(36)

真面目に憤りながら話すヤクブに対して、一方のバートレフは人類愛に溢れている。彼もまた、嫉妬深い恋人に告発されゲシュタポに逮捕されるという裏切りを経験しているのだが、ヤクブと違って、彼はその裏切り行為を愛されすぎる男ゆえの特権だと考え、嬉しそうに話す。ヤクブは、それは失恋のセンチメンタルなパフォーマンスにすぎず、抒情の仮面の下でこうした残酷さ、卑劣さ、愚かさが行われるのを見るのが耐え難いのだと言う。(37) この対話で面白いのは、裏切りの犠牲者のバートレフが自分の甘受した辛苦を振り返って陶酔する滑稽なナルシスというよりは、堅物のヤクブをからかう懐の深い愉快な人物、つまり「喜劇の優しい微光を投げかける」側の人間に見えることだ。憎しみに囚われているヤクブの方が滑稽に見え、その点では頑なな「反抒情主義」に陥るのもまた思考停止の状態と変わらないように思われる。ここにはクンデラの小説の相対的な面がうかがわれる。

二人の議論は、「ヘロデ王の嬰児虐殺」の話に移る。新しい王イエス・キリストの誕生を恐れたユダヤの支配者ヘロデがベツレヘムの二歳以下の男児を殺させたという話だが、ヤクブは、ヘロデは王座を奪われることを恐れて虐殺を命じたのではなく、自分と同じく「政治の実験室」で人間の卑劣さを知っていて、世界を人間の手から解放するためにこの決断をしたのだという個人的な解釈を披露する。バートレフは話を引き継ぎ、そのような中で生まれた運命の子は、人間が生きるに値するには「お互いに愛し合う」というたった一つのことだけで済むことを教えてくれたと述べ、人間には生きる価値があるのだと結論する。バートレフは人間の欠点を許し、人類全体を愛する覚悟があるのに対し、ヤクブは人間のナルシス性を憎むがあまり人類を愛することができない。その憎しみのせいでヤクブは、人間は生きるに値しないという判断を下す。しかし、ナルシスが他者を愛することのできない傲慢な若者であるということを思い返すと、ナルシスを憎むヤクブこそが、他者の命を顧みないナルシスそのもののように見えてくる。自分をヘロデ王に投影するヤクブは、皮肉なことに自分も「人殺し」をしてしまう。

四日目、ヤクブはカフェレストランでルージェナを見かける。彼女は薬の入ったケースをテーブルに置き忘れていく。中の錠剤はヤクブが持っている毒薬とそっくりだったので、気まぐれにヤクブはケースに自分の毒薬を入れてみる。ルージェナはすぐに戻ってきて、ヤクブが毒薬を取り出す間も与えずにケースを持って行ってしまう。何とか回収を試みるものの、数時間後も彼女が生きているのを見て、彼はおそらくスクレタは自分に偽の毒薬を渡したのだろうと考える。そして、彼はその後ルージェナが死ぬことを知らないまま五日目に町を去る。

国境に向かう車の中で彼は毒薬を取り出さずにおいた自分の行動を振り返る。初め、彼は毒薬は偽物だったのだから自分はたった十八時間のみ殺人者だったわけだと独り言ちるのだが、すぐさまその考えを打ち消し、毒薬とされているものを看護婦が服用したに違いないことを知っていながらそのことを見過ごしにしたのならば殺人も同然だと思い直す。彼はドストエフスキーの『罪と罰』に出てくるラスコーリニコフの殺人を思い出し、自分の状況と比較する。人間に自分より劣っている人間を殺す権利はあるかどうかを知るためにラスコーリニコフは年老いた高利貸しの女を殺す。ヤクブはどのような人間にもこのような権利などないとこれまで確信してきた。ヤクブは抽象的な考えのために殺人を犯しそれを正当化するような人間たちを憎んできた。そして、自分にはそのような人間にはない心の偉大さや繊細さがあるからこそ、同類にはならないのだと考えてきた。そして彼はこの「殺人」は、同類を憎む自分の比類なさからくるものであり、自分は崇高な心を持った殺人者なのだと結論づける。しかし、国境から数キロ離れたあたりで最後の散策をしながらヤクブは再び考え直す。自分は崇高な心を持った殺人者などではなく、自分が憎む殺人者たちと同じ平凡な殺人者だと。

傲慢さのせいでこの国を愛することができなかったのだという考えが浮かんだ。高貴であることの傲慢、偉大なる魂の持ち主であることの傲慢、繊細であることの傲慢。度外れの傲慢のせいで、同類を愛さず、彼らを暗殺者だと見なして嫌悪した。そして再度、彼は知らない女の薬のケースに毒薬を滑りこませたことを思い出し、自分自身もまた暗殺者であることを思い出した。彼は暗殺者で、その傲慢は塵となって消えてしまった。彼も同類なのだ。嘆かわしい暗殺者たちと兄弟なのだ。[…]そして彼は、偉大なる魂の持ち主となる資格など持ち合わせておらず、至高の偉大なる魂とは暗殺者も含めどのような人間をも愛することなのだと考える。(38)

ヤクブの犯した「殺人」は、自分は他人と違うというナルシス的な傲慢、そして他者への愛の欠如に由来する。彼は彼自身が憎む者たちと同類なのである。もし、そうした者たちと違うようにありたいと望むのであれば博愛家のバートレフのように寛容な愛を他者に対して持つべきなのだ。

『可笑しい愛』、『冗談』、『生は彼方に』を通して、ナルシシズムへの眼差しは常にユーモアを交えたものであるにしろ、徐々に厳しさを増していく。とりわけクンデラの自伝的作品ともいわれる『生は彼方に』の主人公ヤロミールについての語り手の描写と考察は、クンデラ自身が恥じている過去が投影されていることもあって辛辣なものとなっている。『別れのワルツ』では抒情、そして抒情に駆られる人間への憎しみを体現する人物としてヤクブが徹底的な人間嫌いとして描かれている。このヤクブが、温泉町での滞在を通して、自分の人間嫌いがなんら誇れるものでもなく、他者を愛することを拒む狭量さと自分を特別視する傲慢さから来ているものだということを自覚する。この作品において、この自覚が意味するのは、どのような者にも優位に立ってナルシスたちを憎み、観客のように自分とは関係のないこととして笑う権利などないということだ。ナルシスたちの滑稽な姿を高みの見物というわけにはいかないとしたら、人間のナルシス性をどのように捉えればよいだろうか。誰もがナルシスであることから逃れえないのなら、どのように生きればよいだろうか。『別れのワルツ』は私たちにこのような問いを突きつける。滑稽なナルシスの物語をただ楽しむ作品群から、ナルシスとして生きる苦しみを考える作品群へ。『別れのワルツ』はその境界に位置する作品である。

注

(1) Milan Kundera, *Risibles amours*, traduit du tchèque par François Kérel, nouvelle édition par l'auteur, Paris, Gallimard, coll. «Folio», 2003, p. 305.
(2) *Ibid.*, p. 132.
(3) *Ibid.*, p. 97.
(4) *Ibid.*, p. 98.
(5) *Ibid.*, p. 111.
(6) *Ibid.*, p. 113.
(7) *Ibid.*, p. 273.
(8) *Idem.*
(9) *Risibles amours*, p. 161.
(10) *Ibid.*, p. 90.
(11) *Ibid.*, pp. 275-276.
(12) *Le Rideau*, pp. 106-107.
(13) Milan Kundera, *La Plaisanterie*, traduit du tchèque par Marcel Aymonin, entièrement révisée par Claude Courtot et l'auteur, version définitive, Paris Gallimard, coll. «Folio», 2003, p. 49.
(14) *Ibid.*, p. 52.
(15) *Ibid.*, p. 55.
(16) *Ibid.*, p. 137.
(17) *Ibid.*, p. 139.
(18) *Idem.*

（19）*Ibid.*, p. 139.

（20）*La Plaisanterie*, p. 366.

（21）ベルトラン・ヴィベールもまたクンデラのヤロミールへの自己投影を指摘している。ヤロミールは作者クンデラの「既に過去となった憎むべき自分」であり、クンデラは決着をつけるべくこの過去を追い払おうとしている。(Bertrand Vibert, «Paradoxes de l'énonciation et de la réception chez Milan Kundera» in *Désaccords parfaits : La réception paradoxale de l'œuvre de Milan Kundera*, Marie-Odile Thirouin et Martine Boyer-Weinmann (dir.), Grenoble, Ellug, 2009, p. 182.)

（22）*La Vie est ailleurs*, p. 29.

（23）*Ibid.*, p. 320.

（24）*Ibid.*, p. 31.

（25）*Ibid.*, p. 95.

（26）*Ibid.*, p. 96.

（27）*Ibid.*, pp. 293-294.

（28）インタヴュー「歴史の両義性」、二九三頁。

（29）*La Vie est ailleurs*, p. 393.

（30）*Ibid.*, p. 395.

（31）*Ibid.*, p. 463.

（32）*Ibid.*, p. 435.

（33）*Ibid.*, p. 476.

（34）『小説の精神』の中で、クンデラはこの小説の形式を「ヴォードヴィル」と表現している。セルバンテスの『ドン・キホーテ』のように全くありえない出会いや偶然が重なるような、筋の本当らしさから解放された遊戯的な小説にしたいと考えたようだ。(Milan Kundera, *L'Art du roman*, Paris, Gallimard, coll. «folio», 1986, p. 115.)

(35) Milan Kundera, *La Valse aux adieux*, traduit du tchèque par François Kérel, nouvelle édition revue par l'auteur, Paris, Gallimard, coll. «Folio», 1999, p. 111.

(36) *Ibid.*, p. 148.

(37) *Ibid.*, p. 149.

(38) *Ibid.*, pp. 320-321.

第三章　苦しみのナルシス

第二期の小説群においても滑稽なナルシス的人物は登場するが、第一期と異なるのは、そうした登場人物を厭わしく思いながらも、自分にも同じナルシス的性質があることに思い悩む人物が物語の中心的な存在となっている点だ。他人の視線を意識して自分を取り繕い、その取り繕った自分の姿にたやすく陶酔してしまうというナルシス的性質は、嘲笑の対象ではなく、逃れようと思っても逃れることのできない呪わしい宿命のように捉えられている。小説世界の雰囲気も喜劇性が影をひそめ、悲観的で鬱屈感を漂わせている。

(1)『笑いと忘却の書』あるいは自尊心を傷つけられた者の「リートスト」

『笑いと忘却の書』は実験的な構成を持つクンデラの野心作である。七部仕立てのこの小説は、笑いと忘却というテーマを中心に据えながら、それぞれが独立して読める内容となっていて、ジャンルも夢物語的なものから、逸話、考察、自伝的エッセーなど多様である。短編集のような体裁のこの作品をクンデラは「変奏形式の小説[1]」と呼んでいる。この作品がクンデラのフランス移住後、最初に執筆された作品であることを想起するならば、こうした新しい取り組みの背景には環境の変化や新しい読者層への意識があったのではないかと考えられる。[2] 実際、チェコと地理的、心理的な距離が生まれたせいか、クンデラはチェコ的な事柄に関してノスタルジックに描写しており、またチェコ語やチェコの文化をよく知らない読者向けの配慮として補足説明を行っている。ここでは、ナルシシズムのテーマと関連して、「リートスト」というチェコ語の概念を見ていく。クンデラ曰く、この言葉は他の言語に翻訳不可能だが、人間の本質を理解するのに不可欠な意味を持っている。その定義は次のようなものだ。

「リートスト」とは突如さらけ出された私たち自身の悲惨さのスペクタクルから生まれる苦悩の状態である。[3]

これは、自尊心を傷つけられたときの悔しさや恨みに由来する苦しみのようなものだと理解できる。クンデラ研究者のマルタン・リゼクは、悔しさとは「思い上がった心が打撃を受け、侮辱されたときに感じる極めてナルシス的な感情[4]」と述べているが、「リートスト」はまさにそのような悔しさに近い。この「リートスト」もまた「若さの飾りの一つ[5]」であり、自分の存在の卑小さを逃れるために理想のイメージに同化しようとするナルシスたちが陥りやすい心理的状況である。ナルシスたちの滑稽さではなく、苦悩が際立つ第二期の小説群の始まりとして、傷ついたナルシスたちの「リートスト」がどのようなものであるかを見ていこう。分析の対象とするのは第五部の若い大学生の話と、二つのエッセー「リートストとは何か」と『リートスト』論に関する新たな考察」である。

若い大学生という設定から既に想像がつくように、この登場人物も手痛い失敗と挫折なしには済まされない。この学生は『リートスト』の化身(6)であり、何度も「リートスト」に陥る。まずは彼とクリスティナ夫人との恋愛を見てみよう。プラハで文学を専攻する大学生は、休暇を田舎で過ごすことになり、肉屋の奥さんのクリスティナと恋に落ちる。恥ずかしがり屋の彼は詩人や哲学者の引用をもってしか彼女に気の利いたことを言うことができない。しかし、クリスティナにはこの不器用さが功を奏す。夫との単調な暮らしや、自動車修理工との不倫にも退屈した彼女にとって、大学生の控え目さと知性が新鮮な魅力なのだ。

休暇後、クリスティナがプラハを訪れる。まだ彼女と肉体関係を結んでいない大学生は喜んで迎えに行くが、そこで最初の失望を覚える。クリスティナはいかにも「おのぼりさん」という風情で、下品に着飾ってきたのである。彼女を連れて歩くのを人に見られるのが恥ずかしくて大学生は「リートスト」を覚える。(7)クリスティナもまたそんな学生の失礼な態度に腹を立てるが、彼女の方は「リートスト」を感じない。というのも、若い学生とは違ってクリスティナは自分が「惨めだとも侮辱されたとも(8)」思っていないからだ。

クリスティナの機嫌を取り戻そうと、大学生は彼女のためにその夜、国中の大詩人たちが集まる会合への参加を取りやめたことを話す。クリスティナは文学に漠然とした憧れを抱いていたので、学生の本棚にある本の中から大詩人の本をプレゼントしてもらい、会合に行ってその本に直接大詩人からの献辞を書いてもらうよう頼む。運よく大詩人から恋人を讃える情熱的な献辞をもらった学生は「リートスト」をすっかり払いのけることができた。滑稽な服装のクリスティナが詩人の崇高な言葉によって美しい女王のようにさえ思えるようになったのだ。当のクリスティナも大喜びである。二人は幸福に包まれて抱き合う。学生は性交を試みようとするのだがここで問題が発生する。クリスティナが執拗に拒むのだ。理由を知りたくても、興醒めするのを恐れ聞くことができない。ただクリスティナが「死んでしまう」と繰り返すばかりなので、彼はそれを彼女の深い愛の証なのだと思い、「至福の入り混じった絶望[9]」を覚える。翌朝、クリスティナが何気なく拒絶の理由を話すが、それは彼女が最初に妊娠したときに医者に二度目の妊娠は命の危険があると注意されたというものだった。クリスティナが学生に身を委ねなかったのは、彼を愛しすぎていたからではなく、避妊に失敗するかもしれないという不安を感じたからだったのだ。自分が「経験のない未熟者[10]」扱いされたことに、学生は再び耐え難い「リートスト」に襲われる。

彼は自分の愚行の底知れぬ深みをのぞきこみ、大声で笑いたい気持ちだった。涙ながらのヒステリックな笑い。彼は駅に背を向け、愛の夜のない自分の砂漠へ向かった。そんな彼に「リートスト」が付き添っていた[11]。

クリスティナが「リートスト」とは無縁であることからわかるように、「リートスト」は、他人の目を気にする自意識や自尊心が強ければ強いほど、そして自分自身を過大評価していればしているほど、強い痛みとして感じられる。語り手はこの後、「リートスト」についての論考をさらに深めるために、この学生の過去に関する二つのエピソードを紹介する。一つ目は恋人の女学生と川で泳いでいたときのものだ。泳ぐのが下手なのにもかかわらず、泳ぎの得意な彼女より速く泳ごうとした学生は川で溺れてしまう。身体的に劣っているという事実を前にして学生は屈辱感を覚え、さらにはそれまで忘れていた過去の嫌な思い出までもが蘇えり、「リートスト」に陥る。どうにもならない苛立ちに学生は、急流があったのを気付かせようとしたのに無視したと恋人をなじり、その顔をたたく。彼女が涙を流すのを見ると彼は哀れみを覚え、その途端に「リートスト」が解消される。当然のことながら後日、学生はこの恋人に振られる。

この話から語り手は「リートスト」には、苦痛と復讐の二段階があると考える。自分の悲惨さが他者の目の前にさらされたときに感じる苦痛は、その他者を同じような悲惨な目に遭わせずしては解消しない。そしてこの復讐にも相手との力関係によって二つのタイプがある。上の川泳ぎのエピソードのように弱い相手に対しては自分と同じくらい惨めな思いをさせて復讐する。相手が自分より強い場合は、自分自身を犠牲にすることによって相手に復讐する。次に紹介する二つ目のエピソードはこのケースに当てはまる。

大学生は子供の頃、ヴァイオリンを習っていた。先生に間違いを冷たく指摘されると、彼は屈辱を覚え正しく弾こうと努力せずにわざと間違えてみせた。同じ間違いをして叱られるように仕向け、先生がどんどん苛立ちを募らせていくほど、生徒は「リートスト」の深みに落ちていくのだった。子供のこの暗い絶望の背後にあったのは、先生を頭がおかしくなるくらい苛立たせ、しまいには自分を窓の外に放り投げさせ、先生を殺人犯にさせてしまいたいというサドマゾ的な欲望だった。

この強烈な復讐の欲望の話から、クンデラは歴史的事象において称賛されるヒロイズムについて考察する。名誉心から降伏を断固として拒むことで、ペルシアとの戦争での惨事を一層ひどいものにしたスパルタ人を、前述の頑固な子供と比較し次のように述べている。

子供が正しく弾くことを拒むのと同じように、彼らもまた憤怒の涙で何も見えず、一切の分別ある行動を拒否し、うまく戦うことも降伏することも逃走に救いを求めることもできなかった。「リートスト」によって彼らは一人残らず殺されたのだ。(12)

また一九六八年のワルシャワ条約機構軍の侵攻後の、チェコスロヴァキアにおける激しい抵抗運動に言及し、次のように述べている。

おわかりいただけるだろうか。そのときあったのは敗北のいくつかのヴァリエーションのみで、それ以外のものは何もなかった。それにもかかわらず、この街は妥協を拒み、勝利を欲したのだ！「リートスト」が支配していたのだ！「リートスト」にとりつかれた人間は自身の破滅によって復讐する。子供は舗道に叩き潰されるが、その不滅の魂は、教師が両開き窓の錠締めで首を吊ったことを永遠に喜ぶことだろう。(13)

クンデラはこのように、しばしば日常的な事柄と歴史を結びつけ、一見飛躍しているようで不思議と説得力のある論理展開をする。その背景には、歴史上の様々な重大な過ちの元を辿れば、個人の平凡で些細な動機があるという確信、そしてそれを明らかにしたいという意図がある。その意味で、敗北が明らかなのに栄誉のために最後まで戦い抜こうとする激情は、子供の強情と同じくらい馬鹿げたものだと言うのだ。どちらにも「リートスト」、つまり自らの悲惨さに度を越した屈辱感を覚え、それを打ち消すためにヒロイズムを渇望するナルシス的な欲望がある。「未熟さ」、「抒情」といった前章で既に見た概念もまた、個人と歴史を結びつけるキーワードであった。「未熟な者たちの遊びの場」[14]としての歴史の舞台、「詩人が死刑執行人と君臨」する「抒情の時代」[15]。ただ、第一期の小説で「未熟さ」と「抒情」がともにナルシス的な登場人物を外側から見たときの特性として滑稽に描かれているのに対して、「リートスト」についてはナルシス的人物にもう少し寄り添う形でその苦しみや復讐心といった心理を明らかにしようという語り手の姿勢が見受けられる。そこにはナルシスたちに対する理解と同情さえ感じられる。

「すべての人間が共通して持っている欠点についての深い経験」[16]のない未熟な者たちは、自分たちの悲惨さが「ありふれた些細なこと」[17]であるというようには考えることができない。否定しようのない悲惨さに対し絶望的なまで抗おうとするから彼らは苦しむ。自分がどう見られているかを気にして、自分の理想の顔や表情しか見ようとしないナルシスである限り、彼らは自己愛を常に傷つけられる運命にあり、「リートスト」の悪循環から脱することができないのだ。

(2)『存在の耐えられない軽さ』あるいはキッチュという美化の鏡

『可笑しい愛』の分析以降、登場人物たちが単純で一般受けのするステレオタイプのイメージや固定観念に弱く、それらに依存している様子を見てきた。彼らは安っぽい小説、大衆的な映画、世間における常識といったものから適当なイメージを引き出し、そのようなイメージを纏った役柄を演じることで自分の悲惨さを隠そうとする。これまで見た作品では、このようなナルシス的な自己演出は、歴史と密接に関わりがあるものでも、あくまで個人の欲求の問題として扱われてきたが、『存在の耐えられない軽さ』においては、社会の問題としても扱われている。ナルシス的な欲求を生み、それを肥大させる土壌としての社会が対象となっているのだ。その際、キーワードとなるのが「キッチュ」という概念である。『存在の耐えられない軽さ』にはトマーシュ、テレザ、サビナ、フランツという四人の主要人物が登場するが、ここでは画家のサビナの物語に注目し、そこで展開されるクンデラのキッチュ論を見ていく。クンデラは「キッチュ」を、大衆的趣味に媚びたり迎合したりするような態度を指す言葉として使用している[18]。

キッチュという言葉は何が何でも最大多数に気に入られようとする者の態度を指す。気に入られるためには、皆が聞きたいことを認め、紋切り型の考えに奉仕しなくてはならない。キッチュとは紋切り型の考えの愚かしさを美と感情の言語へと変換するものである。キッチュは私たち自身、私たちが考え、感じる平凡なことに対する感動の涙を誘う[19]。

「恩知らずな娘、見捨てられた父親、芝生の上を駈ける子供、裏切られた祖国、初恋の思い出といった人々の記憶に深々と刻み込まれたイメージ」[20]を手がかりにしてキッチュは人々の共感と感動を呼ぼうとする。抒情詩がもたらすのと同じ作用である。『存在の耐えられない軽さ』ではこのようなキッチュな態度が蔓延する世界が問題となっているが、それは、より多くの消費者を惹きつけるためにわかりやすく扇情的な宣伝を行う広告会社や、世論に迎合するようなマスメディアなどによって成り立つ社会である。このような世界に慣れ親しむことでナルシス的な登場人物は、ある種の人物像に対する嗜好を養っていくのだ。キッチュな世界とはその意味で、ナルシスたちに理想のアイデンティティを提供する格好の場所である。何が皆にとって美しく、理想的で、正しい姿なのかを教えてくれるとともに、誰もがそのようになれるという夢を見させてくれる。それは「偽りの美しい姿を映す鏡(21)」である。しかし、同時にこの鏡は、価値観、モラル、審美眼、行動といったあらゆる人間の活動をコード化してしまう枷にもなりうる。「こうあるべきだ」というモデルを固定観念として植え付けるからだ。予め答えの用意されたキッチュの帝国では、個人主義的表明はイメージの共有の拒否であるから敵とみなされ、物事に懐疑的であったり、真面目に受け取ろうとしない皮肉も敵である。

サビナはこのようなキッチュな世界で生きづらさを感じている人物だ。祖国チェコスロヴァキアからの亡命後、彼女は外国で自分を受難者のように見る人々の視線を息苦しく感じる。人々は亡命画家というレッテルを貼るだけでなく、彼女がそのレッテルにふさわしい振舞いをすることを求める。フランスで、サビナはチェコ事件の記念日に抗議デモに参加するが、彼女は他の参加者の熱狂についていくことができない。彼女の冷めた態度を見てフランス人の友人たちは訝しがる。彼らにとって、祖国が占領されているのにサビナが闘志を燃やさないのは不自然で理解不能なことなのだ。サビナはイデオロギーや信念にかかわらず、根源的で普遍的な悪というのは、「人々が声を合わせて同じ言葉を叫びながら腕を高く上げて練り歩く大行進(22)」であると叫びたい衝動に駆られる。なぜなら、フランスの抗議デモの熱狂は、チェコスロヴァキアで彼女が学生時代に見たメーデーの大行進に参加する人々の集団的熱狂と変わりないものだったからだ。人々は「共産党万歳」と叫びながら微笑を浮かべていたが、そこには共産主義に対する政治的同意というよりも、他の人々と行動を一にしていることへの絶対的な同意を喜ぶ姿があった。何らかの大義のために人々が連帯する姿は感動的で美しいものだからだ。亡命前の共産主義体制の世界にも、資本主義の社会にも、キッチュなイメージに影響された言動がある。そのようなことを友人に説明することもできず彼女は孤立感を深める。

サビナにはアメリカ合衆国に移住した際にもキッチュなイメージに気詰まりを覚えたエピソードがある。友人のアメリカ人の上院議員とドライブに行ったときのこと、芝生の上を駈けていく子供たちを見て、上院議員が「こういうのを幸福というのです！」と言う。芝生を駈ける子供たちが幸福であるという根拠は何もない。急に殴り合いを始めるかもしれない。それでも議員が幸福だと言うのは、芝生を駈ける子供たちが、自分を含む多くの人間にとって共通の幸福のイメージを信じているからだ。その普遍的な幸福のイメージに感動する感受性が自分にあり、その感動を世界中の人々と共有しているという思いに議員は満足しているのだ。そしてサビナが、芝生の上を子供たちが駈けていくという幸福のない不運な国から来たのだと想像して彼女に同情する。しかし、サビナの目には議員の顔に浮かぶ微笑が、共産党の指導者たちが壇上の高みから行進する市民に向ける微笑と同じに見えるのだった。(23)

ドイツで開催された展覧会においてもサビナはキッチュを目にする。展覧会のカタログには有刺鉄線のかかった彼女の写真と、いかにも亡命画家であるといった先入観に満ちた経歴が載せられていた。それは彼女が表現の自由を求めて苦難にある祖国を捨てなければならなかったという内容で、最後は「自由のために自分の絵で戦っている」という一文で締められていた。殉教者や聖者であるかのような紹介にサビナは抗議するが、誰も彼女を理解しない。「私の敵は共産主義じゃなくて、キッチュなのだ(24)」と彼女は叫び、以後自分がキッチュな物語の主人公に仕立て上げられないよう経歴を隠すようになる。

こうしたサビナのエピソードからは、移住後のクンデラが覚えた違和感や葛藤が透けて見えるようだ。クンデラもサビナのように、「反体制作家」といった単純なレッテルを貼られたり、作品を政治的に解釈されたりするのを嫌い、資本主義の社会にも共産主義の社会にも全体主義的な傾向は存在するとインタヴューで述べている。先入観で凝り固まった真面目な世界が、共産主義下の特殊な状況ではなく、人間が存在する限り地球上のどこにでも出現しうるものとして捉え直される背景には、クンデラ自身の亡命の体験があるのだろう。真面目な世界であろうとキッチュの帝国であろうと、クンデラは「先入観の非＝思考」を嫌悪し軽蔑する。

『存在の耐えられない軽さ』において注目したいのは、前作『笑いと忘却の書』と同様に、ナルシス的な登場人物の苦しみに光が当てられ、ナルシシズムという性質やそれが原因となっている行動への理解を深めようという姿勢が見られる点だ。初期の作品においては、ナルシス的人物はあくまで笑いの対象で、抒情や未熟さは欠点として断罪されている。しかし、「リートスト」の考察が人間全般の本質を明らかにすることを目的としていたように、キッチュに魅了される心理も、どのような人間も逃れることのできない弱さとして、寛容に受け止めるような態度が読み取れる。クンデラの分身のようなサビナでさえ、キッチュに対して決して心を揺り動かされないというわけではないのだ。サビナはキッチュを何よりも嫌うが、一つだけ胸に留めているキッチュな夢があり、それは「優しい母親と思慮深い父親がとりしきる、穏やかで甘く、調和のとれた家庭」のイメージだ。それが単なる一つのイメージにすぎないことを承知し、真面目には取らないが、それでも彼女はこのイメージに対しては涙もろくなってしまう。[25]

私たちの誰ひとりとして超人ではなく、キッチュから完全に逃れることはできない。どれだけ軽蔑したところで、キッチュは人間の本性の一部なのである。[26]

キッチュは幸せになるためのレシピだと、アブラハム・A・モルは書いている。[27] キッチュは人間の都合のよいように世界を変装させるシステムなのだから、その偽りの夢に同意さえすれば人間は幸せになれるはずなのだ。何が幸せを妨げるかというと、それがまやかしだという認識である。キッチュはそれが偽りだと見抜かれてしまうと、たちまち夢を見させる力を失ってしまう。醒めた眼差しを持つサビナは、滑稽なナルシスたちのようにキッチュなイメージに浸って忘我することなどできない。しかし、だまされないからといってキッチュの世界の中で生きる彼女が、他の人間たちより幸せだということにはならないのだ。彼女は自分が恩恵を受けることのできない世界で孤独に生きているのだと言えるだろう。

(3)『不滅』あるいは顔というエンブレム

見て、見られる存在である私たちは、よくも悪くも外見という可視的な形を意識せずには生きることができない。人を外見で判断してはならないと言っても、目に入る情報は否応なしに既存の知識や先入観と結びつき、目の前の存在が何者であるかという大まかな予測を引き出す。また同様に私たち自身も見られることを前提として、自分の着こなしや立ち居振る舞いが人に与える印象を考える。さて、こうした「外見」の中でも、最も重要で本質的なものは顔ではないだろうか。身分証明書に顔写真が必須であるように、顔は私たちのアイデンティティを他者に向けて明確に表すものであるし、私たちは顔を通して様々なコミュニケーションを取り、顔を自我の表現として認識している。しかし、顔とは私たちが自分で選んだものでも作り出したものでもない。子供の頃からこれが自分の顔だと知っているから、私たちは習慣によりもはや自分の顔に違和感を覚えないのかもしれないが、もし鏡の存在しない世界にずっと暮らし、四十歳になったときに初めて自分の顔を見たとしたらどうだろう。自分の精神や心といった内的なものの反映として思い描いた「顔」は、実際に鏡に映る顔と一致するだろうか。『不滅』の女主人公アニエスはこの問いに対して、そこに映る顔はきっと自分が全く想像もしていないもので、その顔が自分だとは決して思えないだろうと考える。どうしてこの顔が私なのだろう。どうして「これ」と付き合わないといけないのか。この顔はいったい自分の何なのか。(28)『不滅』は顔を自分のエンブレムとして掲げながら生きなくてはいけない人の生について考察する小説である。顔を意識して生きること、それもまた楽園を追われナルシスとして生きることを余儀なくされた人間アダムの苦しみである。

アニエスは六十代前半で、仕事で活躍し、プライヴェートでは妻そして母として家庭を切り盛りする、表向きは不自由なく幸せな生活を送っているフランスの女性だ。しかし、心の内では自分の人間嫌いに苦しんでいる。彼女は故郷のスイスで一人ひっそりと暮らすことを願っているが、結婚生活を捨ててそのようなことができるとは考えていない。ときどきスイスを訪れることで自分を慰めている。そしてもう一つ、戯れに顔の存在しない惑星で生きることができたらと夢見ている。彼女はなぜそこまで「顔」の存在を憎み、孤独を望むのだろうか。

自分がデザインしたものでも選んだものでもない顔が、自分が何者であるかを最もはっきりした形で表していること。この事実はアニエスにとって呪いにかけられて姿を変えられてしまったも同然のことなのである。さらに、顔は自分を他人と区別するための目印という大役を担っているにもかかわらず、一つ一つの顔の違いは歴然としているものではなく、顔の各パーツの大きさや配置がそれぞれ少しずつ違っているというだけにすぎない。二つの顔を並べてみれば、その違いの多さは驚くべきものかもしれないが、何百もの顔を前にしたとき、それらは一つの顔の無数のヴァリエーションにしか見えなくなるのだとアニエスは言う[29]。そして、人はこのようなヴァリエーションの一つにまで存在意義を貶められてしまうことを恐れて、顔に自分自身の存在が反映していると信じ、熱心に自分というアイデンティティの輪郭を縁取り、それを誇示しようとするのだとアニエスは考える。アニエスが夢見る「顔のない惑星」のように「人それぞれが自分自身の製作物[30]」であるならば、自分の存在を過剰に表現する必要もない。しかし、自分と根本的に関係がなく、製品のシリアルナンバー以上の意味を持たない顔を掲げて生きなくてはならない人間の世界では、人はかけがえのない、唯一無二の「私」であろうと躍起になる[31]。これまで見てきたように、ここでもナルシスの滑稽で悲劇的な宿命を負わされた人間たちの自己演出が問題となっている。アニエスにとって何よりも耐え難いのは、こうした人間同士の自己顕示の戦いなのだ。

小説の冒頭からしてアニエスは生活のいたるところに溢れる、押しつけがましい自己表現に疲れ切っている。サウナでは女性客の一人が求められてもいないのに一方的に大きな声で自分の好き嫌いをまくしたてているのに辟易し、サウナを出た後の街中でも、爆音を立ててバイクを走らせる若い女の自己顕示に不快感を募らせる。うるさいのはエンジン音ではなく、この女の「自我」なのだとアニエスは考える。「この若い女は人々に聞かせるために、他人の思考を占領するために、自分の魂に騒々しい音を立てるマフラーを取り付けたのだ(32)」と。自己中心的なナルシシズムにアニエスは強烈な憎しみを覚え、この女の死を願ってしまう。アニエスにとって世界は苦しみに満ちた場所で、どこへ行ってもそこに人間がいる限り、心を穏やかにすることができない。

夫のポールも娘のブリジットも妹のローラもアニエスの理解者にはなりえない。むしろポールとローラに関しては、彼らのナルシス的言動がアニエスをさらに追い詰めていく。ポールはアニエスとは全く異なり、何よりも見かけを重視し、常に人々の羨望の的であろうと努力する男だ。エレガントな風采を保つためなら、何年もの間、体の不調を隠し通してみせるほど虚栄心が強い(33)。アニエスがあらゆる見栄っ張りな言動を無意味なものだと考えるのに対し、ポールは自分の思う通りの印象を他人に与えるためなら苦痛も厭わない。彼にとっては人気があることが大事なのだ。このようなポールにアニエスが顔の話をしたところで、かみ合うわけがない。

妹のローラは、キャリアにおいてもプライヴェートにおいても挫折を経験している。仕事もこなしながら平穏な家庭生活を営むアニエスに比べると不幸な人生だと言えるが、その自分の不運や弱さを武器にアニエスを押しつぶそうとする。例えばローラは、自分がどれだけ苦しんでいるかを見せつけるために自殺をほのめかし、さんざん泣いて赤く腫れあがった眼を隠すかのようにサングラスをかけ、食事も喉を通らないほど恋に悩んでいることの証明に体重が七キロも減ったなどと強調する。こうしたローラの押しつけがましい芝居がかったナルシス的行動はアニエスの気を滅入らせる。自己主張という戦いにおいては、アニエスは弱くローラは強いのだ。自分に様々な特性を与えることで、より強く、厚みのある自我を作り上げようとするローラに対し、アニエスは自分の自我から外面的なものや他から借りてきているものをすべて差し引いていくことでその純粋な本質に近づこうとする(34)。

ポールもローラも苦しみや労力を惜しまず、ナルシスの欲望のままに生きている。この二人との関係から見えてくるアニエスの特徴とは、外見に気を配るナルシスとして生きることへの拒絶のみならず、ナルシスとしての無能性やナルシスの世界への不適合性である。それらが彼女の人間嫌い、つまり人間として生きたくないという思いにつながっているのだ。ポールとローラが距離を縮めていくにつれ、アニエスはますますスイスでの隠遁生活を願うようになる。

そんなある日、会社の上司からスイスのベルンへの異動を持ちかけられる。彼女はその提案を躊躇なく承諾し、同僚たちを驚かせる。アニエス自身も自分の行動に驚くが、家族にその決断を切り出す勇気が出ない。うまく説明する方法を考えるために、アニエスはスイスに車で出かけ、二日間滞在することにする。そしてその帰り道、アニエスは交通事故に遭い死んでしまう。瀕死の状態で病院に運ばれ、朦朧とした意識の中で彼女は「あちらには顔がありません(35)」という声を聞く。ようやく自分が顔の存在しない世界に行くのだと彼女は想像する。

スイスで静かに暮らすという夢は実現の手前で消え、その代わりにもう一方の顔のない世界に旅立つという現実離れした夢の方が、突然の事故によって叶ってしまう。人間の存在そのものを受け入れられず、人間の世界に背を向けて生きたいと願っていたアニエスにとっては、前者の選択は妥協でしかなく、後者の選択でしか本当の意味で願望を満たすことができなかったのかもしれない。死の直前、彼女はその人生最後の日の午後に、一人で野原を散歩したときに味わった幸福な気持ちを思い出す。

小川のほとりにたどりつき、彼女は草の上に横たわっていたのだった。長い間そこに寝そべっていた。水の流れが彼女の中を通り抜け、苦しみと汚れの一切を、つまり自我を運び去っていくように感じながら。不思議で忘れられない時間。彼女は自我を忘れ、自我を失い、自我から解放されていた。そして、そこに幸福があった。(36)

この記憶の感覚にふけりながら、運転中のアニエスは自分の苦しみの理由を理解する。

人生の中で耐え難いのは、存在することではなく、自分の自我であることだ。［…］生きること、そこに幸福はひとつもない。生きること、それは世界中いたるところに苦しむ自我を持ち歩くこと。しかし、存在すること、存在することは幸福だ。存在すること、それは噴水に変身すること、宇宙が温かい雨のように降り注ぐ石の水盤になること。(37)

アニエスは自我の呪縛から逃れられないナルシスの宿命に抗い、そして死ぬ。ナルシスを苦しめ、死に追いやったのは水面に映る自分の顔である。ナルシスは顔を愛し、アニエスは顔を憎んだ。彼女はナルシスのように自分の顔を自分自身だと思ってそれに執着するような生を拒絶したが、ナルシスの世界に背を向けて生きるという彼女の夢は、生きている限り叶うことはなかった。アニエスという登場人物を生み出したクンデラは、彼女に人生を否定させ、つらく耐え難い状況に追い込み、最後に死を用意する。それはまるで、人間として生きていく限りは苦悩するナルシスであり続けなければならないことを示そうとしているかのようである。

注

（1）*L'Art du roman*, p. 101.

（2）クンデラ研究者のリゼクは西側諸国の読者を意識したクンデラの態度に注目し、特にクンデラが新しい読者の共産主義社会についての知識不足を利用して、亡命作家のイメージを作り上げていることを指摘している（Martin Rizek, *Comment devient-on Kundera ?*, pp. 271-277.）。またボワイエ＝ヴァインマンは環境の変化が語り手の性質にも影響を及ぼしていることを指摘している(Martine Boyer-Weinmann, *Lire Milan Kundera*, Paris, Armand Colin, 2009, p. 99)。これらの点については第二部で詳しく述べる。

（3）*Le Livre du rire et de l'oubli*, p. 200.

（4）Martin Rizek, *op. cit.*, p. 326. リゼクはクンデラの登場人物を理想のイメージ通りになれない悔しさに囚われている者として理解している。悔しさの感情への言及が『笑いと忘却の書』で初めてなされているものの、こうした捉え方自体は『可笑しい愛』や『生は彼方に』などそれ以前の作品にも見られることを指摘し、「リートスト」というチェコの概念を持ち出していることについては、チェコ時代の経験を引き合いに出そうとする意図があると考察している。

（5）*Le Livre du rire et de l'oubli*, p. 201.
（6）*Ibid.*, p. 202.
（7）*Ibid.*, pp. 204-205.
（8）*Ibid.*, pp. 205.
（9）*Ibid.*, pp. 240-241.
（10）*Ibid.*, p. 243.
（11）*Ibid.*, p. 244.
（12）*Ibid.*, p. 246.
（13）*Idem.*
（14）*La Plaisanterie*, p. 140.
（15）*La Vie est ailleurs*, p. 401.
（16）*Le Livre du rire et de l'oubli*, p. 201.
（17）*Idem.*
（18）『小説の技法』の中の「七三語」（二〇一一年のプレイヤード叢書全集では「六九語」となっている）でクンデラはヘルマン・ブロッホを引き合いに出し、フランスにおける「キッチュ」の意味の誤解を指摘する。キッチュはただ「粗悪な芸術」のような悪趣味を指すのではなく、「十九世紀の感傷的なロマン主義」と密接な関係があり、クンデラはその意味で人間の日常的な振舞いの特徴を表すために「キッチュ」という語を使用している。
（19）*L'Art du roman*, p. 196.
（20）*L'Insoutenable légèreté de l'être.*, p. 361.
（21）*Ibid.*, p. 160.
（22）*Ibid.*, p. 148.

（23）*Ibid.*, p. 360.
（24）*Ibid.*, p. 369.
（25）*Ibid.*, p. 370.
（26）*Ibid.*, p. 372.
（27）Abraham A. Moles, *Psychologie du kitsch. L'Art du bonheur*, Paris, Denoël /Gonthier, 1977.
（28）*L'Immortalité*, pp. 58-59.
（29）*Ibid.*, p. 57.
（30）*Ibid.*, p. 70.
（31）*Ibid.*, p. 26.
（32）*Ibid.*, p. 40.
（33）*Ibid.*, p. 148.
（34）*Ibid.*, p. 151.
（35）*Ibid.*, pp. 395-396.
（36）*Ibid.*, pp. 380-381.
（37）*Ibid.*, p. 381.

第四章　諦観のナルシス

第三期の小説群においては、ナルシスたちの世界は第二期のものほど悲痛ではない。ナルシス的な性質に対する語り手の批判的な態度は第一期から引き続き存在しているが、それは嫌悪感を露わにし真っ向から否定するものでも、絶望的に悲観するものでもない。ナルシス的な性質が人間の逃れえぬ宿命であるのなら、それを受け入れた上で、いかにそれを抑制し生きるかといった、ナルシス的性質との妥協、部分的な和解にもとづいた、諦め混じりの世界観があるように思われる。

ナルシス的な人物にも、自己陶酔して情けない姿をさらす滑稽なナルシス、自己顕示の戦いに疲れ切って苦悩するナルシスに加えて、三番目のナルシスが登場する。それは、自分の中のナルシス的な欲求を満たしながらも、その虜にになって不幸にならないよう、控え目に自分を取り繕い、我を忘れない程度の自己陶酔を楽しむという諦観のナルシスだ。

(1)『緩やかさ』あるいは自惚れ者の謙虚さ

第二期の最後の小説『不滅』におけるアニエスの苦難と悲痛な死の重々しい空気とは打って変わり、

第三期の最初の小説『緩やかさ』においては、人生に対して比較的、楽観視するような態度を読み取ることができる。人生は人間のナルシス的性質ゆえに苦しいものであるとの前提に立った上で、人生においていかに幸福を追求するかという問いが投げかけられる。『緩やかさ』のテーマは快楽主義であり、ナルシスの宿命を負った人間のためのクンデラ流の幸福論が展開される。小説の冒頭部分でクンデラは快楽主義について次のように書いている。

快楽を感じることができるのは、苦しまない人間だ。つまり、苦しみこそ快楽主義の根本的な概念なのだ。苦しみを遠ざけることができればそれだけ幸せになれるのだ。しかし、快楽はたいてい幸福よりも不幸をもたらすものだから、エピクロスは用心深くささやかな快楽しかすすめない(1)。

エピクロスの思想にまで遡り、クンデラが小説を通して追究しようとする快楽主義とは快楽をひたすらに求める貪欲さではなく、苦しみからできるだけ遠ざかろうとする知恵にもとづく態度なのである。これまで見てきたように、クンデラの人間観においては、苦しみはすべてナルシス的な虚栄心に由来するものである。『緩やかさ』においても、それは同じで、自己陶酔ゆえに悲惨な状況に陥る滑稽なナルシスや、自己顕示の戦いに巻き込まれ苦しむナルシスが登場し、それぞれが自身の運命を嘆く。彼ら自身の虚栄心が彼らを苦しめ、幸福になるのを遠ざけているのだ。このようなナルシス的な性質を本性とする人間が幸福になるためにはどうすればよいのか。この問いの答えとしてクンデラは「謙虚さ」を提案する。この「謙虚さ」こそが、第三期のナルシスの態度を特徴づけるものである。滑稽なナルシス、苦しみのナルシスに続き、三番目に登場するこのナルシスは、虚栄心を手懐けながら幸福を追求していく。自らの自己破壊的な欲求を深く理解し、節度ある快楽に満足するという知恵へと導かれる諦観のナルシスである。

『緩やかさ』は作者クンデラを名乗る語り手が妻のヴェラとドライブをしているシーンから始まる。ホテルになっている城に向かいながら語り手は緩やかさの快楽について考え、同じくパリから田舎の城を訪れる若い騎士の冒険を描いた十八世紀の短編小説の世界に思いを馳せる。ルーヴル美術館の初代館長としても知られるヴィヴァン・ドゥノン（一七四七～一八二五）の『明日はない』である。『緩やかさ』には語り手がこの短編を回想し快楽についての思索を深めていく様子と、語り手が城で過ごす夜に想像する物語が交互に語られ、この二つが徐々に混ざり合っていくという不思議な構造を持っている。それ自体がフィクションである小説作品の世界において、「作者」という人物がもう一つ別のフィクションを創作する過程が語られるのだから、入れ子構造になっていると言え、さらにその中で実在のものとフィクションのものが共存しているということになる。ともあれ、この小説ではヴィヴァン・ドゥノンという十八世紀フランスに実在した人物と、ポントヴァンというクンデラが創造した小説の登場人物の二人が、諦観のナルシスの代表として登場する。双方とも、機知と雄弁に長けているにもかかわらず、自分たちの主張や言説で名声を得ようとはせずに、近しい人々の間でそれらを共有することにささやかな喜びを見出している。ここでは、ポントヴァンに注目して、諦観のナルシスがどのようなものであるかを見ていくことにする。

ポントヴァンは文学博士の歴史家で、単調な毎日に退屈している。観察眼に優れた彼は、友人たちとの会話で鋭い考察を披露することを楽しみとしている。ポントヴァンはメディアに頻繁に登場する著名人を観察し、「舞踏家の理論」なるものを考え出して、人間の自己顕示欲のメカニズムを明らかにしようとする。この理論によると、「舞踏家」とは称賛や羨望の眼差しを一身に集めるために舞台を独占しようとする者を指す。そのためには、自分が誰よりも道徳的に優れていることを示して、他の舞踏家たちを舞台から追い出さなくてはならない。ポントヴァンはこの舞踏家たちの戦いを「モラルの柔道」(2)と呼ぶ。自分が他と比べてどれだけ勇敢で、正直で、誠実で、犠牲心があり、真正であるかを見せつけ、少しでもよい印象を与えることが肝要なのだ。「舞踏家」はモラルを説くのではなく、モラルを踊り、自分の人生の美しさによって世間を眩惑し、感動させようとする。

こうした「舞踏家」たちの中で、ポントヴァンが「舞踏家たちの殉教の王(3)」として特に注目するのがベルクという名の知識人だ。彼は代議士のデュベルクというもう一人の「舞踏家」と熾烈な自己顕示合戦を行う。エイズ患者との昼食会にデュベルクと同席した際、デュベルクがカメラマンの前で患者の一人にキスをしたのに対し、ベルクは追随することを恐れて何もできず、薄笑いを浮かべて固まっている様子がテレビに流れてしまう。名誉挽回とばかりにベルクはアフリカに行き、顔にハエが群がる瀕死の黒人少女の傍らで写真に収まった。この写真が全世界で有名になるとデュベルクは、外国にばかり目を向けるベルクの信用を失わせようと、自国の、つまりフランスの農村や郊外の貧しい子供たちのことをテレビで話し、連帯の証にろうそくを持って街頭に出てパリ中を大行進しようと呼び掛ける。参加を求められたベルクは、応じればデュベルクに従ったとされ、応じなければ逃げたと非難されると考え、この罠をかわそうと、民衆の反乱が起きているアジアのとある国に赴き、圧制に苦しむ人々への支持を表明しようと考える。しかし、ベルクは勘違いから目的地とは異なる平穏な国に降り立ってしまい、寒く交通の便の悪い飛行場で風邪をひき、結局何もせずパリに戻ることになってしまう。自惚れ屋には浮かれて想像していたのとは正反対の惨めな結末が待っているというクンデラお決まりのパターンである。

ポントヴァンは友人たちの前で自己顕示欲の強いナルシスたちの戦いを批判するのだが『不滅』のアニエスのようにそのようなナルシスたちを見て嘆いたり、厭世的になったりはしない。むしろポントヴァンは彼らを茶化すのを楽しんでいる。さらに、こうした皮肉を言うだけの距離を「舞踏家」たちから保っているにもかかわらず、自分自身も「舞踏家」の戦いに参戦してしまいそうになることを認めている。ポントヴァンと、彼に対して尊敬と嫉妬の入り混じった感情を抱く未熟な若者、ヴァンサンとのやりとりを見てみよう。

ヴァンサン「あなたは昨日、あの女の人の前で、カメラの前のベルクのように振舞いましたね。あの人の注意をすべて自分に引き付けようとしていた。自分が一番優秀で、一番才気煥発だって見せたかったのでしょう。そしてこの僕に対しては、自己顕示主義者たちの柔道の中で最も低俗な柔道を使いましたね」［…］

ポントヴァン「広義に解釈するのなら（そして実際、君はこの点では正しいのだが）、舞踏家は確かに僕たち一人ひとりの中にいるんだよ。だから僕だって、女の人がやってくるのを見たら、他の人の十倍は舞踏家になってしまうと認めざるをえないね。それに逆らおうたってどうしようもないさ。抗えないものなんだよ(4)」

この誠実な答えを聞いて、ヴァンサンはますますポントヴァンに心酔してしまうのだが、ポントヴァンのこの態度からは彼の成熟振りと寛容さが読み取れる。「舞踏家」つまりはナルシスの性質をポントヴァンは拒絶するのではなく受け入れる。「舞踏家」の欲望に囚われることを警戒しながらも謙虚に自分の虚栄心を満たすという自分に正直な人物なのである。

「舞踏家」の理論が世間に発表するだけの価値のある興味深いものであっても彼は決して公表しない。なぜならそれは「舞踏家」たちの熾烈な争いに身を投じることを意味し、彼は自分がそのような滑稽で苦しみに満ちた「舞踏家」になる危険があることを承知しているからだ。最初からわかりきっている危険を冒すより、彼は自分の周囲のごくわずかな親しい人々の前で機知に富む考察を披露し、憧れの眼差しを受けるという控え目な楽しみで満足する方を選ぶのだ。

ナルシスとしての人間を、共感をもって理解しようとするポントヴァンの寛容な態度は、『緩やかさ』においてクンデラと名乗る語り手の態度にも重なる。ここでは詳しく触れないが、『緩やかさ』のナルシス的人物は悲惨な物語の主人公には違いなくとも、その描写からは語り手の同情が読み取れる。ヴァンサンはポントヴァンの「最も純粋で最もほろりとさせる(5)」友人として描かれている。ヴァンサンの未熟さはただただ嘲笑の的となるのではなく、どこか愛しいものとして描かれているのだ。ここにクンデラの人間の本性に対する諦めの入り混じった寛容さが見て取れるのではないだろうか。ポントヴァンの成熟した態度はクンデラのナルシス的人間に対する諦観を表現しているのだと言えよう。

(2)『ほんとうの私』あるいは世界の周縁で生きること

虚栄心を満たそうとする欲望を制しながらも、ささやかな快楽を味わうという諦めの境地を描いた『緩やかさ』に続き、『ほんとうの私』は、諦めの態度で日々を過ごす女主人公シャンタルの物語である。ただ『緩やかさ』のポントヴァンは一切挫折をせず、終始成熟した人物として描かれるのに対し、『ほんとうの私』のシャンタルは諦観しているナルシスであっても、ふとした拍子にナルシシズムの罠にかかってしまう。

シャンタルは、子供を亡くして以来、家族や親戚と距離を置き、広告代理店で働きながら、年下で定職のない恋人ジャン＝マルクと気楽な生活を送っている。若い頃は、自分がバラの香水のようになって男たちを振り向かせ、男たちを通して「世界にキスをしたい」[6]などといったメタファーに夢中になっていたが、大人になった彼女はそうした憧れを一切捨て平穏で地味な毎日を大切にしている。

彼女は冒険の完全な不在を堪能していた。冒険、世界にキスをする一つの方法。彼女はもう世界にキスなどしたくなくなっていた。世界などもう欲しくなくなっていた。彼女は冒険もなく、冒険への願望すらない状態でいるという幸福を堪能していた。[7]

『緩やかさ』のポントヴァンのように、シャンタルも世間での成功や評判には関心を持たず、かといって社会に背を向けることなく適度なバランス感覚を保ちながら生きている器用な人間だが、彼女の処世術はいくつかの顔を使い分けるというものだ。職場の広告代理店で働いているとき、シャンタルは「真面目な顔」[8]をつけ、世間に順応しているふりをする。そしてジャン＝マルクといるときは「嘲笑する顔」[9]となり、広告業界や消費者がいかにステレオタイプな価値観に毒されているかを辛辣に批判するのだった。好んで「顔」を自分に貼り付けていくという行為は、「顔」を持つことを嫌う『不滅』のアニエスと一見対照的であるように思われる。しかし、社会の中で特定の「顔」を持たずに愛する男とひっそりと生きるという生活は、アニエスが切望したことの部分的な実現であると言える。アニエスにとって「顔」を使い分けるという行為は耐え難いものに違いないが、シャンタルはそれを自分の精神的な隠遁生活を守るための手段として割り切っているわけだ。この点に諦観のナルシスらしい妥協が見られる。この妥協の上にシャンタルの幸福は成り立っているのだ。子供の死も重要な要素である。シャンタルにできてアニエスにできなかったこと。それは家族とのしがらみを断ち、社会に対して完全に無関心になるということだが、シャンタルの場合は子供の死がそのきっかけとなった。アニエスは夫と娘に、離れて暮らしたいと言うことができなかった。家族、特に子供がいれば社会がその子供の未来にとってよいものであることを願う。そこに世界とのつながりができてしまう。子供を失ったシャンタルは、罪深さを覚えながらも、この世界から精神的に切り離され自由になれたことを幸福に思うのだ。会社で真面目な顔をするシャンタルは実は会社に対して不真面目なのであり、不真面目な顔になるプライヴェートを何よりも真面目に考えているのだ。しかし、このような世界の周縁で生きるシャンタルもまたナルシシズムに囚われてしまう。

職場での顔は、経済的に自立し、ジャン＝マルクとの生活を守るための「仮の顔」であって、「本当の顔」

はジャン＝マルクといるときの顔なのだとシャンタルは言う。しかし、恋人のジャン＝マルクからすると、シャンタルのパーソナリティの一貫性のなさに当惑を覚えずにいられない。そして、シャンタル自身もやがて他人からどのような人間として見られているのか、つまりアイデンティティの問題に無頓着ではいられなくなる。そのきっかけとなるのは更年期特有の体の不調である。自分の体が自分の言うことをきかなくなるという状況になって彼女は再び思春期のときのように他者の視線を意識するようになるのだ。しかし、もう若くない彼女に投げかけられるのは無関心の視線ばかりで、彼女は自分が世界から消えてしまうような感覚に襲われる。舞台の上での冒険を放棄し、舞台袖に下がってひっそり暮らす生活を満喫し、世界の周縁で生きることを自覚しているにもかかわらず、肉体的に誰の視線も引かないことに不安と焦りを感じるのだ。こうした中、シャンタルが発した「男たちはもう私を見て振り返らないの」[10]という言葉が状況を大きく変えていく。

「男たちはもう私を見て振り返らないの」というこの言葉をジャン＝マルクに投げかけたとき、シャンタルはこれを軽い冗談のように言いたかったのだが、実際の声は驚くほど沈痛なものだった。その声に焦ったせいか急に火照りを覚え、赤面するのを抑えられないまま、シャンタルは自分の言葉が重く深刻なものとしてジャン＝マルクに解釈されるのを苦々しく思うのだった。ジャン＝マルクは恋人である自分はどうなのかとシャンタルの言い分を不当に感じるものの、老いつつある女は誰しも、自分の体に注がれる男の関心の有無が気になるものなのだろうと考える。不特定の見知らぬ者の視線の存在を感じさせることでシャンタルが自信を取り戻すようにと、彼は匿名でシャンタルの美しさを称える手紙を送ることにする。

最初はこうした手紙に警戒心を抱いていたシャンタルだが、何通か続くと、本当に見知らぬ者の視線に飢えていたかのように機嫌がよくなり、徐々に手紙の主が称賛するような女のイメージに自分を近づけていく。彼女は再び鏡の中の自分を眺めるようになる。枢機卿の深紅のマントを裸の上に羽織った姿を想像するという内容の手紙を読むと、シャンタルは早速赤いネグリジェを買い、それを着て鏡の前に立って惚れ惚れとする。その姿でジャン＝マルクを誘惑し、男に追われる女のイメージや、誰かが見ているかもしれないという想像に興奮する。冒険の欲望をしまいこみひっそりと生きてきたシャンタルのナルシシズムに再び火がついてしまうのである。しかし、毎回恒例のごとくクンデラの小説においては、ナルシス的な自己陶酔は「自分が自分の思っているような者ではない」という痛ましい結末を招く。

数日後、シャンタルは手紙をしまっておいた衣装箪笥の下着類を見ていて、触られた形跡があることに気付き、そこから手紙の差出人がジャン＝マルクであることに思い至る。

突然、彼女は彼を夢中にさせた枢機卿の深紅色の衣装についての文章を思い出し、恥ずかしくなる。他人が私の頭に蒔いたイメージに、私はなんて簡単に影響されたのだろう。彼にはどんなに滑稽に思われたことだろう。彼は私をうさぎみたいに小屋に入れたのだ。意地悪く、面白がって、私の反応を観察しているのだ(11)。

ジャン＝マルクの意図は決してシャンタルの考えるようなものではなかったのだが、シャンタルの冷淡さにジャン＝マルクは弁解の余地を見出せない。翌日、ロンドンに行くとジャン＝マルクに告げて出発したシャンタルは、いつかジャン＝マルクと話したことのある乱交パーティーに加わる。乱交パーティーに参加することはシャンタルの密かな願望だったのだが、無数の裸体が蛇かミミズのようにくねりながら動くのを目の前にして彼女は嫌悪感を覚える。着ていた服を探しにその場を離れるが、大きなサロンに裸のまま閉じ込められてしまう。そこには、ガウン姿の七十男がいる。裸のシャンタルは、急に強烈なのぼせが体の奥底から立ちのぼってくるのを感じ、自分の疲れと弱さを感じる。男は奇妙なことにシャンタルをアンヌと呼ぶ。シャンタルは、自分はアンヌではないと答え、自分が誰なのかを説明しようとするが、本当の名前が思い出せずパニックに陥る。

私は裸だ。それでも彼らは私を脱がし続けるんだ。私から私の自我を脱がせようとする。私の運命を脱がせようとする。彼らは私に別の名前を与えた後、見知らぬ人たちのあいだに私を見捨ててしまうだろう。私はその人たちに自分が誰かということを決して説明できないだろう。(12)

この夢か現実かはっきりしない不思議な状況は、シャンタルが自分はもう死んでいるのかもしれないと思いかけたときに、名前を呼ぶジャン＝マルクの声が聞こえ、シャンタルが目を覚ますところで打ち切られる。シャンタルは「自分」を取り戻す。どこからが夢だったのか、シャンタルにも登場人物にも定かではない。枕元の小さなランプが灯された部屋でシャンタルがジャン＝マルクに「私はもうあなたから目を離さない。ずっとあなたを見ている」(13)と言うシーンで小説は終わる。

この乱交パーティーでの出来事は『可笑しい愛』の短編「ヒッチハイクごっこ」の若い女が同じく裸

の状況で、本当の自分ではない存在として扱われるシーンを思い出させる。「ヒッチハイクごっこ」の若い女がただ「私は私」(14)としか言えなかったように、シャンタルも、自分がアンヌではないということしか言えない。服を全て脱がされ、他と区別のつかない無防備な裸となったときに、心もまた他と区別のつかない、何ものでもないものになってしまう。そのような状況で、自分が誰であるのかを言い表そうとしても、ただ「私は私」、あるいはシャンタルが、自分はアンヌではないと言ったように「私でないものは私ではない」としか言うことができない。名前も職業も趣味も考え方も信念も、唯一性の証明にはならない。誰にとっても言えることで、置き換え可能なものだからだ。それでは何が自分を「誰か」であり続けることを可能にするのか。「ヒッチハイクごっこ」は収拾のつかないまま結末を迎えたが、『ほんとうの私』ではこの答えが出ている。他者の存在、ともに生き自分を見つめる人間の存在である。

『ほんとうの私』が描く諦め、それは人間が自分の存在を確かめるのには他者の存在を必要としていることを認めることなのではないだろうか。誰も自分の顔を見ず、自分の存在を認めないのであれば、存在しないも同然だ。世界の中心で顔をとっかえひっかえ自己演出の舞台に興じるのでは幸福になれない。完全に世界の外に出てしまうのは人間として生きることの放棄である。世界の周縁で他者とともに謙虚に生きるというのが消極的ながらもナルシスが幸福に生きるための現実的な方法なのである。

（3）『無知』あるいは悲しい自画像

『無知』のテーマは帰還である。これまでも小説の中でチェコ出身の亡命者あるいは亡命を企てている人物を何度か描いてきたクンデラだが、『無知』において初めて亡命先の外国から祖国へと帰還する人物が登場する。一人はフランスに亡命し、フランスでの生活にすっかり溶け込んだイレナという女性、もう一人はデンマークに亡命したヨゼフという男性である。長らく離れていた故郷に戻ることは、人生を振り返り、自分が何者であるかの再確認を促すものだが、彼らが祖国で見出すのは、彼ら自身が祖国に置き忘れて行った「過去の自分」である。『無知』ではイレナとヨゼフ、そしてもう一人、ミラダというチェコスロヴァキアに残った女性の三人の人物が過去を振り返り、自分についていつまでも無知のまま、自画像を描きながら生きている様子が寂しげに語られていく。どの人物も四十代の成熟した大人であるが、鏡の中に映る自分の像をどんなに見つめても、鏡を見ている自分の姿には盲目であるというナルシスの状態を免れることはない。自分の生きた過去も、現在の自分も、彼らの指の間をすりぬけていく。初期の小説以来、クンデラは人間の根本的な「無知」の状態について考察を続けてきたが、諦観のナルシスたちを描くようになったクンデラは、この人間の「無知」をどのように捉えているのだろうか。イレナとヨゼフの帰還の物語と、彼らの帰還を機に過去に思いを馳せるミラダの物語を見ていくことで、この問いの答えを探っていくことにする。

イレナとヨゼフは、チェコスロヴァキアがビロード革命によって民主化されたことを機に帰国する。イレナのフランス人の友人が「大いなる帰還」と呼ぶように、この帰国には歴史的意義が与えられているとともに家族や友人との再会といった個人的な感動のドラマも期待されるものだが、クンデラが『無知』で描くのはそうした「帰還」にまつわる感傷的なイメージを裏切るエピソードである。

イレナは帰国後、昔からの女友達を集めて夕食会を開くが、彼女の期待とは裏腹に彼女がフランスで過ごした二十年間について聞こうとする者は誰もいない。イレナが女友達に期待したのは、世間知らずの娘から外国の生活での苦労を乗り越え成熟した女へと成長を遂げた新しい自分を受け入れてもらうことだった。しかし、夕食会で旧友がイレナに求めるのは祖国を離れる前の共通の思い出を覚えているかどうかの確認ばかりだった。亡命先で辛苦を乗り越えた女という現在の自分の新しい自画像を祖国の女友達に受け入れてもらうという企ては失敗に終わるのだ。この夕食会でイレナは亡夫の同僚だったというミラダに出会い、その優しい態度に親近感を覚える。

ヨゼフの方も、出発前に抱いていた予想が裏切られる。彼の場合は「自分のよく知っている場所、そして自分の過去との対面[15]」を想像していたのだが、故郷の街に到着してみると、風景には見覚えがなく、チェコ語も外国語のように聞こえ、家族の話に出てくる自分の過去に対しても何の感情も湧かない。故郷に戻ったヨゼフは、まるで見知らぬ土地に来たようにそこに懐かしさを一切感じることができないのだ。語り手はその無感動を次のように説明する。ヨゼフは自分の子供時代を嫌い、それゆえに何の躊躇もなく外国に亡命することができ、外国で今はもう亡き妻と恋に落ちたことによって祖国での過去は厄介払いされてしまったのだと[16]。

イレナもヨゼフも、現在時の自分を作り上げているのは外国で過ごした時間であると考え、過去を切り離している。帰国しなければ祖国からの距離と同じくらい遠くに過去を追いやったままでいられたかもしれないが、帰国したことにより二人は祖国での過去、つまり自分が未熟だったときの思い出に振り回されることになる。

イレナとヨゼフは祖国に向かう途中、偶然パリの空港で出会う。再会すると言った方が正しいかもしれないが、イレナがヨゼフのことを覚えているのに対して、ヨゼフにはイレナが誰なのか見当がつかない。イレナが魅力的であったことからヨゼフは思い出せないことは黙ったまま彼女の話に合わせることにする。イレナの方は若い頃に一度会っただけのヨゼフのことがずっと忘れられずにいたため、この出会いを運命的だと感じ、過剰な期待をする。イレナの記憶では、友人ぐるみでバーで飲んだ晩、初対面のヨゼフは彼女のことばかりを見つめ、バーからこっそり灰皿を持ち出してイレナに手渡し、自宅に誘ったのだった。婚約者の身であったイレナはその誘いを断り、そのことが「癒えない傷」[17]として残った。灰皿をお守りのように大切にしてきたイレナにとって、二十数年後の再会は「始まる前から中断してしまった愛の物語」[18]を取り返すチャンスのように感じられる。ヨゼフが好意的であるだけに有頂天になり、現在のパートナーのギュスターヴと別れてヨゼフと新しい人生を歩むのだという勝手なシナリオを思い描いてしまう。『冗談』のヘレナがルドヴィークとの関係を真面目なものだと勘違いしたり、『ほんとうの私』のシャンタルが匿名の手紙に浮かれてしまったりするのと同様で、イレナの幻想も乱暴に破壊されることになる。プラハのホテルで落ち合って、情事の後、身支度をしているヨゼフを引き留めようとイレナはおもむろに例の灰皿をヨゼフに見せる。何も思い出せないヨゼフは無言のままで困惑する他なく、そこですべてが自分の一人芝居であることを悟ったイレナは泣き崩れる。イレナが勝手にヨゼフとの未来を思い描いていたのに対し、ヨゼフはほんの遊びのつもりだった。自分に都合のよい過去の解釈によってイレナは現実を見失ってしまったのだ。

ヨゼフにもまた自分の過去に不意を突かれるエピソードがある。彼は昔の自分の高校時代の日記を読むことによって、忘れていた恥ずかしい思い出がよみがえり、いっそう過去と縁を切りたいと思う。日記には若いヨゼフと少女たちとのデートの記述があったが、それを読んでも、今のヨゼフには何も思い出せない。あまりに未熟でいまいましさを覚えるこの日記の書き手が自分であるとは思えない。ある箇所では、フラストレーションを募らせるあまり、腹いせに交際していた少女に学校の合宿に参加したら別れると言って彼女を困らせ、泣かせている話が書かれている。ヨゼフは泣いている少女を観察し、興奮しているであろう書き手に憤る。性体験の欠乏に悩むというのは、「エドゥワルドと神」のエドゥワルド、『冗談』の青年期のルドヴィーク、『生は彼方に』のヤロミール、『笑いと忘却の書』のリートストの学生など、クンデラが描く若者の登場人物に共通する特徴である。自分だけが苦しむのが嫌で少女を脅迫するあたりなど、ルドヴィークがマルケータに挑発的な絵はがきを送ったり、ヤロミールが赤毛の少女の兄を告発したりするのと同じパターンである。若かりし頃のヨゼフもこうした滑稽で未熟なナルシスだったのだ。ヨゼフはこの過去をなかったことにしたいという思いに駆られる。

彼は日記のページを小さな断片に引き裂き始める。大げさで無益な動作。しかし、彼は思う存分自分の嫌悪感を爆発させたいという欲求を覚える。いつの日か(たとえ悪い夢の中であったとしても)自分がその青二才と混同され、代わりに罵倒され、その言葉と行為に責任があるとみなされないように、その青二才を消滅させたいという欲求を[19]！

このヨゼフの行為からは、自画像や自分の人生の物語である自伝を、現在の自分が思うように描きたいというナルシス的な欲望が読み取れる。このような人物はこれまでにも登場している。『笑いと忘却の書』ではミレックが昔の恋人ズデナに宛てた恋文を取り戻そうとし、『緩やかさ』でもベルクがかつての恋人であるイマキュラタが自分についての伝記映画を撮ろうと企画していることを知って慌てる。彼らは自分の人生を修正しながら自分のイメージを作り上げていく。その正当性や根拠を脅かすものは許されない。「過去に執着しない男」というのがヨゼフの自画像である。実際に自分がそうであると信じ込んでいるのかもしれないが、彼はイレナに再会したときに自分が「完全に自由な人間だ[20]」と言う。しかし、この後悔も執着もない男の自画像は、不都合な過去を忘れ、それを思い出させる物もないし、人間もいないという状況でしか保つことのできないものだ。日記を破いたヨゼフだが、彼の憎む「青二才のヨゼフ」からひどい仕打ちを受けた少女が、大人になった今でもそのことを覚えているということは知る由もない。

実はその少女とはミラダなのだ。二人の過去について何も知らないイレナからヨゼフの名を聞いたミラダも自分の過去を振り返る。しかし、彼女にとっては、過去は何時たりとも忘れることのない身体的な傷として残っている。未熟で、「無知の時期の取り返しのつかない過ち[21]」を記憶に刻み、その原因となった無知を警戒する彼女は人生に対して消極的で懐疑的な態度をとる。この作品の中で諦観のナルシスらしさが最もにじみ出ている人物である。

既に述べたように高校時代、ミラダはヨゼフと交際していたが、高校のスキー合宿に参加したためヨゼフに振られてしまう。学校の規則に逆らうことができないという自分の気の小ささのために、恋人と別れ、自分の気持ちもその程度のものだと思われることが彼女には耐え難く思われる。自分の愛がいかに偉大なものであるかを証明するためには自殺のような常軌を逸した行動をとるしかないと考え、ミラダは雪山で睡眠薬を服用する。眠りが訪れるのを待ちながら彼女は鏡で自分の顔を見て、若く美しい命が愛のために失われようとしているのだと感動する。しかし、結果的には彼女は死なず、左耳を凍傷で失い、学校中の笑い者になる。『冗談』のヘレナの下剤による「自殺未遂」に匹敵する痛々しい結末だが、この事件以来、ミラダは隠れるようにひっそりと孤独に生きている。自分の失った耳の欠片を連想させるため肉を一切口にせず、耳の傷跡を隠す髪型を保ち続けている。

大人になったミラダは若い頃のように鏡の前に立ち、自分の美しい姿を確認する。しかし、度をすぎた自惚れのために人生を台無しにするような失敗をした後では、節度をわきまえている。鏡の中、そして男たちの彼女を見つめる眼差しの中に美しい自分の姿を認めて、誇らしく思うことはあっても、美しく見えるという喜びを守るために、彼女はそれ以上のことを求めたりはしない。なぜなら彼女が美しいのは耳の傷跡を隠す髪型のおかげであり、しかし同時にその髪型はそれが隠している醜い傷跡を絶えず思い出させるからである。美しく見えるということ、ただそれだけが彼女の幸福なのである。(22)

このように自分に対して醒めた視線を投げかけることのできる成熟したミラダであっても無知を免れない。ミラダは他人の目に映る自分の姿に細心の注意を払い、日課のように鏡の中の自分の顔を確認するが、鏡に映る顔は彼女が美しいと思う不動の表情であるため、話しているときの自分がどのような顔をしているのかを知らない。語り手はこのことを敢えて描こうとし、イレナの視線から観察する。イレナは、ミラダの顔が黙っていれば滑らかな肌をした美しい顔なのに、話し始めると皺に覆われ、醜く歪むのを見つめる。ただミラダ本人にのみ自分の老いた本当の顔が見えないのだ。これも一つの無知の状況であるには違いなく、こうした場面は初期や中期の小説であれば、笑いの対象となったり、苦しみの一つとして取り上げられてきた。しかし、『無知』においてイレナがミラダに注ぐ視線は、誰も抗えず誰も免れることのできない運命を目にしているかのように悲しげでありながらも穏やかだ。イレナは黙っているときのミラダの顔が若い女のように美しいと思い、彼女がそのまま動かずに美しいままでいてほしいと願う。このイレナの眼差しには、ミラダの無知を暴くような荒々しさもそれを嘲笑するような態度もない。

ミラダはイレナから見れば明白である自分の顔の老いについて無知であり、イレナはヨゼフがすっかり忘れている二人の出会いについて幻想を抱き、ヨゼフは過去とは一線を引いて生きているつもりでもミラダに自分の記憶が耳の傷跡とともに残っていることを知らない。彼らは三人とも自分自身に無知であり、それは彼らが、自分がそうだと思っているような人間ではないからだ。初期の小説で描かれているものと変わらぬ、無知の状況がもはや笑いを誘うものではなく、ただただメランコリーで悲しいものとして描かれる背景には、登場人物の年齢やクンデラ自身の老いが密接に関わっているように思われる。人生の終わりが近づくにつれ、その残された人生の短さは現実味を帯びてくる。それにもかかわらず老いてもなお、自分とその人生について無知であり続ける。そのような状況において一人の人間がよく生きるためにできることはナルシスである事実に抗わずに、ささやかな幸福を求めることなのかもしれない。

(4)『無意味の祝祭』あるいはナルシスに降り注ぐ喜劇の優しい微光

『無意味の祝祭』は二〇一四年にフランスで発表されたクンデラの最新作である。[23]前作の小説『無知』が発表されたのが二〇〇三年である。この間、『カーテン』と『出会い』という二つのエッセー集が刊行され、二〇一一年には、フランスのガリマール社の「プレイヤード叢書」から全集が出されている。これは、フランスに移住し、フランス語で執筆活動を続けたクンデラにとっては、その作家人生を讃えるいわば栄誉賞のようなものである。殿堂入りとも言えるプレイヤード叢書入りを存命中に果たした後、番外編のようにして発表されたのがこのタイトル、内容ともに洒落っ気に溢れる『無意味の祝祭』である。クンデラの年齢のことを考えるとおそらく最後の小説かと思われるこの作品は、小粒で、その内容も軽妙であるが、それまでの小説作品をすべて読んできた者にとっては総集編を見ているかのように、クンデラの小説の様々なシーンが形を変えて明るく照らし出され、懐かしい思い出が蘇ってくるような味わい深いものとなっている。

舞台はパリ。主な登場人物は、自分を捨てた母親のことを常に想像しているアラン、上機嫌を探し求めるラモン、ラモンのかつての同僚で羨望の眼差しを求めるダルドロ、スターリンの二十四羽のヤマウズラの話の戯曲化を夢見ながらケータリング業を営むシャルル、元俳優でパキスタン人の振りをしてでたらめの言葉を話すカリバンである。ダルドロ家でのカクテル・パーティーを中心に、物語と呼べるような物語もなく、ただ彼らの会話や想像、夢想、考察が展開されていく。語り手はこれまでの作品でおなじみのクンデラ的語り手で、登場人物たちからは「師匠」と呼ばれている。『不滅』において、語り手のクンデラが登場人物のアヴェナリウス教授と出会うように、『無意味の祝祭』の語り手も物語の登場人物を観察し、彼らを登場人物と呼びながらも、その一人であるシャルルに本をプレゼントするなど、作者の想像する世界と物語世界とが混ざり合っている。

興味深いのは、これまで本書で紹介してきたシーンを連想させるシーンや言葉がそこかしこに散りばめられている点だ。とは言っても、単なる繰り返しというわけではなく、別のバージョン、異なる可能性として登場するのだ。それは男女の出会いであったり、悦に入っている者を意地悪く観察する視線であったり、過去と現代の不可思議な邂逅であったり、あるいは「同情」、「歴史上の観測点」、「人類への連帯」、「誰にも理解されないジョーク」といったキーワードであったりもする。登場人物にも他の作品の面影があり、新しいようで既視感もあるパラレルワールド的な雰囲気を醸し出している。

本書のテーマである「ナルシス」に関して言うと、この作品にもダルドロが大いなるナルシス的人間として登場する。ここではこのダルドロと、彼のナルシス的な性質に嫌気がさしているラモンを中心に見ていくが、ナルシスの扱われ方について、これまでの作品と一線を画す大きな違いがある。それはこのダルドロも含め、どのような人物も批判の対象とならず、ナルシス的性質ゆえの罰としての挫折が一切描かれていないという点だ。小説の冒頭、ラモンとダルドロが出会い、ダルドロのナルシスぶりがあらわになるシーンを見てみよう。

ラモンとダルドロはリュクサンブール公園を散歩していて出会う。ダルドロは、主治医のところへ行った帰りでがんの疑いが晴れて上機嫌である。ラモンに会うなり、最近最愛の人を亡くしたばかりのラ・フランクの陽気に振舞う気丈さについて話し出す。ラ・フランクの強靭な精神力の話をしながら、ダルドロは、がん、そして死の恐怖とともに過ごした自分の一か月のことを思い出し、目に涙を浮かばせる。もはやがんではないとわかっても、その思い出は「不思議にも彼を感嘆させる小さな電球の光(24)」のように彼の中に留まっているのだった。三週間後に誕生日を控えているダルドロはケータリング業者に頼んで誕生パーティーを開く予定であると伝える。何も知らないラモンがそれに対し、「人生をお楽しみのようですね」と述べるが、ダルドロはそのありきたりな言葉によって自分が浸っていた感傷的気分とそれゆえの上機嫌に水を差されたように感じ、医者に行ったところだと言って思わせぶりな態度をとる。ダルドロは、何かあるのかと聞いてきたラモンの動揺した顔を見て気分を良くする。

それはまるで鏡を見るようにダルドロが、ラモンの目の中に自分の顔を見た瞬間だった。既に老いてはいるが、あいかわらず美しく、悲しみを帯びてさらに魅力が増している顔だ。彼は、この悲しげな美男がもうすぐ誕生日を祝うことになるのだと思い、医者に会う前にあたためていた考え、誕生と死の両方を同時に祝うという二重のお祝いという素晴らしいアイディアが再び頭に浮かんだ。ラモンの目の中に映る自分を観察し続け、ダルドロは、とても落ち着きのある優しい声で言った。「がんなんだ[25]」

ラモンはダルドロの健気な姿に感動してしまうが、語り手や読者のようにこれを嘘だと知っている者から見れば、ダルドロは自分の美しさへの陶酔に溺れた、クンデラ的なナルシスの典型にしか見えない。『存在の耐えられない軽さ』のフランツや、『不滅』のポールにも似た、抒情的で世界を真面目にとるナルシスだ。このシーンの後にお決まりのように語り手の考察が「説明し難い嘘、説明し難い笑い」というタイトルで挿入されるのだが、その内容はこれまでと違い、登場人物のナルシス性を笑ったり、糾弾するものではない。ダルドロはラモンと別れた後、上機嫌になって笑うのだが、語り手はただそれをダルドロが「嘘の無意味さ」を思って笑い、ただただ「想像上のがんが彼を喜ばせた[26]」のだと述べるに留まる。

その後も別段、この嘘が、例えば短編の「誰も笑おうとしない」や「エドゥワルドと神」、『冗談』、『生は彼方に』、『無知』のように嘘をついた当事者が思ってもみなかった結果を招くわけでもなく、嘘は他愛のない嘘として何の影響も及ぼすことなく話は進んでいく。

さてラモンの方は、シャルルのもとに行き、ダルドロから引き受けた仕事を伝える。そこで、ラモンはダルドロがどのような人間であるかを、カクリックという地味でつまらない話しかしない男と比較しながら説明する。美女を前にするとダルドロは才気煥発に振舞い強い印象を与えようと熱くなるが、カクリックの方は人の注意を引かずに話すという「名人芸」を披露する。美女たちは例外なくカクリックを選ぶのだが、それはカクリックの「無意味さ」が彼女たちを安心させるからだという。対してダルドロには身構えてしまうというわけだ。

ダルドロのことは、無意味な人間ではなく、ナルシス的人間だと思って接するのがいいだろう。このナルシスという言葉の正確な意味には注意しなくてはならない。ナルシス的人間というのは傲慢な人間のことではない。傲慢なやつは他のやつらを軽蔑する。見下すんだ。ナルシス的人間は他人を過大評価する。他人の目の中に映る自分の像を見つめ、それを美化したいのだからね。だから自分の鏡たちには親切にするんだ。(27)

ラモンという一登場人物の主張ではあるが、「無意味な人間」と「ナルシス的人間」が対照的なものと考えられ、「無意味」に肯定的な意味が付与されている。この対比は、それまでのクンデラの小説作品における、未熟と成熟、抒情と反抒情の対比の延長線上にあるものと言えるだろう。クンデラは常に、自分のアイデンティティに不安を覚え、意味のある誰かであろうと既成のキャラクターや紋切り型のイメージに頼る人物の挫折と、こうした未熟さを乗り越えた成熟した人物の諦観を描いてきた。控え目で地味で、誰にも注目されないが、美男で才気走ったダルドロを出し抜いてちゃっかりと美女をお持ち帰りするこのカクリックという不思議な人物は、諦観のナルシス、あるいは諦観のナルシスさえも超えた人間だと言えるだろう。これまでずっとナルシス的な人間を描きながらも、この作品で初めて自己のイメージに夢中な登場人物を「ナルシス」という言葉ではっきりと表現していることも注目すべき点である。

ラモンもまた諦観のナルシスの系譜に連なるような人物である。というのも彼はダルドロ同様、人々を自分の気の利いた考察で楽しませ、皆のいる前で美女を落とすことに情熱を傾けるが、ダルドロとは違って人々の羨望を集めることには不安を覚えているような慎み深い人間だからだ。ラモンは『生は彼方に』の四十男、『緩やかさ』のポントヴァンを思わせる。ダルドロががんだと知ってもダルドロに対して好意的になれないラモンは、不機嫌な状態でダルドロのパーティー会場に到着する。しかし、食べ物をほおばりながら仰々しい言葉を叫ぶラ・フランク、それに感嘆する招待客の滑稽な様子を遠巻きに眺めているうちに機嫌が直り、さらにダルドロが皆を代表するかのようにラ・フランクにキスをしようと近づくものの、ラ・フランクがそれには目もくれずに自分の世界に浸ったまま退場する光景を見てすっかり上機嫌を取り戻す。

翌日、再びリュクサンブール公園で、ラモンとダルドロが出会う。ダルドロは自分ががんであるという嘘をつきとおし、がんに冒されながらも上機嫌に振舞う男として称賛を集めようとする。ラモンはこのダルドロに対し、無意味が人生の本質であり、無意味こそが上機嫌の鍵なのだと無意味の礼賛を始めるが、その話が真面目なダルドロの気に入らないのを見て取ると、話題を変えてラ・フランクとダルドロの話をし始め、咄嗟にある嘘を思い付く。

「でも、気をつけた方がいいですよ。あなたたちが一緒にいると、何もかもが見え見えなんですから」「見え見えだって？　何が？」とダルドロが嬉しさを隠し切れずに聞く。「あなたたちができているってことですよ。いいえ、隠さなくてもいいんですよ。全部わかっているんですから。そして心配しないでください。私は誰よりも口の固い男ですから！」

ダルドロがラモンの目の奥をのぞきこむと鏡の中のようにそこには、悲劇の病に冒されながらも幸せな男が映っていた。彼はこれまで有名な女性の友人として、彼女に一度も触れたことがなかったのに、そこには一挙に彼女の秘密の愛人となっている男の姿があったのだ。「親愛なる君、友よ」と言って彼はラモンを抱きしめた。そして、彼は目を潤ませ、幸せな気分で陽気に立ち去った。(28)

ここに、『不滅』のアヴェナリウス教授が指摘したように、誰にも気付かれずに幸福であるよりも、嘘であっても衆目の中で幸福であるように映りたいという人間のナルシス的な欲望がある。しかし、この『無意味の祝祭』においては、語り手も他の登場人物もナルシスであるダルドロを断罪したり、舞台から引きずり下ろしたりはしない。自分ががん患者であるという嘘をついて、仮の悲壮感に浸って上機嫌になっているこの男は放っておかれ、ただ「喜劇の優しい微光」が彼の上に降り注いでいるだけだ。このようなナルシスの優しい描き方には、ナルシスを描き続け、ナルシス的な人間の本性について考察を重ねてきたクンデラの、ナルシスのテーマから解き放された姿が見て取れるのではないだろうか。

注

（1）Milan Kundera, *La Lenteur*, Paris, Gallimard, coll. «Folio», 1998, p. 16.
（2）*Ibid.*, p. 29.
（3）*Ibid.*, p. 28.
（4）*Ibid.*, pp. 39-40.
（5）*Ibid.*, p. 34.
（6）Milan Kundera, *L'Identité*, Paris, Gallimard, coll. «Folio», 2000, p. 54.
（7）*Ibid.*, pp. 56-57.
（8）*Idem.*
（9）*L'Identité*, p. 40.
（10）*Ibid.*, p. 33.
（11）*Ibid.*, p. 125.
（12）*Ibid.*, p. 202.

（13）*Ibid.*, p. 207.
（14）*Risibles amours*, p. 116.
（15）Milan Kundera, *L'Ignorance*, Paris, Gallimard, coll. «Folio», 2003, p. 53.
（16）*Ibid.*, p. 73.
（17）*Ibid.*, p. 49.
（18）*Idem.*
（19）*L'Ignorance*, p. 84.
（20）*Ibid.*, p. 49.
（21）*Ibid.*, p. 152.
（22）*Ibid.*, p. 163.
（23）二〇一三年にイタリアで先行して発表された。
（24）Milan Kundera, *La Fête de l'insignifiance*, Paris, Gallimard, 2014, p. 19
（25）*Ibid.*, pp. 20-21.
（26）*Ibid.*,p. 22.
（27）*Ibid.*,p. 27.
（28）*Ibid.*,p. 141.

第五章　凡庸さとの和解

クンデラが小説の登場人物の物語を通して、自分の感情や行動、自分自身の存在に酔うという抒情的なナルシシズムを批判する様子を見てきた。クンデラの登場人物は自己愛が強く、自分というつまらない存在、そしてありきたりの「生」に何かしらの意味を与えようと苦心するが、「自分」以外のものにはなれず挫折する。クンデラは意図的に登場人物に「凡庸さ」を課し、彼らが凡庸であるがゆえの虚栄心に身を焦がしていくという運命を繰り返し描いていると言える。こうしたこだわりからは確かに、抒情に衝き動かされて行動すると破滅するという教訓めいたものが読み取れる。登場人物のナルシシズムに注目した第一部の締めくくりとして、凡庸な登場人物を描き続ける理由について考えてみたい。

(1)「主人公」の不在

クンデラの小説には主人公らしい主人公がいない。私たちはこれまでナルシシズムのテーマにもとづき、重要と思われる登場人物を取り上げてきたが、彼らが皆、各作品において主人公かというとそうだとは言い切ることはできない。作品内でコンスタントに登場する人物、それゆえに重要な役割を担っていると思われる人物はいるものの、厳密に言えば、クンデラの小説において登場人物の重要性は、登場の頻度や描写の詳細さとは無関係である。名前を持たない人物もいれば、作品の終盤になってから登場して、強い印象を与える人物もいる。歴史上の実在人物も時折登場する。彼らは皆、重要ではあるが、誰も中心的人物ではない。例えば『生は彼方に』の主人公がヤロミールであると言えるとしても、複数の断片的な物語が交差する『冗談』や『緩やかさ』ではいったい誰が主人公なのか。主人公を認識するのが難しい理由の一つに、クンデラが特定の人物に焦点を絞っていないという点がある。

別の理由として、クンデラの登場人物が主人公らしくないのは、一部の超人的な人物（『別れのワルツ』のスクレタとバートレフ、『不滅』のアヴェナリウス教授など）を除いて、傑出したところがなく、極めて一般的であるからだという点も挙げられる。彼らは、それぞれ違う個性を持った人間として描かれてはいるが、バルザックの登場人物のように、名前を出すだけで代名詞として機能するような特性は持っていない。美徳もなければ、悪徳もない。彼らはフィクションの中で中心的人物と認識されるのに十分際立った特徴を持たず凡庸で、しかもその凡庸さに価値が置かれているわけでもないのだ。

クンデラ研究の第一人者であるフランソワ・リカールも、クンデラの登場人物には主人公らしい主人公がいないことを指摘している。リカールはこのことを、語りのテーマにもとづき、音楽的な形式に由来するものだと解釈している。語り手は物語を語るために、ある登場人物の人生や冒険の筋を辿るのではない。語り手がある登場人物に注目するのは、その登場人物の物語が、語り手が考察するテーマについて何らかの真実を明らかにするからである。したがって考察のテーマ次第で、語り手が観察対象を次から次へと変え、一人の登場人物のみを追っていくことがないのは当然である。それゆえにリカールは、クンデラにおいては、近代小説に欠かせない「中心的人物」といったものが不在、または存在していても脇に追いやられていると述べ、この現象が特に後期の小説に顕著であることを指摘している。(1) しかし、クンデラの小説における「主人公の不在」は、そのこと自体にも何か意味があるのではないだろうか。クンデラの登場人物が、一部の現実離れした者を除いて、一様に凡庸に描かれていることを踏まえると、どの登場人物にも主人公としての地位を与えないという意図、誰も主人公になりえない世界を描くという意図があるのではないだろうか。

(2) 小説的主人公と運命

凡庸に描かれている登場人物はそれぞれが生きる物語世界の中で、自らの凡庸さに自覚的で、だからこそ凡庸さから逃れ、自分の生きている世界の主人公になりたいという欲望に囚われている。彼らは、まさに小説や映画のヒーローやヒロインのように振る舞うことで、そうなったかのような錯覚に陥る。例えば、『冗談』の「青二才隊長」は「漫画に出てくるような容赦ないヒーロー」(2) であろうとする。『生は彼方に』のヤロミールは恋人を告発することで国の未来に貢献し、これで自分も「大人の男」になったと高揚する若い詩人であり、『笑いと忘却の書』に登場する大学生は、文学の知識で田舎の肉屋の奥さんを魅了し自信を持つ。『緩やかさ』のヴァンサンは、卑猥な言葉を吐くことで、大胆不敵なリベルタンの自分に酔う。『ほんとうの私』のシャンタルは、匿名の称賛の手紙を受け取り、誰かに盗み見されている美しい女の気分に浸る。このように登場人物が、理想のイメージを纏おうと躍起になるのは、彼らが例外的な特徴に恵まれず、非日常的な出来事を体験することもないからだ。『緩やかさ』に次のような文章がある。

私たちは皆、あまりにも平凡な生活の低俗さに（多少なりとも）苦しみ、そこから逃れて自己を高めたいと願う。(3)

登場人物は自分の「生」の凡庸さに苦しんでいる。期待に反して、彼らは運命を持つ人間の偉大さとは無縁で、《Es muss sein》（こうでなければならない）という必然性の全くない、偶然の世界に生きている。小説家でもあり文学批評家でもあるミシェル・ゼラファは小説の主人公がその可変性によって定義されると述べている。(4)神話や叙事詩の主人公が半神半人の英雄や超人で、彼らが物語の最初から最後まで宿命の下にあるのに対し、小説の主人公は途中で変化を遂げ、その冒険が終わるときには違う人間になっているというのだ。出発時の目的は行きついた先の結果と必ずしも一致しない。

彼（小説の主人公）は定められた運命を持たない。しかし二つの力によって生み出される運命を持っている。一つは欲望の力、もう一つは社会が彼の前に用意する障害（ときには支え）の力だ。(5)

クンデラの登場人物には確かに定められた運命がない。自分が自分の思っているような者ではないという結果もゼラファの言う小説的主人公の定義に確かに当てはまる。しかし、その運命が、凡庸さから高みを求めて冒険に出るが、現実の壁にぶつかって自分が結局凡庸な人間であると思い知るというものとは、何とも悲しく滑稽な運命であろうか。

クンデラは自分の登場人物に彼らを輝かせるようなどんな特性もどんな冒険も与えない。上昇志向や勝利といったものはクンデラの関心事ではなく、ひたすら失敗や挫折を描く。凡庸で、冒険の可能性すら奪われている登場人物たちはどうあがいてもヒーローにはなれないのである。クンデラは、登場人物に凡庸さを課しながら、自分を高めたいという欲望を芽生えさせ、そのような試みを失敗に終わらせる。高みを目指す者は皆、夢から引き戻され、最後には自分の現実の卑小さ、未熟さ、凡庸さに直面するのである。

クンデラは『裏切られた遺言』の中で、あらゆる事象を感動的なドラマに仕立ててしまう「小説化」という脚色のプロセスを憂えているが、クンデラは「小説化」に対抗して、深刻で、真面目で、美しいとされているものを、凡庸な次元にまで引きずり下しているのである。

> 今日生産される小説の大部分が小説の歴史の外にある小説によってなされたものだ。小説化された告白、小説化されたルポルタージュ、小説化された自伝、小説化された暴露、小説化された告発、小説化された政治的教訓、小説化された父の臨終、小説化された母の臨終、小説化された処女喪失、小説化された出産、時の終わりに至るまで限りない小説、小説、小説、小説……。これらは何も新しいことを言わず、どんな審美的野心もなく、私たちの人間の理解にも、小説の形式にもなんら変化をもたらさない。どれも似たり寄ったりで、朝に丸ごと消費して、夜に丸ごと処分できる。(6)

クンデラの言う「小説化」は、大衆受けするように単純化するという意味でキッチュ化とも言えるプロセスである。クンデラの小説の狙いが現実や登場人物の人生を劇的に見せることではないということがわかる。ルネ・ジラールは『欲望の現象学――ロマンティークの虚像とロマネスクの真実[7]』において人間の真実について偽りを語る小説をロマンティークな小説、人間の真実について語る小説をロマネスクな小説と区別している。一言でいうと、前者が現実やものごとに対して幻想を抱くのを助長するようなものであるのに対し、後者はものごとの理想的なイメージや見かけを剥がしてその本来の姿を暴く幻滅的なものである。クンデラが目指しているものはジラールの言うところのロマネスクな小説であると言えよう。それでは、小説によって新しくさらけ出されるものが何かと言うと、クンデラの場合、それは、劇的なイメージを纏った現実や人生の本来の凡庸な姿である。登場人物が凡庸で、夢や幻想を抱いても必ず自らの凡庸さに直面することになるという展開には、こうしたクンデラの小説化された小説、あるいはロマンティークな小説に対する抵抗も読み取ることができる。

（3）クンデラの小説世界の美学とモラル

凡庸さを隠して、特別な人間であろうと装う者が、もとの凡庸さをさらけだすような失敗をする。クンデラはそうした人物に失敗を取り繕う機会を与えず、自らの凡庸さに向き合わせようとする。このように繰り返し強調される展開は、クンデラの小説にある種のモラル的傾向ないし美学が存在することを示している。

クンデラの小説世界では、露出趣味やナルシシズムが痛烈に批判される一方で、謙虚さがクンデラ的知恵として提示される。ナルシシズム批判が未熟な登場人物の失敗を通して表現され、謙虚さの勧めは成熟した登場人物の穏やかな生活を通して表現されている。こうした成熟した登場人物たちもまた凡庸ではあるものの、クンデラの「寵愛」を受けている点で、未熟で滑稽な登場人物とは異なる。クンデラは凡庸さを受け入れようとしない抒情的な人物には手厳しく、逆に凡庸さを受け入れ諦観した人物や孤独で謙虚な人間に対しては親近感を見せる。『生は彼方に』の最後の方に登場する四十男、『笑いと忘却の書』のタミナ、『存在の耐えられない軽さ』のサビナ、『不滅』のアニエスなどがそうした人物の例だ。

彼らは、社会の中で生活してはいるものの、精神的には俗世から離れ、隠遁者のように暮らしている人物だ。抒情やナルシシズムに呑まれることがない。一方に、クンデラが批判する抒情的な人物がいて、もう片方にクンデラが共鳴する、世界に対し諦観を抱く人物がいるといった図式になる。自分の凡庸さに自覚的で、抒情やロマンチシズムの熱狂に免疫があるという点では、『可笑しい愛』所収の短編「シンポジウム」に登場する看護婦アンジェビタや『笑いと忘却の書』に出てくる肉屋の奥さんのクリスティナといった素朴で率直な人物もそうなのだが、彼らはクンデラの物語の中では常に端役の扱いである。クンデラはこうしたヴァイタリティー溢れる登場人物、一言でいうと大衆的な人物には、あまり注目せず、どちらかというと人間社会になじめない孤独で、弱い人間を照らし出す。そのような弱さ、社会との相容れなさに気高さのような価値が与えられている。偉大さや崇高さを自ら得ようとする自惚れた登場人物が貶められ、野心や顕示欲を捨て、諦めた者が高められる。どの人物も凡庸であるとはいえ、クンデラの小説の舞台の主役はやはり自惚れた者と諦めた者であり、諦めた者に美しい光が投げかけられるのである。凡庸な人物は凡庸なままで、彼らが高みに達することは決してないが、自らの凡庸さを認め、受け入れた者は、ほとんど崇高ともいえるような超然とした雰囲気を纏っている。目立とうとする者や野心家が罰せられるかのように失敗をするのに対し、自己顕示欲を完全に排するとまではいかなくとも抑制することを知っている者、あるいは世俗に背を向けた者は、快楽主義の幸福な者として描かれる。クンデラにとってのよい「生」とは、冒険の主人公として生きるという感情的でロマン主義的な欲望を抑え、謙虚に生きることなのである。

敗北主義の賛美あるいは正当化とでもいうような逆説的な現象が起きているわけだが、この点にクンデラの登場人物とクンデラ自身のややラディカルな面が出ている。謙虚さゆえに世間から身を引く者もいるからだ。彼らは隠遁者とまではならなくても、社会の中で生きながら人と深い関係に入ることを避ける。自分が生きる世界に対する拒絶、『不滅』のアニエスの言葉を借りれば、「人類との非＝同意」(8)である。この非＝同意は反社会的なものでも、攻撃的なものでもなく、私生活を守ろうとするごく控え目なものである。このような社会との非＝同意が、クンデラが小説で描くモラルであり、美学である。クンデラが安定した人間関係よりも、関係との断絶、集団を離れて孤立した状況を描くのを好むのも、このモラル、美学ゆえである。

さて、このような「世捨て人」像を最も理想的な形で体現しているのが、クンデラの小説の語り手である。この「世捨て人」こそがクンデラ的ヒロイズムを象徴しているとすれば、語り手こそが真のヒーローであると言える。クンデラの語り手は、登場人物を観察し、物語に注釈を加えるという作者的な語り手だが、物語世界の外からの透徹した視線は、集団から離れた孤独者のものに近い。語り手は全てのものに対し批判的距離をとり、中立であろうとする。クンデラは小説を断言することをしない領域であると述べているが、この態度は、社会の中にありながら自分以外の人間を捨象し、彼らと真面目に関わろうとしない「謙虚な諦観者」そのものである。
　クンデラの小説が、凡庸な人生を送る凡庸な人物の物語であるにもかかわらず小説として読ませるのは、この観察者的な語り手の存在によるところが大きい。この語り手のユーモア溢れる注釈や考察があってこその小説であると言える。というのも、この語り手が凡庸さに意味と価値を与えているからだ。とはいえ、語り手が観察者としての役目を忘れ、自分自身について語るというナルシス的な欲望に屈していると思われるようなことがある。それはクンデラ自身のナルシシズムが垣間見える瞬間でもある。第二部ではこの語り手と登場人物、そして作者との関係、ナルシスとしてのクンデラについて様々な角度から見ていくことにしよう。

注

（1）François Ricard, «Mortalité d'Agnès», postface de *L'Immortalité*, p. 511.
（2）*La Plaisanterie*, p. 139.
（3）*La Lenteur*, p. 63.
（4）Michel Zéraffa, «Roman – Le personnage de roman» in *Encyclopaedia Universalis version 16*, [DVD-ROM], Paris, Encyclopaedia Universalis, 2011.
（5）*Idem*.
（6）*Les Testaments trahis*, p. 27.
（7）René Girard, *Mensonge romantique et vérité romanesque*, Paris, Fayard, coll. «Pluriel», 2011.

（8）*L'Immortalité*, p. 68. アニエスも女性だが、主に女性の登場人物がクンデラ的な敗北主義を体現していて、女性性が敗北主義の美しさや詩情をいっそう濃くさせている。また亡命後の小説では女性の登場人物が中心的に描かれることが多く、そのためクンデラの敗北主義に対する好みも亡命後の小説に強まっている印象を与える。

第二部　小説家とナルシシズム

第一章　語り手と作者の共犯関係

ミラン・クンデラの小説世界には人間のナルシシズムに向けられた笑いとメランコリーが入り混じる独特の雰囲気が漂う。ここでは、この憂いを帯びた笑いの理解を深めるために、全知の語り手の権力と、その背後に隠されている作者の戦略に注目する。全知の語り手が、登場人物に対して支配者として君臨することを可能にしているのは、作者クンデラの、悪魔的笑いを表現し、その笑いによって相対主義的な世界観を表現しようとする戦略ゆえのものである。さらに、この語り手に付与された作者的権威の背後には、また別のより個人的な戦略が隠されてはいないだろうか。そこには、クンデラ自身のナルシシスト的な欲望にもとづく戦略があるのではないだろうか。

(1) ナルシシズムと全知の語り手

クンデラの小説は、自尊心や自己愛の強い登場人物が自分自身のイメージや自分が実際置かれている状況について激しい思い込みやひどい勘違いをして、失敗してしまうという悲喜劇を描いている。人は誰も自分がそうだと思っている者ではない。これがクンデラの小説から常に読み取れる人間観だ。泉に映る自分の像に夢中のナルシスが周囲を忘れているように、クンデラの作品の登場人物は自意識過剰でありながらそのような自分の滑稽な様子には気付かない。若い詩人のヤロミールは恋人を告発することで国家の英雄を気取り、「リートスト」の大学生は田舎で退屈している肉屋の妻を誘惑することで自分が男性的になったと思い、シャンタルは匿名の手紙の称賛を真に受け自分は美しいと自惚れる。こうした人物は全員、何らかの悲惨な状況に陥るのだから、まるで過剰な自意識ゆえに罰せられているかのようである。

年老いた登場人物に対してはややその矛先が和らぐ。彼らの多くはそれまでの人生において既に挫折を経験し、虚栄心を抑える術を身に付けているからだ。それでも「無知」からは逃れられない。ナルシシズムは人生の最後までつきまとう。マルタン・リゼクも指摘していることだが、クンデラの人間観においてはナルシシズムにつける薬はないのだ。[1]だからこそ、クンデラの小説には笑いとメランコリーの入り混じったような苦い後味が残る。ナルシス的な登場人物の滑稽さに笑いがこみ上げるにしても、自分の身にも覚えのあることを気楽に笑えるだろうか。自分もナルシスたちと同類であるかもしれないのに、どうして笑う側に立って批判的態度を平静に保ち続けることができるだろうか。

私たちも本当は自分自身については何も知らないのではないか。このような懐疑的な問いがクンデラの小説に通奏低音のように響いている。敗北主義的な人間観を抱きながら、それでいてそのような人間の致命的で普遍的な欠点を滑稽だと思ってしまう。クンデラの小説は、深刻であると同時にあまりにも軽い人間存在について思考する装置だとも言える。

こうしたクンデラの小説が持つ機能、そしてその雰囲気を決定付ける人物は語り手である。語り手こそが人間のナルシシズムを笑い憂えるのだ。この語り手は作者と混同されやすい性質を有している。[2]語り手の存在なしには、笑いもメランコリーも生まれないだろう。登場人物が滑稽で読者の笑いを誘うのは、語り手がそのように仕向けているからである。登場人物には「笑う者」はいない。もちろん登場人物が周囲の者たちの失笑を買うシーンなどは別だが、その場合においても語り手がそのような状況を作り出している。狡猾な陰謀者あるいは小説の作者の共犯者のように、語り手は登場人物たちがしくじる瞬間を待ち構え、鋭い洞察力をもって彼らの滑稽さを読者の面前にさらけ出す。そして、登場人物の個人的な悲喜劇に、人間全般に共通する運命を見出すとき、笑いが憂いを帯びる。唯一この語り手という人物のみがこのような悲喜劇的な人間観を表現しうるのである。

語り手が登場人物を観察し彼らの状況を検討し、そこから結論を引き出す。登場人物は自分たちが被る災難を、語り手が導き出す結論のための例証として提供しているのだ。登場人物が「原則として」人間の無知を示す好例であるのに対し、語り手は彼らの前に立ち現れる全知の創造者であり、その存在は小説作品を生み出す作者にほぼ同化している。語り手の持つ作者的機能は読者に、他の誰でもない作者のクンデラ自身が語っているのだと思わせる。しかし、語り手と作者がいかに似ているからと言って、それが同一人物だと証明することはできない。ルジュンヌの「小説契約」にもあるように、クンデラは自分が書いたことの責任は負うかもしれないが、語り手が言っていることに対しては責任は持たないだろう。[3]このような語り手と登場人物との戯れの中で、笑いとメランコリーが生まれるのだ。

(2) 語り手の権力

この章のタイトルからもわかるように、私たちは語り手と作者を二人の異なる人物、あるいは二つの異なる機能であるという前提に立っているが、クンデラの小説の場合、この語り手と作者との関係性は決して無視できない。というのも、この語り手は、「語り手」というフィクションの人物を演じながらも、自分が「作者クンデラ」であると明言するからだ。この語り手には全知の権力が備わっているが、この全知の権力を行使すればするほど語り手は作者に同化していく。語り手の全知の機能は作者の存在があってこそのものなのである。

クンデラの小説のナラトロジー研究における最大の難関は、まさにこの語り手と作者の親近性にある。クンデラ研究において「作者的語り手」という用語が頻繁に（おそらくやむを得ず）使用されることは、クンデラ的語り手の立場の曖昧さをはっきりと示している。全知性は語り手の特性なのか、それとも作者であるがゆえの当然の属性なのか。作者的語り手が全知であるという主張は、作者的語り手という存在が物語の創造者である作者と混同されるときには同語反復でしかない。こういった点がクンデラの小説のナラトロジー研究に見受けられる弱点である。例えば、シルヴィア・カディウは語り手の全知性と偏在性を指摘するが、この特性が語り手と作者の混然とした関係に由来するものだと強調している[4]。語り手は「作者のように直接的に現れ[5]」、読者に向けて物事の判断を提示するがゆえに全知なのである。一方、マルティーヌ・ボワイエ＝ワインマンが述べるように、全知の語り手は作者の存在感が増すときに影を潜めるように「消えていく[6]」と言うこともできる。つまり、作者によって語り手が脇に追いやられるというイメージだ。さらにベルトラン・ヴィベールはケーテ・ハンブルガーの理論に依拠しながら次のように述べている。クンデラは、自分の小説がノン・フィクションに分類されない程度に、フィクションの語り手の介入を拒絶しているのだと。事実、クンデラの小説の語り手はフィクションの語り手というよりも「フィクションを創造する実在の作者」[7]に近い。

大きなパラドックスとはクンデラのお気に入りの言葉だが、語り手と作者の親近性を証明する要素と、語り手の全知性を証明する要素が同じものだということだ。クンデラの小説において語り手は確かに全知で偏在する。[8]語り手は出来事を語り、それをどのように解釈すべきかを説明し、読者である私たちに直接話しかけることで自分の考察への同意を求める。その視線は物語世界をくまなく支配し、登場人物の内部心理まで見透かす。しかし、これらすべての要素は、クンデラの小説においては作者が語り手の代わりに話しているのだという主張の根拠にもなりうるものなのだ。とはいえ、語り手か作者かという議論に執着していては分析が進まないので、ひとまず「語り手」に焦点を絞り、その三つの特徴を見ていく。

第一の特徴としてクンデラの小説における語り手は観察者である。語り手は高みから物事を眺め、その視界を読者と共有する。語り手は読者に物事の全貌が見渡せる視点を提供するのだ。マルティーヌ・ボワイエ＝ワインマンの言葉を借りれば、語り手は読者に与えられた「押しつけがましい案内ガイド」[9]というわけだ。その最も代表的な例は『生は彼方に』の終盤で語り手が自分の観測地点を明らかにする箇所だ。主人公のヤロミールの死の時点に「観測所」[10]を設置し、語り手はヤロミールの人生をその誕生から死まで読者に語る。そうすることで読者に一九四八年以降の共産主義下のチェコスロヴァキアを「詩人が死刑執行人とともに君臨していた」[11]時代として提示し、その解釈の共有を促す。

しかし、語り手の存在感が最も際立つのは、小説における創造者としての支配力を見せつけるときだ。

第二の特徴として、クンデラの小説の語り手は自らの創造に意識的で、創造者としての役割を隠そうとしない。語り手はそれまで第三者的に語っていた物語を中断し、突然一人称で読者に向けて自分の創造について話し始める。例えば『不滅』の語り手は偶然見かけた初老の女性の仕草を見て、ヒロインのアニエスの着想を得たと説明する。『存在の耐えられない軽さ』では語り手は登場人物の創造にあたってその原則を紹介する。この語り手によれば、登場人物は「連想をかきたてるいくつかの文章」あるいは「重要な鍵となる状況[12]」から生まれる「実験的自我（エゴ）」である。そして『緩やかさ』では、登場人物の物語が語り手の夢想の中で展開する。悪夢にうなされる妻のヴェラを起こして、語り手はその悪夢がすべて自分がたった今語っている物語のせいなのだと説明する。

――すまない。君は僕の駄作の犠牲者だってわけだ。

――どういうこと？

――君の夢は僕が書いた馬鹿げたページを捨てるゴミ箱になっているってことだよ。

――あなた、今何を考えているの？　小説[13]？

小説における語り手の存在感が、作者と混同されかねない親近性に由来するものであることは明らかだ。さらにこの小説においてヴェラは語り手に「ミランク」と呼びかけるのだが、この「ミランク」とはクンデラの名前である「ミラン」の愛称である。そして「ヴェラ」という名前も実はクンデラの妻の名前でもあるのだ。

このことから類推できるようにクンデラの小説の語り手の第三の特徴は、作者クンデラの自伝的要素を多分に含んでいるという点である。小説の中で語り手はクンデラの実人生において起きた出来事について語り、ときにそれらは正確な日付が推測できるくらい詳細である。『笑いと忘却の書』において語り手がクンデラとして、あるいはクンデラが語り手としてレンヌのアパルトマンについて語る場面がある[14]。『不滅』では、語り手は『生は彼方に』と『存在の耐えられない軽さ』の作者として、つまりクンデラとして登場する。また『緩やかさ』の語りの時間はクンデラと妻ヴェラの小旅行と並行して進んでいく。クンデラの小説の語り手は一人称「私」で語り、フィクションの世界を導くと同時に、そこに作者の現実を介入させることによってフィクションの世界を侵犯しているのだ。

語る「私」を、小説を書いている者のようにみなし、小説を作者がまるで直接語りかけてくるように読むことの誘惑は大きい。それは「作者の死」ならぬ「語り手の死」[15]という事態になるだろう。しかし、実はフィクションにおける作者の登場はクンデラの小説に特有の現象ではない。むしろそれは現代小説、とりわけメタフィクションと呼ばれるジャンルの小説では頻繁に見られる共通の手法である。この点については次の章で詳しく見る。

さて、語り手の特徴を三点見たところで、全知性の問題に立ち返ってみよう。全知性は語り手と作者の関係が曖昧であるとき、その妥当性を失う。作者が語り手のような役割を担うのだとすれば、その「語り手」が全知で偏在的であるのは当然である。というのも実際は作者が「話し」ているのだから。しかしその場合、この「語り手」はあくまで形式的で見かけ上のものにすぎない。なぜなら語り手は作者の演じる役としてのみ存在しているのだから。全知の語り手の論理は、作者的語り手という曖昧な立場を認めているうちは成り立たないのだ。この語り手を作者のようにみなし、その語ることすべてを作家の言葉として受け取ってよいものだろうか。それともこのようなことを詮索すること自体が、フィクションと現実の境界で戯れるクンデラの遊び心を理解しない野暮な行為なのだろうか。いずれにせよ、読者を混乱させるというのはクンデラの望むところであるようだ。クンデラは次のように述べている。

ある日、ふと思った。小説を語っているのは私で、あの文学理論の匿名の亡霊のような「語り手」ではないのだ。私の気まぐれ、気分、冗談、そして滅多にないが思い出をもって、私自身が語っているのだ⑯。

とはいえ、分析を進める上においては、クンデラの小説における語り手の機能と存在を作者と区別して考える他ないだろう。語り手は作者的な創造者にほぼ同化することによって「作者的な権威」を手に入れ、作者の方は小説の語り手というフィクション性を纏うことによって自分の語ることが真実として読者に真面目に受け取られる心配をせずに自己を表現する。このような入り組んだ構造があるものの、小説世界を導くのは語り手であり作者ではない。小説内において作者の存在感が顕著であったとしても、そこで語っているのは作者自身ではない。作者の反映としての語り手が語っているのだ。いうなれば、語り手は作者の鏡像なのだ。これはヴォルフガング・カイザーによる語り手の定義に近いかもしれない。

物語の技法において、語り手は決して作者ではない。［…］しかし、それは作者によって作られた役柄で作者はそれを演じるのだ。作者にとってはウェルテルもドン・キホーテもボヴァリー夫人も実在する。語り手は詩的世界の存在だ。[…] 語り手は作者が変身したフィクションの登場人物なのである。(17)

語り手はフィクションの存在である以上、作者ではない。一方、語り手は、作者の演じる役柄である以上、他の登場人物とは異なる存在である。あくまで小説のフィクション性に重きを置くのであれば、クンデラの小説の語り手は、作者的語り手ならぬ作者的登場人物とみなした方が、クンデラの個人的な思惑も含め、その語りの戦略を検討する上では有効かもしれない。

(3) 作者の戦略

語り手を作者クンデラが演じる役柄であるとみなすことは、様々な点を明らかにするのに役立つ。語り手は作者の存在を反映する。クンデラは全知の語り手を介して、自分の小説の相対主義的なものの見方を表現し、ポリフォニー的な構成を実現し、自身の考察を吟味にかける。この語り手の持つステータスこそが、クンデラの小説創造における主軸だと言えるだろう。クンデラが語り手の全知の権力をどのように戦略的に利用しているのか、そのような語り手がなぜクンデラの小説において必然的であるのかを見ていこう。

作者の戦略の最も重要な目的は、全知の語り手と無知の登場人物の間の力関係を明確に示すことだろう。登場人物が盲目的に過ちを犯すのに対し、語り手は高みから彼らの愚かな悲喜劇を超然と眺める。

よりよく見渡すことができるという特権ゆえに、語り手は小説内において誰よりも優位に立つことができる。語り手は他のどの登場人物よりも情報を多く持っている。状況を把握し、登場人物の意図を見抜き、登場人物同士の誤解も見通している。だからこそ、語り手は登場人物を笑ったり、彼らを哀れんだりすることができるのだ。他の登場人物と同様にフィクションの存在でありながらも語り手は外側からの視線を持ち合わせている。赤塚若樹が指摘するように、他の登場人物とは明らかに異なる語り手の存在感は、語り手と小説における物語世界との間に批判的な距離感を生む[18]。語り手は作者に完全に同化することなく外部の現実を示す。というのも、クンデラの目的は、フィクションの世界に絶対的な権威を打ち立てることではなく、登場人物の様々な主張を相対化する中立的な視線を導入することだからだ。作者クンデラとクンデラが生み出す世界との間には明らかに語り手というフィクションの階層が存在する。そしてこの語り手は、小説の世界においては誰一人として正しくなく、真実の保有者ではないということを見せるために存在する。

このような語り手像は、クンデラがエルサレムにおける講演で引用したユダヤの諺を思い出させる[19]。「人間は考え、神は笑う」というのがその諺だ。神は考えている人間を見て笑うのだが、それは人間が考えれば考えるほどその考えは互いに違うものとなり、世界の真実からますます遠ざかっていくからだとクンデラは説明する。真実を手にしようとする虚しい努力の中で、人間は自身の悲惨で滑稽な状況に対して盲目であり、常に自分がそうだと考えている者ではない。クンデラが小説で描く世界はまさにこの諺を具現化したものである。むしろ、このような「笑う神」を小説の世界において表現することこそがクンデラの目指しているものではないだろうか。語り手はある意味で小説の世界において絶対的な価値判断を退け、相対主義的な見方を保つために配置された「神」なのである。クンデラの小説の語り手の機能は、フローベールが小説の理想の在り方として述べた、「事実を超越したほら話の観点、つまり善良な神様が高みから見るような観点で書く[20]」ことに近いものがある。フローベールはセルバンテスの『ドン・キホーテ』を小説のモデルとし、これを「極めて滑稽であるとともに極めて詩的である[21]」と評している。クンデラもまたセルバンテスに近代小説とユーモアの起源を認め、崇敬の念を表明している。クンデラの語り手には、セルバンテス、そしてフローベールから小説的視点、つまり、物事を、ユーモアの精神をもって中立的に眺め、笑うという視点が受け継がれていると言えよう。

語り手に割り当てられた中立的な観察者という役割は、ポリフォニー的な構成においても欠かせないものだ。小説のポリフォニー的構成とは、音楽用語の「ポリフォニー（多声音楽）」を比喩として用いたものだが、複数の互いに異なる声が対等に展開していくような構成を指している。元の音楽用語が示すように、独立した多声部を同時に導入するのは小説の語りにおいては不可能なことだが、この「ポリフォニー」という語を使うことで、単線的な語りを脱し、ポリフォニーという理想の中に語りの複数性を見出そうとする小説家の試みが強調される。一つの書物において複数の声を共存させるための試みとしては、一つの物語の中に複数の物語を組み込むという「入れ子構造[22]」を選択したり、対話やモノローグによって複数の登場人物に直接語らせたり、語りの焦点となる人物を交互に変えていったりする工夫が挙げられる。クンデラが意識して行っているのは、一つの小説作品の中に異なるジャンルに属する複数の「語り」を導入するというものだ[23]。これらの語りはすべて平等で、共通する一つのテーマに関連したものでありながら、それぞれ独立し、一貫したものとして展開していく。『笑いと忘却の書』はクンデラが小説的ポリフォニーを本格的に実践した作品だが、そこでは、それぞれの「線」が等価であるということと、それでいて、ひとまとめとして分けることができないという、クンデラ的ポリフォニーの二つの条件がそろっている。(24) そしてこの小説は、小説でありながら夢想的な語り、自伝的な話、批評的エッセーなどの非小説的なジャンルを含み、タイトルにもある「笑い」や「忘却」といったいくつかのテーマによってそれぞれが切り離しがたく結びついている。

小説というジャンルにおける他ジャンルの融合という手法自体は、取り立てて珍しいものではない。有名な例を挙げれば、ローレンス・スターンの『トリストラム・シャンディ』には黒塗りのページがあったり、話の進行の表現として曲線が使われたりしている。現代のものでいえば、ジョン・バースの『びっくりハウスの迷子』やナボコフの『青白い炎』などポストモダン小説と呼ばれるような作品にも同様の例を見つけることができる。クンデラの場合は、あくまでも上述した二つの条件を兼ね備えた小説的ポリフォニーのために、小説における非小説的な要素の導入が行われている。しかし、注意しなくてはいけないのは、声の複数性を重視しながらも、クンデラのポリフォニーにおいては、どのようなジャンルの語りも語り手という一つの声によって語られているということだ。語り手が小説で取り扱われるいくつかのテーマを提示し、そしてそれらを異なる角度から検討していく。語りのジャンルが変わっても、語り手は常に存在し、その中立的な観察者としてのステータスが崩れることはない。むしろ、ポリフォニーの構成から、不変で支配的な語り手の存在感、その一貫した独自の性質が浮かび上がると言ってよいだろう。

このような語り手の一貫したパーソナリティゆえに、読者は語り手を作者と混同してしまうのだ。しかし、クンデラの相対主義的な小説世界においては、語り手はフィクションの登場人物であり、作者とは異なる、中立的な観察者の視線を備えている必要がある。持論や自説を唱えるための思想小説はクンデラの小説の技法の対極にあるものだ。クンデラは小説をあらゆる考えが吟味の対象となる実験的な領域だと考えている。

小説の空間に入ると、思考の本質は一変する。小説の外にいるとき私たちは断言の領域にある。誰もが自分の言葉に確信を持っている。政治家、哲学者、守衛であれそれは同じだ。しかし、小説の領域においては誰も断言することがない。小説とは遊びと仮説の領域なのだ。小説的な思考とはつまり、本質的に、問いかけるものであり、仮説的なものなのだ(25)。

もちろん小説の作者はクンデラなのだから、様々な考えを吟味する過程を作品の一部として編集し監修するのはクンデラだ。しかし、クンデラが思考するための装置として小説を選ぶのは、作者がフィクションの存在である語り手の姿を借り、自身の考えを正当なものとして主張することを恐れているからである。どのような事柄であっても、語り手の媒介によって表現するということが重要なのだ。

(4) クンデラのナルシシズム

クンデラの小説はクンデラの小説家のモラルと理想を具現化した世界であると言えるが、そこにクンデラという個人のナルシス的な欲望が忍び込んでいるのを見過ごすことはできない。このような人間的な「クンデラ」もまた、語り手の全知の姿を介して垣間見えるのだ。見かけ上、クンデラは語り手に小説世界における全知で中立的な立場を与えるために語り手に作者としての権利を譲渡しているが、同時に、作者的な権威をもった語り手は、クンデラが自分自身のイメージを「客観的に」示す上で都合のよいものでもある。クンデラの自伝的な事柄は自身について考えるためだけではなく、自身を正当化するためにも使われている。語り手は登場人物の世界において創造者として君臨し、読者にとっては絶対的な案内役そして解説者として振舞うのだから、この語り手の背後に身を隠すのはクンデラにとっては好都合なのである。

さてクンデラの自己正当化の意図は、特に共産主義体制下のチェコスロヴァキアでの体験について語る際に見られ、フランスに移住後の作品においてより顕著になる。当時の西側諸国の読者がチェコスロヴァキアの歴史的・社会的コンテクストについて多くを知り得なかったことを想起するならば、ここに小説家クンデラの自画像についての戦略的演出を読み取ることもできるだろう。全体主義化した社会において「恐怖政治の抒情化[26]」によってトラウマを負わされた「反抒情」の小説家といった具合である。マルタン・リゼクは、クンデラが「ミラン・クンデラ」という小説家の公式アイデンティティを作り上げるために自伝的な語り手をうまく利用していると指摘する。このナルシス的な企てこそがリゼクの著書『どのようにしてミラン・クンデラとなるか』のテーマである。小説の中に挿入された独自の小説理論によってクンデラは、自らをヨーロッパの小説の歴史の中に位置付けている。自身が執筆した文章を選定し、自身の「作品リスト」を作成するといった行為も、クンデラの自身の小説作品と小説家としてのイメージの管理者たらんとする強い意思の表れと言えよう。

語り手を作者の鏡像とする見方については先述したが、クンデラと語り手との関係性には、クンデラが描くナルシス的登場人物を思わせるような演劇的な要素がある。登場人物がそれぞれ自分の憧れる人物を演じようとするように、皮肉屋で超然とし、ときに悪魔的な語り手とはクンデラにとっての理想の姿なのではないだろうか。クンデラの作り出した最も自伝的な主人公であるヤロミールが自分の想像から生み出したクサヴェルというヒーローに憧れるように、全知の語り手というのは小説家の理想なのである。ナルシス的登場人物を笑う小説を書きながら、クンデラ自身が小説の中で語り手と同化し、その結果、自己演出の虜になってしまうというのは皮肉なことだ。

しかし、これは当然のことであると言えるかもしれない。というのも登場人物はクンデラの分身のようなものであるからだ。彼らの存在はすべてどこかしらに、クンデラの人生の一場面、あるいはクンデラの思想遍歴の痕跡を留めている。語り手と登場人物との関係性においては、作者に対して、登場人物も語り手と同程度に「自伝的」であるということを忘れてはならない。クンデラは次のように述べている。

私はこれらの状況すべてを見てきたし、経験もした。しかしこうした状況のどれ一つからも、私自身の経歴において描き出せる私という人物は生まれ出てこないのである。私の小説の登場人物は、実現されなかった私自身の可能性なのだ。だからこそ私は彼ら全員が好きだし、どれも私を同じようにおののかせる。彼らのいずれもが私が迂回しただけの境界を越えていった。この乗り越えられた境界（私を私たらしめているものが終わる境界）こそが私を惹きつける。境界の向こう側において小説が問いかける謎が始まるのだ。(27)

もし、クンデラが登場人物と一切無関係であると言い切れるのなら、クンデラを背後に隠した語り手はまさに人間とは住む世界の異なる「神」のように頓着なく笑うことができるだろう。神にとって人間の本性や様々な活動は無縁のものであり、神はただ高みから彼らの悲喜劇を眺めるだけだ。しかし、クンデラの理想を反映する語り手は、同様にクンデラの反映でもある登場人物に対して無関心でいることができない。語り手の笑いは、それが自分自身によって引き起こされていることを知った上では弱まってしまう。それは語り手が登場人物に寄り添う瞬間でもある。語り手は観察者としての中立性を失い、まるで自分が彼らの立場にあるかのように語り始める。この語り手と登場人物の関係性が、作者クンデラに自己批判と自己正当化という相矛盾する行為を促すのである。

語り手はクンデラの理想を具現化している。ナルシスを越えた者として、語り手はナルシス的な登場人物の世界を支配する。登場人物はクンデラの過去を再現し、笑いの的となる。全知であり「笑う者」でもある語り手の役を演じることで、クンデラは自身を見つめ、自己批判を行う。盲目ではない「全知のナルシス」になるとでも言えばいいのだろうか。語り手とは小説という泉の水面に映った一人のナルシスの姿である。クンデラのナルシシズムがそこにある。語り手の役を演じるクンデラの自我が、語り手のアイデンティティより強く、またよりはっきりと表れるとき、語り手は笑う者としての優位性を失う。語り手は自分自身を笑いながら憂える。全知でありながら、この語り手は自分自身の無知とナルシシズムを知っているのだ。

（5）小説家の「私」と小説

クンデラにとって小説家であるということは何を意味するのだろうか。クンデラ自身の答えは簡潔にして理想主義的である。

それは一つの態度、一つの知恵であり、また一つの立場だった。いかなる政治、宗教、イデオロギー、道徳、集団への同化も排除する立場である。意識的で、執拗で、いきり立った非＝同化。逃避や消極的態度ではなく、抵抗、挑戦、反乱として理解されるべき非＝同化である。(28)

このような「非＝同化」としての小説家の在り方は、絶対的あるいは超人的とも言えるような中立性を思わせる。しかし、一個人あるいは一つの主観が、主義主張を持たないということは可能なのだろうか。クンデラにあっては、小説家として小説の中の語り手を通して語るときのみにそれが可能となるのであろう。先ほどの引用のように小説が遊びと仮説の領域であるならば、そこにいるクンデラは相対主義というモラルを「主張」し、自らの主観的な主張の全てを小説の相対主義の知恵のもとに従わせる「主体」である。

このようなフィクションを介した思考形式というのは、フロイトの「ファサード」(29)（表層上の見かけ）の理論を連想させる。架空の遊戯的な「ファサード」を想定するからこそ作家は自分の意図を隠し、自分の意思を滑りこませることができるということだが、クンデラはラブレーにそのモデルを見出したと考えることもできるだろう。『ガルガンチュア物語』の序文は、自分が飲み食いしながら書いた遊戯的な文章に深い意味を探しても無駄だと挑発する。果たしてそれを真に受けるか、懐疑的になって探り続けるかという問題は完全に読者に丸投げである。あるいは、作者として書きながら作品の中においては存在しないこととするという点では、レアリズムの客観性と消し難い主観性との間のジレンマに直面した十九世紀の小説家にこそ類似を見出すべきだろうか。既にクンデラのポリフォニーにおいては逆説的に語り手を演じる作者クンデラの一つの声が統合しているということを述べたが、この矛盾は、レアリズム作家がいかに現実的な世界の幻想を作りだそうと苦心したとしても、ゾラの言うようにどのような「芸術作品もある一つの気質を通して観察された自然の一部分」にすぎないという矛盾と重なるようにも思われる(30)。

フィクションの語り手を通して作者の存在が強く感じられるという点では、ポストモダンと呼ばれる作家たちのメタフィクションとの関係を見出すこともできる。ポストモダンの作家の多くが、メタフィクションの自己言及的な手法において、自身の語りの機能に意識的な語り手を用いている。彼らはクンデラと同時代の作家たちであり、クンデラの語りに何らかの影響を及ぼしているかもしれない。

さて、本章の結論としては次のことが言えるだろう。クンデラの小説における批判的精神が作者の主観にも向けられ、それゆえにどのような自己正当化もナルシス的な言動も語り手というフィクションの存在によって語られる際には相対化され、無効化されるという仕組みがある。したがって、小説の創造とはクンデラにとって自己精錬のプロセスでもあるのだ。モンテーニュが「私がこの書物を作ったというよりもむしろ、この書物の方が私を作ったのである(31)」と述べているように、クンデラは小説の中の語り手を演じることによって、自身の考察を練り上げていく。クンデラの小説の語り手とはフィクションに投企した作者の反映なのである。語り手の立場を借りることによって、クンデラは自身の姿を見ることができるのである。クンデラにとって小説を書くことは、虚栄心に満ちたナルシシズムを乗り越えるための自己観察の場なのである。そこには自分の姿を見ようと欲するナルシス的な人間の欲求と、自分の姿を見ようとする自分をさらに見ようとすることを自らに課す小説家の理想との対立がある。このナルシシズムと全知性の対立関係あるいは共存において、語り手こそが双方をつなぐものとしての機能を果たしているのである。

注

（1）Martin Rizek, *Comment devient-on Kundera ?*, Paris, L'Harmattan, 2001. Cf. «Anti-destin, anti-Histoire», pp. 306-315 et «Universel Narcisse», pp. 317-347.

（2）ジェラール・ジュネットの物語論に依拠するならば、『冗談』と『可笑しい愛』の何編かの短編を除き、クンデラの小説の語り手は基本的に「異質物語世界的」な語り手である。クンデラの語り手は自身の語り、知識、判断に対して懐疑的で自己批判的な注釈を挟む。しかし、『不滅』や『緩やかさ』においては語り手は物語の登場人物と出会い、会話をする。こうした一種の「戯れ」のような箇所においては、語り手は一時的に「等質物語世界的」であり、さらにクンデラの小説を語る、ある語り手の物語と捉えるならば「自己物語世界的」とも言える。いずれにせよ、ジュネットの物語論の適用には限界がある。Cf. Gérard Genette, *Figures III*, Paris, Seuil, coll. «Poétique», 1972.

（3）ルジュンヌによれば、「小説契約」には二つの側面がある。一つは「非同一性の疑いようのない方法（作者と登場人物が同名ではない）」であり、もう一つは「フィクション性の証明（今日では一般的に表紙にある『小説』という副題がこの機能を果たすことが多い）」である。Philippe Lejeune, *Le Pacte autobiographique*, publié premièrement en 1975 dans la collection «Poétique», nouvelle édition augmentée, Paris, Edition du Seuil, 1996, p. 27.

（4）Sylvia Kadiu, *George Orwell – Milan Kundera, Individu, littérature et révolution*, Paris, L'Harmattan, 2007. カディウはクンデラの二つの小説作品『生は彼方に』と『存在の耐えられない軽さ』と、ジョージ・オーウェルの『一九八四年』を対象とした比較研究を行っている。カディウによれば、ジュネットによる語り手の五つの機能(語り、管理、コミュニケーション、証言、思想）に、「説明」の機能を加えた六つの語り手の機能のうち、オーウェルの語り手は、語り、管理、説明の三つしか当てはまらないため、全知とは言えない。対してクンデラの二つの小説の語り手は、すべての機能を備え、作者と混同されることを恐れずに、読者に物語の最良の理解と解釈とを提供する。一五九頁を参照のこと。

（5）*Ibid.*, p. 160.

（6）Martine Boyer-Weinmann, *Lire Milan Kundera*, Paris, Armand Colin, 2009, p. 99.

（7）Bertrand Vibert, «En finir avec le narrateur ? Sur la pratique romanesque de Milan Kundera» in *La Voix Narrative*, Actes du Colloque international de Nice, édité par Jean-Louis Brau, volume n°2, Presses Universitaires de Nice, 2001.

（8）別の論文でヴィベールは次のように述べている。「現代小説においてクンデラ小説の語り手ほど全知で全能に見える語り手はいないかもしれない。クンデラの小説の語り手は二重に全知かつ全能である。第一に登場人物、彼らの思考、感情、過去についての知識によって。第二に教訓的態度と存在についての判断によってだが、それらはときに読者に強いているようにも見えかねないほど断定的である。」«Paradoxes de l'énonciation et de la réception chez Milan Kundera» in *Désaccords parfaits : La réception paradoxale de l'œuvre de Milan Kundera*, textes présentés par Marie-Odile Thirouin et Martine Boyer-Weinmann, Grenoble, Ellug, 2009, p. 173.

（9）ボワイエ＝ワインマンは「案内ガイド、創造者、物語における読者」の三つの特徴を挙げている。Cf. *op. cit.*, pp. 99-101.

（10）*La Vie est ailleurs* , p. 399.

（11）*Ibid.*, p. 401.

（12）*L'Insoutenable légèreté de l'être*, p. 63.

（13）*La Lenteur*, p. 110.

（14）*Le Livre du rire et de l'oubli*, p. 210.

（15）Bertrand Vibert, «En finir avec le narrateur ? Sur la pratique romanesque de Milan Kundera», p. 483.

（16）*Dix-Neuf/Vingt*, n°1, Paris, Eurédit, 1996, p. 148.

（17）Wolfgang Kayser, « Qui raconte le roman ? », étude parue en allemand en 1958, traduite dans *Poétique* No. 4, 1970, recueillie dans *Poétique du récit*, G. Genette et T. Todorov, Paris : Édition du Seuil, coll. « Points », 1977, pp. 59-83.

（18）赤塚若樹『ミラン・クンデラと小説』水声社、二〇〇〇年、三五三頁。

（19）*L'Art du roman*, pp. 189-198.

（20）Gustave Flaubert, Lettre à Louise Colet, 7 octobre 1852 ; *Correspondance*, éd. Jean Bruneau, Paris, Gallimard, coll. «Bibliothèque de la Pléiade», t. II, 1980, p. 168.

（21）*Ibid.*, p. 179.

（22）Tzvetan Todorov, «Les hommes-récits» (1967), *Poétique de la prose*, Paris, Seuil, 1971, pp. 78-91.

（23）クンデラはこの革新をブロッホに由来するものと述べている。ブロッホの小説『夢遊病者たち』では、小説、短編、ルポルタージュ、詩、エッセーといった多様なジャンルによってポリフォニーが構成されている。これらの線が一つのテーマのもとに結びついている。*L'Art du roman*, pp. 88-117.

（24）*Ibid.*, p. 95.

（25）*L'Art du roman*, p. 97.
（26）*Les Testaments trahis*, p. 189.
（27）*L'Insoutenable légèreté de l'être*, p. 319.
（28）*Les Testaments trahis*, p. 189.
（29）フロイトによれば、機知に富んだ言葉は「ある者を眩惑させる一方で、別の者がその背後にあるものを見ようとするような」喜劇的なファサードを持っている。（«Les tendances de l'esprit» in *Le Mot d'esprit et sa relation à l'inconscient* [1905], traduit de l'allemand par Marie Bonaparte et le Dr M.Nathan, Paris, Gallimard, coll. «Idées», 1971, p. 157.
（30）アンリ・ミッテランは、モーパッサンやゾラなどのレアリズム作家を例に挙げながら、「小説のディスクール」つまり読者に対してフィクションの楽しみと現実世界についての物言いの両方を提供しようとする小説家の試みを検討している。Cf. Henri Mitterand, *Le Discours du roman*, Paris, PUF, 1986.
（31）Michel de Montaigne, *Les Essais*, Livre II, chapitre XVIII, «Du desmentir», Paris, Gallimard, La Pléiade, 2007, p. 703.

第二章　ポストモダン的自意識

この章では、クンデラの小説の作者的な語り手に注目し、その特徴をポストモダン小説の文脈で検討していく。これまで見てきたように、クンデラの小説における語り手は、物語を物語世界の外側から観察しながら注釈を加え、創作について語り、自身を「クンデラ」と名乗って自伝的な事柄についても言及する。『生は彼方に』では小説の構成について説明し、『笑いと忘却の書』では登場人物の命名の由来について話し、『緩やかさ』では妻のヴェラ・クンデラを登場させ、自分の書いている小説を悪夢として見させるなど、こうした例は数多くある。このような語り手像は十八世紀のヨーロッパ小説によく見られるものであり、クンデラがエッセーやインタヴューなどで度々ディドロやスターンといった十八世紀の小説家への憧れを表明していることから、これらの作家へのオマージュであると言える。一方、それはメタフィクションと呼ばれるポストモダン小説の技法の特徴とも合致している。クンデラの小説の作者的語り手は、十八世紀の小説だけではなく、彼と同時代のポストモダン的な流れとも相通じるものなのではないだろうか。そしてそこには、ポストモダン的ナルシシズムとも言えるような、作家の強い自意識が読み取れるのではないだろうか。本章では、ポストモダンの代表的作家で、クンデラの語りと共通点の多い、ジョン・ファウルズ（一九二六～二〇〇五）、カート・ヴォネガット（一九二二～二〇〇七）、イタロ・カルヴィーノ（一九二三～一九八五）を取り上げ、クンデラの語り手との相違点を見ていく。注目するのは次の三点である。まずは十九世紀的な小説技法への反発あるいは挑戦としての十八世紀的な語りの手法の復活、次いで語り手の自己言及性、そして完全に閉じたフィクションを生み出すことへのためらいである。

(1) クンデラとポストモダン文学

比較分析に入る前に、クンデラとメタフィクション、そしてポストモダン文学との関係について少し説明を加えておこう。

メタフィクションという言葉が最初に使われたのは一九七〇年のウィリアム・H・ギャスの著書においてである。[1] メタフィクションとは、フィクションという装置それ自体を「意識的に」反映させるような類のフィクションである。フィクションである小説において、そこで語られていることがフィクションであるのは当然だが、通常、そのことは読者にできるだけ意識されないよう念入りな工夫が凝らされている。これが小説の習わしであるとしたら、メタフィクションとは、あえてフィクションであるということを強調する、それまでの小説的作法からの逸脱行為なのである。その言葉の示す通り「フィクションについてのフィクション」である。例えば、語り手はいわゆる小説のお決まりの作法や技法のパロディや逸脱を行うことで、小説作品が「作り物」であることを意図的に見せる。フィクションの世界に、作者なり現実なり外部の要素を侵入させることによって、読者はフィクションを読んでいるということを常に意識させられ、その創造者である作者の存在にも注意を喚起させられる。

文学史を紐解けば、メタフィクションと呼ばれる手法自体は二十世紀よりもずっと以前から存在する。十八世紀の小説はもちろんのこと、『ドン・キホーテ』やさらにさかのぼって『千一夜物語』にも見出すことができる。自意識的な語り手の機能とは決して現代の産物ではない。しかし、一般的にメタフィクションが提示するのはギャスの意図したように、ポストモダンの作家に特有の実践である。つまり、メタフィクションは古くからある自意識的な語りの手法のポストモダンにおける一バージョンだと理解することができる。ポストモダンという背景こそがメタフィクションの定義にとって不可欠な要素なのだ。ごく当たり前ながら極めて重要なのは、ポストモダンの作家たちが二十世紀以降、つまり十九世紀にリアリズム小説が君臨した後、そしてその遺産が今もなお効力を発揮し続けている現代においてメタフィクションを実践しているという事実である。十九世紀を介した十八世紀の再検討、十九世紀的な小説の実践に対抗してそれよりも過去の手法をよみがえらせる試みであると言える。クンデラが十八世紀文学の語りにノスタルジーを込めた愛着を見せるのもまた、それが十九世紀という偉大な小説の世紀の陰に追いやられてしまっているからだ。読者に「本当らしさ」の幻想を与えるために緻密に計算された構成を小説に強いる伝統に息苦しさを覚え、その代わりに自由で柔軟な構成に魅了されるのだ。クンデラの語り手は注釈を加え、脱線し、読者と「会話」する。それは読者がまさに読んでいるその本がフィクションであることを敢えて教えるような語り手である。クンデラは、ポストモダンのメタフィクションと同じような語りの手法を用いているということになるが、それではクンデラをポストモダンの作家として認めることができるのだろうか。

文学史においては、ポストモダンという用語は一九七〇年代に入ってから使われ始め、ポストモダンの文学とは主にフィクションを語る技法を問い直すという自己言及性を備えた実験的な小説群を指す。パトリシア・ウォーが述べているように、ポストモダンと見なされる作品においては、テクストを書くという行為そのものが、テクストにおける最も本質的な問題として強調されている。(2) しかし、現代の作家の誰がポストモダンで誰がそうではないかという分類を厳密に行うことは難しい。というのはポストモダンと形容されることのある作家同士でも、類似よりも差異の方が際立つ場合があるからだ。例えば、マテイ・カリネスクは、クンデラをポストモダン作家の「未完結のリスト」に含めているが、そこにまとめられた作家たちが互いに「ほとんど似ても似つかない」ことを自覚している。もちろん十九世紀の小説的な慣習からの逸脱という共通点はあっても、彼らの意図や実践の結果はそれぞれ異なるものなのだ。(3) さらに、同じようなスタイルを持っていてもその起源が異なる場合もある。リンダ・ハッチオンが指摘するように、ジョン・バースはポストモダン的なスタイルの起源をラテンアメリカ文学に見出す一方、ガルシア・マルケスの作品はスペインのバロック小説に由来するといった具合だ。(4) 曖昧さの残る概念ではあるが、ポストモダンは、クンデラを含む、一見無関係とも見える作家同士の共鳴を見ていく上では重要なキーワードであろう。

クンデラはヨーロッパの小説家として自分がヨーロッパ小説から受けた影響については饒舌であるが、ポストモダン文学については言及していない。クンデラによると、小説の歴史は、まずセルバンテスをはじめとする小説の遊戯的な時代があり、その後、バルザックの「戸籍簿と競争する」という言葉に象徴されるように、小説家が現実の模倣を強制される時代が続く。三番目の時代は、カフカ、ムージル、ブロッホ、ゴンブローヴィチなど中央ヨーロッパの小説家によって支えられ、十九世紀以前の遊戯性を復活させ、小説の新たな可能性を見つけ出すというもので、クンデラはこの中央ヨーロッパ出身の小説家たちの直系を自認している。[5]「問いかけのとてつもない深刻さと形式のとてつもない軽さを統合する」[6]というのが第三の時代の小説の美学である。

クンデラが与するこの第三の時代は、クンデラによれば「反モダン的モダニズム」[7]の小説家たちによって支えられ、彼らの立場はアヴァンギャルド（前衛主義）的なモダニズムの対極にある。アヴァンギャルドのように断新さや進歩のみを追求し、過去と断絶するのではなく、過去の忘れ去られてしまった小説の美学を復活させるという立場である。クンデラにとって小説の発展とは古いものを捨て、新しいものと取り替えていくというようなものではない。[8]小説の歴史において過去は捨てるものではなく常に再生させていくものなのである。

カリネスクに従えば、ポストモダンもまた、過去を破壊し新しさを発明しようとするアヴァンギャルドに対する反動で、その存在理由を「古いものや過去との再建的な対話」[9]に見出すものである。ポストモダニズムがアヴァンギャルドの創造の枯渇から生まれたということにも留意するべきだろう。ウンベルト・エーコはアヴァンギャルドの疲弊とポストモダニズムの出現の間にある歴史的関係を指摘する。

アヴァンギャルドは過去を破壊し、泥を塗った。［…］アヴァンギャルドはさらに突き進み、形象を破壊し、無効にし、やがて、抽象、形式の不在、白いキャンバス、引き裂かれたキャンバス、黒焦げのキャンバスに到達する。［…］しかし、アヴァンギャルド（モダン）が行き止まるときがくる。

ポストモダンの答えは［…］、過去は再訪しなくてはならないというものである。過去は本当に破壊されることなどなく、破壊は沈黙しかもたらさないからだ。過去は無邪気にではなく、アイロニーを伴って再訪されなくてはならない。(10)

アヴァンギャルドに対する反逆という意味では、クンデラの「反モダン的モダニズム」は、ポストモダン的だとも言えるだろう。クンデラ研究における「ポストモダニズム」の位置付けについても少し述べておくと、クヴェトスラフ・フヴァチークは、クンデラの『小説の技法』をアヴァンギャルド批判のみならずポストモダン批判として解釈している。過去の文学形式や主題へのアイロニカルな回帰、文学の「メタ言語」に注目することによる形式の破壊、コラージュや引用、翻案の技法などのパロディ的な要素をポストモダンの特徴として挙げた上で、フヴァチークはクンデラにポストモダン的な折衷主義を敬遠するような態度を見て取る。(11) その一方で、ヴィッキー・アダムスの「ミラン・クンデラ：ポストモダンの世界における自己の探求」(12) やデイヴィッド・ロッジの「ミラン・クンデラと近代批評における作者の概念」(13) のように、クンデラの語りの技法とポストモダニズムとの関係に関心を寄せる研究も少なくない。赤塚若樹もこうした先行研究を紹介しながらクンデラとポストモダンとの関係性に言及している。

(2) 現代における十八世紀的な語りの実践

それではまず、ポストモダンにおける十八世紀的な語りの手法を見ていこう。ジョン・ファウルズ、イタロ・カルヴィーノ、カート・ヴォネガットの小説にはクンデラの小説同様に十八世紀的な語りの実践を見て取ることができるが、この実践の意図として十九世紀的な小説技法への反発あるいは挑戦が共通して存在しているのではないだろうか。

クンデラが十八世紀の遺産として受け継ごうとする語りの手法とは、一人称の語り手が、三人称で語られていた物語世界に自由に介入し、物語に突然、注釈を加え、物語が語られている作品そのものについても話し出してしまうような遊戯的な語りだ。十八世紀の遺産といっても、クンデラが念頭に置いているのは主にディドロの『運命論者ジャックとその主人』(以下『運命論者ジャック』)なのだが、これについてはクンデラ自身、自らが表明した「十八世紀」への憧れが誇張気味であると認め、正確にはディドロの『運命論者ジャック』が好きなのだと告白している(14)。

今日では、ディドロが私にとって小説の技法の第一の時代を体現するものであり、私の劇作品が、過去の小説家におなじみであると同時に私にとっても大切ないくつかの原則の賛美であったと言うことができる。第一に構成の幸福に満ちた自由、第二に自由放埓な物語と哲学的考察の絶えざる隣接、第三にこれらの考察の不真面目で皮肉的でパロディ風で不謹慎な性質(15)。

クンデラはこのディドロの小説を演劇作品に変奏させた『ジャックとその主人』を執筆しているが、この作業を通してディドロ的な語りの手法を研究したと考えられる。ディドロの『運命論者ジャック』の作者的語り手は、小説上の慣習をユーモアをもってパロディーにし、楽しく陽気な雰囲気を醸し出している。こうした自由気ままな語りはファウルズ、カルヴィーノ、ヴォネガットの小説にも見られるが、その「自由気ままさ」はあくまで見かけ上のものにすぎず、「小説的なもの」、より具体的に言えば十九世紀のリアリズム小説への対抗という意味での伝統の軽視や拒絶、違反に対する明確な意図や強い自覚が読み取れる。既存の形式からの逸脱を楽しむというよりも、切実で、強迫観念に囚われたような「違反」が行われている。例えば、語り手がまるでその場で即興で演じているかのように読者に物語を語ってみせたとしても、ポストモダンの「自由気ままさ」はいかにも不自然で意図的なのである。[16]『運命論者ジャック』の語り手が、語り手の全知性を茶化す箇所と、ファウルズの『フランス軍中尉の女』の有名な第十三章を見てみよう。ディドロの語り手は次のようにうそぶく。

私が小説を書いているのではないことは明らかだ。小説家なら必ず用いるような手法を私はなおざりにしているのだから。私が書いているものを作り話だと思う者よりも真実だと思う者の方がまだ間違いが少ないというものだ。[17]

この語る行為、そして小説を書く行為自体を話題にするという自己言及性はまさにメタフィクション的である。ファウルズの方はどうだろうか。

私にはわからない。私がいま語っているこの物語はすべて想像の所産である。私が造りだしている人物たちは私の頭脳の外においては存在しなかった。かりに私がこれまで、私の人物の心中や深奥の思考を知りつくしているかに装ってきたとしたら、その理由は、（まさにその語彙と「声」の一部を採用してきたのと同様）私が物語っている時代においてひろく受けいれられていた慣習、つまり小説家は神のつぎに位するという慣習によって、私が書き進めているからである。小説家がすべてを知ることはありえないが、それでも、すべてを知っているかに装うことを試みる。しかし、私はアラン・ロブ＝グリエやロラン・バルトの時代に生きている。かりにこの作品が小説であるとしても、その語の今日的な意味においての小説ではありえない。(18)

物語はヴィクトリア朝の英国が舞台で、語り手は二十世紀の読者を前にして「最も信頼しうる目撃者」として振る舞う。しかし、ヴィクトリア朝の慣習を背景とした出し物を読者に見せながら、語り手は常に二十世紀の小説家の役割のことを考えている。どちらの場合も小説的慣習に対する挑発的な調子はあるものの、ディドロの語りには、ファウルズの語りに見られるような、小説の長い歴史の延長線上で今もなお小説を書くことへのアイロニカルな眼差しはない。

『運命論者ジャック』におけるナラテール（語り手が呼びかける想定上の読者、紙の読者とも言う）の手法に注目すると、カルヴィーノの『冬の夜ひとりの旅人が』でも、語り手が二人称のナラテールに向けて語る。これも型にはまらないという意味では遊戯的と言えるかもしれないが、楽天的な遊戯性ではない。冒頭を見てみよう。

あなたはイタロ・カルヴィーノの新しい小説『冬の夜ひとりの旅人が』を読み始めようとしてい

る。さあ、くつろいで。精神を集中して。余計な考えはすっかり遠ざけて。そしてあなたのまわりの世界がおぼろにぼやけるにまかせなさい。ドアを閉めておいた方がいい。向こうの部屋ではいつもテレビがつけっぱなしだから。ほかの連中にすぐ言いなさい、《テレビは見たくないんだ！》と。連中に聞こえなければ、声を張り上げなさい、《本を読んでいるんだ！　邪魔しないでくれ！》と。でもあんなにやかましい音では、あなたの声はおそらく連中に聞こえはしまい。そしたらもっと大きな声で怒鳴りなさい、「おれはイタロ・カルヴィーノの新しい小説を読もうとしているんだ！」と。それとも、そう言いたくなければ、黙ってなさい。そして連中があなたのことをほっといてくれるように祈ろうじゃありませんか。(19)

ディドロの語り手がナラテールからの要求に困り果てるというコミカルな設定とは違い、カルヴィーノにおけるナラテールの手法の実践は素朴さがなく、小説の形を追究するという実験性が前面に出ている。さらに言えば、語り手が親しげに「あなた」と名指ししているのはナラテール、仮の読者ではなく、読者として設定された登場人物である。『冬の夜ひとりの旅人が』を読み始めた「読者」は、印刷ミスによるページの欠損に気付き、書店へ行き、そこで同じ問題でやって来た女の読者と出会う。読み始めた本の続きを求めて、別の新しい本に出会い、それもまた冒頭だけで続きが欠けているため、続きを求めてまた別の本に出会うということを繰り返す物語なのだ。

ヴォネガットのSF的半自伝小説『スローターハウス5』はどうだろうか。第一章は次のように始まる。

ここにあることは、まあ、大体そのとおり起った。とにかく戦争の部分はかなりのところまで事実である。当時知りあいだった男のひとりは、自分のものではないティーポットを持っていたかどで実際に銃殺されている。またひとりは、戦争が終わったら殺し屋を雇って怨みのある連中をみんな消してやると実際にいきまいた。その他もろもろ。ここではすべて仮名を用いた。(20)

そして、この第一章は次のように終わる。

とにかく、わたしはこの戦争小説を書きあげた。つぎは楽しい小説を書こう。これは失敗作である。そうなることは最初からわかっていたのだ。なぜなら作者は塩の柱なのだから。それは、こう始まる——

聞きたまえ——
ビリー・ピルグリムは時間のなかに解き放たれた。

そしてこう終わる——
プーティーウィッ(21)？

ヴォネガットにおいても、規範に対する遊戯性、奔放さはあるものの、それは十八世紀の小説とは異なり、遊戯性や違反に対する強い意識、そうした表現の意図があからさまに感じられる。先ほど引用したようにウンベルト・エーコはポストモダンの過去の再訪がアイロニーを伴うものだと述べている。アヴァンギャルドの不毛性を前に、自発的に過去を選んだとしても、過去に「既に言われたこと」を繰り返すことは多少の敗北感なしにはできない。先に挙げたどの小説にも遊戯性があるが、そこには「無邪気さ」はもはやない。

クンデラも二十世紀の作家が十八世紀的な手法を再利用する際の「無邪気さの喪失」と言えるような現象に意識的である。『ドン・キホーテ』において奇遇にも全員が出会いを果たす旅籠を引き合いに出しながら、クンデラは、小説の黎明期の小説家たちが話の筋の「ありえなさ」など全く恐れなかったのに対し、十九世紀には「本当らしさ」や「現実の模倣」が至上命令となることを説明する。その上で、次のように述べている。

二十世紀はしばしば十九世紀の遺産に反抗する。しかし、もはや「セルバンテスの旅籠」まで引き返そうと思っても、それは不可能だ。あの旅籠と私たちの間には十九世紀の写実主義の経験が介在しているのであり、その結果、ありそうもない巡り合わせの遊びはもう無邪気なものではありえないのだ。この遊びは、意図的に奇妙なもの、皮肉なもの、パロディをねらったものになるか（例えば『法王庁の抜け穴』、あるいは『フェルディドゥルケ』）、幻想的、夢幻的なものになるかだ。(22)

クンデラがポストモダニズムについて何も言及していないとしても、ウンベルト・エーコの言う「無邪気さの喪失」とほぼ同義のことを述べていることは注目に値する。それは同じ時代を生きる小説家同士の共鳴を示している。

（3）語り手を介した作者の自己意識

二十世紀以降の小説を書くという行為への敗北感や諦観、徹底した懐疑は、小説を書く主体である作家の自己意識にも強く見て取れる。

作者と混同されるような語り手は十八世紀小説にもポストモダンの小説にも見られるものだが、ポストモダン小説で読者が目の当りにするのは、作品を生み出すのに苦闘する作家の姿だ。この現象は一方では非人称的な語りの放棄、他方では自己言及的なエクリチュールの全面的な肯定によるものであると解釈できる。作家は客観的で絶対的な表象を目指すことを断念し、主観を隠さずにむしろその痕跡を語りの中に残す。とはいえ、自分の主観の反映に還元されるような作品、例えば明らかな自伝小説を書くというわけでもない。

『冬の夜ひとりの旅人が』では、カルヴィーノ自身を思わせるような語り手は一人もいないものの、読者は、カルヴィーノ自身の実験的な試みをたえず意識させられる。「これからあなたはイタロ・カルヴィーノの新しい小説を読む[23]」という冒頭の宣言からして、自己言及が行われている。現実とは切り離されたもう一つの現実世界として、つまりその虚構を作り上げた作者の存在を忘れて、作品世界に没頭することは不可能に近い。様々な文体を借用して書かれた各章を読みながら、読者はただ作者の意図や思惑について考える。また、サイラス・フラナリーやエルメス・マラーナといった作家の登場人物を通して、作家としてのカルヴィーノを意識させられているかのような感覚にも陥る。第八章ではサイラス・フラナリーが日記で次のように述べている。

多くの小説の第一章の書き出しの文章の無垢な状態がもたらすロマネスクな魅惑は物語が進むにつれて消えてしまう、つまりその魅惑はわれわれの前に拡がる読書の時間への期待感とあらゆる可能性を秘めた物語の展開に接することができるという期待感にあるのだ。私は書き出しの部分だけがある本をそして全体にわたって冒頭部のもつ可能性が、まだ対象の定まらない期待感が持続するような本を書くことができたらと思う。だがどうしたらそうした本の構想を組み立てることができるだろうか？　書き出しだけで中断するか？　導入部を無限に引き延ばすか？『千一夜物語』のようにひとつの物語の始まりをほかのものにも使うか？(24)

サイラス・フラナリーはまさにカルヴィーノの『冬の夜ひとりの旅人が』のような本を生み出そうと考えている。サイラス・フラナリーはイタロ・カルヴィーノではないが、カルヴィーノの作家のイメージを反映し、『冬の夜ひとりの旅人が』の意図を本人に代わって説明している、というように読める。したがって読者は、以下に引用するようなフラナリーの日記に綴られる創作上の悩みは、カルヴィーノ自身のものではないのかといった問いかけをしながら読むことを強いられるようになる。

自分というものがなければどんなによく書けることだろう！　白い紙とそして自然発酵し、形作られ、誰もそれを書かずに消えて行く言葉や物語の間にあるあの厄介な私という存在が介在しなければ！　文体や、好みや、個人的哲学や、主体性や、教養や、生活体験や、心理や、才能や、作家としての粉飾など、私が書くものを私のものとして認めさすことになるこうしたあらゆる要素が私の可能性を限定してしまう檻のようなものに思えるのである。私がただ一本の手だけだったなら、ペンを握りしめ、ものを書く、切断された手であったなら……[25]

この「自分というものがなければどんなによく書けることだろう」という叫び、「一冊の本を書かなければならないと思うと、その本がどうあらねばならないか、どうあってはならないかというあらゆる問題が私を遮り、私の筆の進みを妨げる[26]」といった言葉は創作に対するカルヴィーノの苦悩を代弁しているように読める。文体や嗜好、個人的哲学や体験など、自分の書いたものを自分のものだと認めさせる要素が、作品の可能性を限定してしまう枷になるのなら、他の作家のスタイルを模倣した作品を書くことで自分の主観を打ち消してしまえばよいのか。もう一人の作家の登場人物エルメス・マラーナは、自身の主観の見えない、「まったくの真偽不明の、作者を騙った、模倣、偽作、贋造の文学[27]」を夢見る。これもまたカルヴィーノが『冬の夜ひとりの旅人が』で試みるスタイルである。『冬の夜ひとりの旅人が』の主題は、作家が主観を消し去って本を書くことそのものであると言える。

ファウルズの『フランス軍中尉の女』の小説の構造にもまた、作者ファウルズの「作家の主観」に対する問題意識や「作者」の役割に対する懐疑が読み取れる。小説家の第一原理はもはや「権威」ではなく「自由」であると述べ、語り手は登場人物が「自由に」行動し、彼らが作者（創造者）の操り人形にならないよう細心の注意を払う。

私たちの人物や出来事が私たちの意志に従わなくなったとき、はじめて人物や出来事が生き始める。チャールズがあの絶壁の縁にセアラを残して去ったとき、私はチャールズにまっすぐライム・リージスに戻るよう命じた。ところが、かれはその指示に背き、いわれなくあとを振り返り、搾乳工場に立ち寄ったのである。〔…〕わが子、同僚、友人、あるいは自分自身さえ制御できないのと同様、私も、これら私の頭脳の生み出した者たちを完全にはコントロールしえない。そのような私自身の認識を皆さんにも持っていただければと思うのである。(28)

作者ファウルズと重なる語り手は、二十世紀の語り手はもはや全知の「創造者」ではなく「報告者」であるべきだと述べ、語り手は自分の主観の産物を見せるのではなく、「自発的に」、作者が想定したものとは独立した形で、産み出された事柄を報告するという役目を自らに与える。ここでも、もちろん語り手はファウルズ自身ではない。しかし、ファウルズの作者としての意識は顕著だ。

創造者が「自身の思考の産物」を制御できないとはどういうことか。登場人物が作者の当初の計画の外に飛び出し、作者が想定したものとは異なる展開を、自分で切り開いていくと言っても、この計画の変更も作者の思考の中で起きていることで、この変更を最終版である書物として発表するのは作者である。留意すべきことは、作者が創作のプロセスを見せていることであり、創作の際に起こりうるどのような変化にも対応すると述べている点である。「創造者」ではなく「報告者」であろうという姿勢、ある虚構の世界を自分の主観による想像の産物ではなく、自身が想定したことと関わりなく、起きたことをありのままに記述したものとして作品を提出する姿勢そのものが作品の主題の一つになっていると言えるだろう。

『スローターハウス5』の語り手は作者のヴォネガット同様、自ら体験したドレスデン爆撃について小説を書いたという設定だ。ビリー・ピルグリムの物語を語りながら、この語り手は読者に繰り返し、自分が物語世界の中に存在し、またこの本の作者でもあると知らせる。次のような具合である。

訓示のあいだ、大佐はビリーの眼をずっとのぞきこんでいた。ビリーの頭のなかには、たわごとがガンガン反響した。「元気でいてくれ、諸君!」その声もまたビリーの頭のなかに果てしなくこだました。やがて大佐はいった、「もしワイオミング州コディに来たら、ワイルド・ボブを呼んでくれ!」私はその場にいた。わたしの戦友バーナード・V・オヘアもまた、その場にいた。(29)

ビリーの近くにいたアメリカ兵は、脳味噌をのぞいて全部排泄してしまったと嘆いていた。ややあって、男はいった。「ああ、出てゆく、出てゆく」男は脳味噌のことをいっているのだった。それがわたしである。ぼくである。この本の作者である。(30)

貨物の奥からだれかがいった、「オズの国だ」それがわたしである。ぼくである。わたしがそれまで見た都市といえば、インディアナ州インディアナポリスだけだったのだ。(31)

注目すべきなのは、この自伝的な体験についての物語が、ビリーがトラルファマドール星人と出会い、その哲学に感銘を受け、人々に広めようとするという極めて非現実的な世界を舞台にして語られるということだ。このことについて、語り手は「大量殺戮を語る理性的な言葉など何ひとつない」[32]と述べている。戦争の想像を絶する体験を語るのに写実主義も偽の「本当らしさ」も無意味である。重大な事柄を深刻に扱うことへの倦怠や真面目さへの幻滅といったものをヴォネガットに見出すことができる。しかし、それと同時に極端にまで作り上げられたフィクションは、作者の主観の現実性をぼかす効果もあると考えられるのではないだろうか。

カルヴィーノもファウルズもヴォネガットも、主観を小説の中に残してしまうような選択をしながらも、その選択に対する不確かさも表明している。このようなフィクションにおける自己言及性と主観にまつわるパラドックスは、クンデラにおいても存在する。『笑いと忘却の書』の中で、語り手のクンデラはザヴィシュ・カランドラとミラダ・ホラーコヴァの処刑、特に詩人のエリュアールが彼らを擁護しなかったことを語る。クンデラ自身も立ち会った歴史的な事実を描きながらも、その情景は現実離れしている。

全員が微笑み、エリュアールは肩に手をかけていた一人の少女に身をかがめた。
「平和のとりこになった人の顔にはいつも微笑みがある」
すると少女は笑い出し、さらに強く足で舗道を踏み鳴らしたので、路面から数センチ上に舞い上がり、他の者たちも一緒に上方に引き連れていった。その直後にはもう誰ひとりとして地に足をつけている者はいなかった。彼らは、足を地につけずに、その場で二歩ステップを踏んで、前方に一歩進んだ。そう、彼らはヴァーツラフ広場の上に舞い上がって、彼らの踊りの輪は飛翔する大きな冠に似ていた。私はというと地上を走りながら、彼らを見上げ、そうするうちに彼らはどんどん遠ざかってゆき、一方に左脚を上げて、そして他方に右脚を上げながら飛んでいた。彼らの下方にはプラハがあり、カフェは詩人たちで溢れ、監獄は人民の裏切り者たちで溢れ、火葬場では一人の社会党代議士と一人のシュールレアリスム作家を灰にしている最中だった。煙がまるで幸福の前兆のように空に向かって立ち昇り、エリュアールの金属質の声が聞こえた。[33]

クンデラが夢幻的なイメージを用いるのは、自身の言説が直接的に真面目に受け取られないため、また、その主観が半ば現実的、半ばフィクションとして作品中に存在するためと考えられる。主観を込めながら、クンデラはその痕跡をぼかそうとする。言うまでもなく、クンデラの小説は自己言及的で、小説の中でクンデラの他の小説への言及があったり、創作の背景が語られたり、作者の自伝的エピソードが挿入されたりすることがある。このような語り手はファウルズの語り手と共通点が多く、クンデラがファウルズにインスピレーションを得たのではないかと想像したくなるほどだ。例えば『生は彼方に』において語り手が小説の構成について説明する場面が挙げられる。

私たちの物語の第一部ではヤロミールの人生のおよそ十五年分が包括して語られるが、第五部は第一部よりも量的には長いものの、せいぜい一年分語るのみである。したがって、この本における時間は実人生のリズムと逆のリズムで流れていることになる。時間は速度を緩めていくのだ。[34]

『笑いと忘却の書』の第四部「失われた手紙」の冒頭も挙げられる。

私の計算では、この世で毎秒二人か三人の新しい登場人物が洗礼を受けていることになる。だからいつも、このような洗礼者ヨハネの無数の大群に連なるのに躊躇してしまう。だが、どうしろというのだ。登場人物に名前を与えないわけにはいくまい。(35)

こうした表現の他に「実験的自我（エゴ）」としての登場人物、語りのポリフォニーもまた、クンデラにおいては作家の「私」を隠す手段となっていると言えるだろう。

メタフィクションはフィクションの中に、フィクションの創造に関わるあらゆる行為を問題にする。例えば、読む、書く、語るといった行為である。つまりメタフィクションの選択は、作家の創造者としての自分を見たいという願望を部分的にかなえるものと考えられる。一方で、それは作家自体の活動を考察の対象とする点で自己批判的だが、他方、作家が自分自身を注視するという点ではナルシス的でもある。メタフィクションがポストモダンの産物である所以はまさにこのナルシス的な傾向にあると言えるだろう。それ以前の近代小説においては、メタフィクション的な様相は、作家の語りの創意工夫の結果であり目的ではない。語り手がまるで作者であるかのように読者に語りかけるというのは遊戯的な試みであり、読者だけでなく作者をも楽しませる工夫だ。そこには「メタフィクション」を行うこと、つまり作者が自身の作家としての活動を検討しようという意図はない。しかし、ポストモダンの作家は書き、読み、そして作品の中で語る、つまり創作のプロセスをさらけだそうとする。メタフィクションを用いた作品の主題は、その作品を生み出している作家自身なのである。

（4）完結した一つの物語への抵抗

ポストモダンの作家は、作中で、物語を書き、読み、そして語るという行為をさらけ出し、作品の背後にあるプロセスを可視化する。そこには始まりと終わりのあるフィクションからなる完結した作品を生み出すことへのためらいが見て取れる。作中では、彼らは常に書いている「最中」なのだ。

『冬の夜ひとりの旅人が』では、確かに本の一ページ目と最終ページは存在するが、この作品の中でどのような話が語られているかを要約するのは困難だ。タイトルから一人の旅人の話と言っても、その旅人は、読者である登場人物が最初に読む作品の冒頭にしか出てこない。終盤には読者たちが読書について議論する場面がある。いくつかの文章から連想されたイメージが自由に広がっていくような想像的読書、テクストに忠実に細部を緻密に分析する考古学的な読書、読むたびに新しい体験が味わえる読書、間テクスト的な読書、タイトルや冒頭でふくらむ期待を味わう読書、終わりを目指す読書など、様々な読書観が紹介される。そして、例の「あなた」である読者は、自分は「最初から最後まで読み通す」のが好きなのだと言う。[36]『冬の夜ひとりの旅人が』は読書を主題とした読書を読者に求める作品である。カルヴィーノは未完の物語を断片的に読む読者の物語を書くことで、最初から最後まで物語を読むというタイプの読書を避けている。作品の終わりは、第十二章で「読者」が読書を終えるときである。

ファウルズは、終わり方を気にしながら読み進めていく読者を混乱させるような創意溢れる工夫を行っている。語り手は一番目の終わり方を撤回する。この終わり方は、語り手によると「およそ伝統的な結末[37]」で、登場人物は自由であるべきだという語り手の意向に沿わない。一番目の終わり方が登場人物が頭の中で想像したものにすぎないと断った上で、語り手は物語の時間を巻き戻して別の二つの終わり方を読者に提示する。ファウルズは、創作活動の結果ではなく、プロセスをメインに描き、それがメタフィクション的様相を見せている。この本は、作品名が想像させるような不貞に関する物語ではなく、「登場人物に与えられるべき自由[38]」を尊重した物語を語るという試みが主題なのである。

同じく『スローターハウス5』もビリーと緑色の宇宙人の出会いというSF的な物語として要約することができない。タイトルページでヴォネガットは自分がトラルファマドール星風の小説を書くのだと予告する。過去、現在、未来のどの時代も等しく、同時に一目で捉えることができるという彼らの世界観に従った小説では、主人公ビリーの死は物語の終わりではありえない。ビリーは何度も自分の死を体験しながらも、人生のあらゆる時代を、時空を越えて旅をする。このような不可思議な物語の叙述が作者のドレスデン爆撃の体験を記憶する半ば自伝的なものとして書かれている。読書の間、読者はこのSFの枠組み中に実人生をさらけだそうとする作者の意図を解読するよう促される。

クンデラにおいても自らの小説の読みに対する強い意識がある。『存在の耐えられない軽さ』では主要登場人物であるトマーシュとテレザの死は、小説の半ばで語り手によってあっさりと告げられる。終わりに近い第七章は二人の穏やかな田園生活を描いているが、読者は彼らが死ぬことを知っているからこそ、先を気にせずにじっくりとこの詩的で思索に富んだ章を味わうことができる[39]。還元不可能な小説を書くというクンデラの試みは、『不滅』の中で、クンデラという名の登場人物とアヴェナリウス教授との会話において説明されている。


「いまどんなものを書いているんだね、要するに？」

「それは話せるようなものではないよ」

「それは残念だ」

「残念とはなぜだい？　これはチャンスなんだよ。現代では、書かれたものすべてを映画やテレビドラマ、漫画に変えてしまおうと躍起になる。ある小説のなかで、本質的なものは、小説によってしか言うことができないものなのだから、翻案されたものには非本質的なものしか残らない。今日まだ小説を書こうというほどのおかしな人間が、万全を期しておきたいのなら、誰であっても、翻案などできないような方法で、別の言い方をするなら、話して聞かせることなどできないような方法で、書かなければならないね[40]」


クンデラは話の内容を還元するような読書を拒み、小説の中で語ったことを圧縮して語り直すことを望まない。そこには作家の現在、書き手の現在を書き留めておきたいという欲望があるように思われる。

(5) クンデラと非ポストモダン

以上、メタフィクション的な現象を三人のポストモダンの小説家とクンデラに見出すという分析作業を行い、十八世紀的な語りの形式、作家の自己言及性、完結した物語への抵抗の三点を共通する点として分析した。クンデラの小説創作の背景にある時代、そして小説の技法の特徴からして、クンデラをポストモダンの作家であると考えるのは間違いではあるまい。しかし、おそらくポストモダン作家に分類可能な作家の誰にでも言えることとして、「ポストモダン作家」というカテゴリーのみで片付けることのできないそれぞれに固有の特徴もあるだろう。クンデラをポストモダン作家として考察してきたが、最後に、クンデラにおける非ポストモダン的な特徴について触れ、クンデラが非ポストモダンであるとは言わないまでも、ポストモダンの枠組みを越えたその独自性について述べたい。

第一にクンデラにとって、フィクション性が小説創作における中心的問題にはなっていないことが挙げられる。ポストモダン作家において小説のフィクション性は分析対象となるべく、はっきりと強調されているのに対し、クンデラにおいては小説がフィクションであることは前提条件である。クンデラの小説における、フィクションと現実の混淆は確かに意図的なものであり、それがポストモダンのメタフィクションを連想させる。しかし、クンデラが小説のフィクション性をあえて作品内で強調するのは、それを検討するためでも、すべての文学活動についてまわる「不自然さ」を問題にするためでもない。それはむしろ、語り手があくまでフィクションの世界の産物であり、その語り手がクンデラと名乗ろうと、どんな現実的な話をしようと、それは小説の「遊びと仮説の領域(41)」でのことであって、「真面目にとるべきものではない」とするためである。小説のメタフィクション性は目的ではなく、語り手と作者の親近性を利用するための手段であると言える。

第二に、クンデラがフィクションを通して現実における自分のイメージや思索に影響を与えようとしている点に注目したい。クンデラとポストモダンの作品を比較し、ともに書く主体や書く行為に対する言及があることを述べたが、その違いに注目して改めて検討すると、ポストモダンの作品においては、フィクションの中で語られる現実はあくまでフィクションの産物であるのに対し、クンデラの小説においては、フィクションにおける現実が再び実際の現実において反映されるという現象が起きている。別な言い方をすれば、フィクションの読書経験が、クンデラが伝達しようとする現実の姿をより強固に、より説得力のあるものにしている。クンデラの小説も自己言及性が強いが、クンデラが言及しているのは作家の職業やクンデラの書く行為ではなく、クンデラ個人、つまりクンデラがどのような人間でどのようなことを考えているかである。それは自己正当化の一面を持っている。クンデラの意識は書く行為や書いたものよりも自分自身に集中している。クンデラは語り手を演じながら小説の中で物語を語り、あれこれ思索する。クンデラが小説の中で見せる創作のプロセスは、小説的な思索のプロセスである。

第三にクンデラの「小説の精神」自体が、メタフィクションと相容れないものとして挙げられる。クンデラにとって、小説は文学の一ジャンル以上の意味を持ち、小説を書くこと、小説家であることは一つの態度表明である。それは、自分自身を含むすべての物事に対して批判的距離をとることができる知恵として考えられている。クンデラは『裏切られた遺言』の中で、「そのとき私が深く渇望した唯一のもの、それは明晰で醒めた眼差しだった。そしてそれをようやく小説という芸術の中に見つけ出したのだ」[42]と述べている。クンデラの小説のモラル的側面、また思索的な側面が見て取れる一文だが、これはもしかするとメタフィクションに欠けているものであり、メタフィクションとは無縁のものではないだろうか。メタフィクションの作品は、フィクションと現実の境界を侵犯するような実験や遊びを前面に出す。そして、それは純粋に形式に関するものである。

クンデラの小説においてはメタフィクション的な要素とその効果はすべて、現実における作家クンデラの存在に収斂すると言えるだろう。クンデラの小説の思索的な性格を考えればそれは当然のことである。クンデラの小説は省察的なエッセーと物語の混合である。語り手は実存的な問題について考察し、その考察は登場人物の物語によって広がりと奥行きを持つ。語り手に小説を導く機能が与えられているとはいえ、考察も物語もすべて作者の思考から生まれるものである。したがって小説というフィクションで紹介される仮説も、検討も、例証も、その主体はクンデラ以外の何者でもない。クンデラが語り手の役を借りて小説の中で考えているのである。そしてその思考は登場人物の物語なしには進まない。その点では登場人物の物語がクンデラの小説の核だと言えるし、カルヴィーノは『存在の耐えられない軽さ』について次のように述べている。

小説を書く数多の作家の中でクンデラは、登場人物の物語を最重要視している点において本物の小説家である。私的な物語、何よりもカップルの物語が、その特異性と予測不可能性において語られる。クンデラの語りは、連続する波によって（筋の大部分は最初の三十ページで展開され、結末は中程で既に知らされ、一つひとつの話が層を一つひとつ重ねるように補われ、明るみにされていく）、そして個人的な問題を普遍的な問題、つまり私たち自身の問題に変換する逸脱と注釈の方法によって進んでいく。(43)

クンデラの小説においてメタフィクションは確かに存在し、クンデラも不確実性、物事の可能性への期待などを共有しているように思われる。しかし、結果や見かけは似ていても、やはり意図は違っている。またより正確を期して言うならば、クンデラはポストモダンのメタフィクションのさらにその先を行っているのではないだろうか。つまり、メタフィクションを多種多様な技法のひとつとして、一定の距離を保ちながら、小説に取り入れているのではないだろうか。クンデラにとって小説の枠組みは絶対的なものである。クンデラはこの枠組みの中で遊ぶが、ポストモダンのようにその枠組み自体を解体するというような遊びはしない。クンデラは自らが小説家であることを絶対的に望み、小説家であることや創作行為それ自体を問題にすることには全く関心がないのである。

注

(1) William H.Gass, «Philosophy and the Form of fiction» in *Fiction and the Figures of Life*, New York, Knopf, 1970.

(2) Patricia Waugh, *Metafiction, the theory and practice of self-conscious fiction*, New York, Routledge, 1984, p. 22.

(3) マテイ・カリネスク『モダンの五つの顔』富山英俊・梅正行共訳、せりか書房、一九九五年、四〇六－四〇七頁。リストには、ボルヘス、ナボコフ、ベケットの他、ラテンアメリカではフリオ・コルタザール、ガルシア・マルケス、カルロス・フェンテス、カブレラ・インファンテ、マヌエル・プイグ、ドイツ・オーストリアではトーマス・ベルンハルト、ペーター・ハントケ、ボート・シュトラウス、イタリアではイタロ・カルヴィーノ、ウンベルト・エーコ、イギリスではアラスター・グレイ、クリスティン・ブルック・ローズ、アイリス・マードック、ジョン・ファウルズ、トム・ストッパード、D・M・トーマス、フランスではミシェル・ビュトール、アラン・ロブ＝グリエ、クロード・シモン、そして「脱領域派」としてミラン・クンデラの名が挙げられている。

（4）Linda Hutcheon, *Narcissistic narrative : The Metafictional paradox*, Waterloo, Wilfrid Laurier Univ. Press, 1981, p. 2.

（5）*Les Testaments trahis*, p. 194. クンデラは自分が「第三の時代の美学に従う者であり、自分の登場人物が実在し、家族手帳を持っているようには思わせたくない」と述べている。

（6）*L'Art du roman*, p. 116. Cf. *Les Testaments trahis*, p. 193.

（7）*Ibid.*, p.168.

（8）*Le Rideau*, p. 29.『カーテン』では次のように書いている。「歴史の概念は、芸術に適用する際には進歩とは何ら関係のないものである。芸術の歴史とは改善、改良、向上といったものとは無関係だ。それは未知の土地を探検し、地図に書き込むために始まった旅に似ている。小説家の野心とは先人よりも優れた業績を残すことではなく、彼らが見なかったものを見て、彼らが言わなかったことを言うことである。フローベールの詩学はバルザックの詩学の価値を貶めることはない。北極発見を前にしてアメリカ大陸の発見がかすんでしまうのとは全く違う話なのだ」。

（9）カリネスク、前掲書、三七四頁。

（10）Umberto Eco, Postscript to *The Name of the rose* (in Italian), trans. William Weaver, New York, Harcourt Brace Jovanovich, 1984, pp. 66-67.

（11）Květoslav Chvatík, *Le Monde romanesque de Milan Kundera*, pp. 202-203.

（12）Vicki Adams, «Milan Kundera : the search for self in a post-modern world» in *Bloom's Modern Critical Views : Milan Kundera*, Harold Bloom (éd.), Philadelphia, Chelsea House publishers, 2003.

（13）David Lodge, «Milan Kundera and the idea of the author in modern criticism» in *After Bakhtin : Essays on fiction and criticism*.

（14）Milan Kundera, «Introduction à une variation» in *Jacques et son maître, hommage à Denis Diderot en trois actes*, Paris, Gallimard, coll. «Folio», 1998, p. 14.

（15）*Les Testaments trahis*, p. 97.
（16）Cf. Linda Hutcheon, *A Theory of Parody, the teachings of twentieth-century art forms*, New York and London, Routledge, 1985, p. 98.
（17）Denis Diderot, *Jacques le fataliste et son maître*, Paris, Gallimard, coll. «folio classique», 2011, p. 52.
（18）ジョン・ファウルズ『フランス軍中尉の女』沢村灌訳、サンリオ、一九八二年、八五頁。
（19）イタロ・カルヴィーノ『冬の夜ひとりの旅人が』脇功訳、ちくま文庫、二〇〇七年、九頁。
（20）カート・ヴォネガット『スローターハウス５』、伊藤典夫訳、早川書房、二〇一三年、九頁。
（21）同上、三八頁。
（22）*L'Art du roman*, pp. 115-116.
（23）イタロ・カルヴィーノ、前掲書、九頁。
（24）同上、二四六頁。
（25）同上、二三八頁。
（26）同上、二五二頁。
（27）同上、二二二頁
（28）ジョン・ファウルズ、前掲書、八六－八七頁。
（29）カート・ヴォネガット、前掲書、九四頁。
（30）同上、一六九頁。
（31）同上、一九八頁。
（32）同上、三三頁。
（33）*Le Livre du rire et de l'oubli*, p. 117.
（34）*La Vie est ailleurs*, p. 399.

（35）*Le Livre du rire et de l'oubli*, p. 135.
（36）イタロ・カルヴィーノ、前掲書、三五六頁。
（37）ジョン・ファウルズ、前掲書、二九七頁。
（38）同上、三五五頁。
（39）『生は彼方に』のヤロミールの死も中盤で明かされる。
（40）*L'Immortalité*, p. 351.
（41）*L'Art du roman*, p. 97.
（42）*Les Testaments trahis*, p. 189.
（43）Italo Calvino, «On Kundera» in *Bloom's Modern Critical Views : Milan Kundera*, Harold Bloom (Ed.), pp. 55-60.

第三章　自己についてのエクリチュール

ミラン・クンデラの小説には自己批判と自己正当化という相反する二つの性質を持った「自己についての語り」がある。クンデラの人生は間接的に登場人物に投影されており、クンデラの過去は形を変え、別の人物の物語として語られ考察され、ときには批判される。それを行うのは物語の外から第三者の目線で語る全知の語り手である。その一方で、この語り手は小説家であるミラン・クンデラの現在を直接的に反映している。自ら「クンデラ」と名乗り、実際にクンデラの実人生で起きた事柄にも触れたりする。

本章ではクンデラの小説の自伝的な要素あるいは「自己についての語り」に注目し、現在から過去を振り返る際の自己批判と自己正当化の両面、クンデラによる作家の自画像、クンデラの自伝的作品に対する考え方を紹介した後、フィクションにおける作者の「自己」あるいは「私」の表現としてオートフィクションの可能性について論じる。小説における自画像は、フィクションの世界に留まるものなのだろうか。

（1）過去の自己批判

クンデラにとっては、小説家になるという選択自体が一つの自己批判となっている。クンデラは詩人から小説家への転向を振り返り、抒情詩人を越えたときに小説家クンデラが生まれたのだと述べている[1]。抒情詩人が自身の感情や自己の存在に酔いしれ、現実を忘れてしまう未熟な人間であるとすれば、小説家は自分自身を含むあらゆる事象を、アイロニーをもって見つめることのできる成熟した人間であるというのが、クンデラにおける抒情詩人と小説家をめぐる構図である。この未熟と成熟の対比は、クンデラの小説における登場人物と語り手との関係にも反映されている。クンデラの小説では、これまで見てきたように未熟で抒情的な登場人物が、虚栄心や軽率さから様々な失敗をするが、語り手はそのような登場人物を、ユーモアを交えながらも冷徹に描き、人生を諦観し何事に対しても醒めた態度をとることが、成熟した人間として生きるための知恵であるとしている。クンデラが執拗に若い登場人物のナルシシズムを批判し、若さを未熟さの同義語として不当なまでに過小評価する背景には、自分自身の過去、特に青年期に対するいまいましい感情のくすぶりがあるのではないだろうか。クンデラ自身はインタヴューで次のように述べている。

若さを批判するということは常に私の関心事だった。それで他人を非難しようというのではない。どちらかというとそれは自己批判なのだ。なぜなら私は自分の青春時代を思い返しても何ら情熱も抒情的な懐かしさも感じないからだ。[…]私は二十歳だったときの私とはそりが合わない。あらゆる次元で私はどうしようもない愚か者だったと思う。この年代、特に抒情化に対する懐疑的なこの態度は、このようなところに由来しているに違いない[2]。

ナルシス的な登場人物に注がれる語り手の視線は、語り手自身にも向けられ、自己批判という形となって表れる。自分自身のことも、自分の置かれている状況も、自分の行く末も捉えることができずに迷走する登場人物は、過去のクンデラの分身のようなものであると言えるだろう。そして、登場人物の状況を反抒情的な小説家の態度で観察し、自身の考察や感想を述べる作者的な語り手には、現在のクンデラが同化している。登場人物と語り手の双方に、クンデラ自身の存在と人生が反映していることになる。しかしそれでもクンデラは、自身の過去を他者の視線で、あるいはまるで他者のものであるかのように見ることもする。いずれにせよ公平さを期するために、三人称を用いるのは有効な手段である。自伝的な語り手よりも非人称的な語りの方が印象として、信用がおけるのも確かである。ジャン・ルーセが述べているように、「私」の語る文章が公平さの面で致命的な欠点を持っているのに対し、非人称の語りは「内省に関する外的な認識[3]」に適した特権的な方法である。

このような語りのスタイルはクンデラが徐々に編み出していったものである。『可笑しい愛』や『冗談』など初期の作品においては、スタイルが多様で固定されていない[4]。短編集『可笑しい愛』には主人公が一人称で自身に起きた出来事を語るものもあれば、語り手が三人称で語るものもある。多くの短編において過去に対する悔いが主題となっている。語り手が登場人物の物語を語る場合、語り手と語られる登場人物の間には一定の心理的距離が保たれている。「エドゥワルドと神」がその例で、語り手は女上司と恋人の間で板挟みになる若い男の喜劇を観察する。自分の青春期を思い返して後悔する人物が登場する「老いた死者は若い死者に場所を譲れ」では、語り手は登場人物とともに若さへのいまいましい感情を共有する。クンデラの過去に対する辛辣さはより直接的に表現される。そして「誰も笑おうとしない」のように主人公がユーモラスに自身の苦々しい過去を語るケースでも、現在時において過去を語るため、一定の心理的距離が維持される。

初の長編小説『冗談』は複数の登場人物のモノローグがリレーのように引き継がれていく形式である。既に見たように主要人物の一人ルドヴィークは語りの現在時において過去を振り返り、後悔するとともにかつての自分を含む若者の愚かな行為に対する憎しみを隠さない。ルドヴィークは絵はがきに書いた挑発的な内容がきっかけで共産党からも大学からも追放されるが、この人物の人生の節々には、一九五〇年に「望ましくない思想」を理由に共産党から除名されたクンデラ自身の過去が少なからず投影されていると言えるだろう(5)。

クンデラは小説家人生の初期において、自己批判を可能にするような語りの手法を模索していたと思われる。『生は彼方に』以降、クンデラは一定して三人称での語りを採用している。『生は彼方に』はクンデラの自伝的な作品と言われている。一九四八年のチェコスロヴァキア政変を生きた若い抒情詩人ヤロミールの短い人生を辿るこの小説からは、クンデラ自身の抒情詩人としての過去との決別を読み取ることができる。この自伝的小説でクンデラは、登場人物を通して自身の過去を批判するという自己批判的なスタンスを確立したと言えるだろう。

(2) 現在の自己正当化

形式的な面では、『笑いと忘却の書』において、クンデラの自己批判に適した語りがより明確なものとなる。語り手が、作者クンデラの過去の分身のような登場人物たちを批判するのである。この作品でクンデラが自己の語りに自己批判的な機能を持たせるようになったのは注目すべきことである。というのも、この作品において自己正当化の側面もまた顕著になるからだ。

『笑いと忘却の書』において、作者クンデラは語り手のステータスに同化しようと試みる。例えば、語り手は、作者の実人生で起きた出来事と一致する事柄を自分の話として語る。

一九六八年にロシア人たちが私の国を占領してから間もなく、彼らは私を職場から追放し（他の何千人ものチェコ人と同様に）、誰も私に他の仕事の口利きをすることができなくなった。[6]

初期の作品からクンデラは好んで全知で中立的な語り手を用いてきた。その場で考え、書いているかのように読者に語りかける様子はまさに作者のようである。しかし、初期の作品の語り手が書き手の存在を感じさせても、その書き手は直接作者のミラン・クンデラの存在と結びつくものではない。一方、『笑いと忘却の書』では、初めて語り手が物語を語ると同時に注釈を加えその責務の範囲を越えていく。語り手は「ミラン・クンデラ」として振舞い、様々な物事、とりわけ自分自身について、自己主張し始めるのだ。[7]こうして、登場人物に対する語り手の批判は、「ミラン・クンデラ」によるクンデラの過去への批判となる。

一人称の語り手に同化し、三人称で語られる登場人物に自身の過去を反映させることによって、クンデラは自己批判を行う。しかし、この構造は自己正当化をする上で実に好都合なものでもある。読者は登場人物の物語を読みながらも、語り手の存在を無視することはできない。語り手が物語を語り、説明を加えるため、読者は半ば強制的にこの語り手に頼らざるをえないのだ。したがって語り手がさらに作者クンデラの存在感を纏うとなると、読者がますます語り手に影響されやすくなるのは当然である。

このようなお誂え向きの状況で、クンデラは語り手をクンデラ風に仕立て上げ、この語り手を通して「ミラン・クンデラ」という作家の一貫したイメージを読者に抱かせるように仕向ける。登場人物を批判的に観察することのできる語り手を通して、自身の過去を批判するというプロセスそのものが、小説家としての現在を正当化するという目的を可能にしているのだ。

ここで注意しなくてはならないのは、この『笑いと忘却の書』が、クンデラがフランスに移住後、初めて発表した小説であるということだ。『笑いと忘却の書』が移住後に書かれたということと、この作品で自己正当化が顕著になるということを偶然の一致として片付けることはできない。フランスに移住後、母国チェコの読者を失ったクンデラは西側諸国の新しい読者を獲得する必要があった。これは彼自身にとって克服すべき大きな障壁だったと考えられる。母語や同じ文化的価値観を共有する読者に向けて書くのと、外国の読者に向けて書くのとでは言語レベルにおいても物語のレベルにおいても、筆にするのを断念せざるを得なくなるものが出てくる。

しかし同時に、新しい土地での初めての作品発表は、自分の作家としての方向性を印象付ける好機でもあったと言える。「反体制の作家[8]」という西側諸国での不本意なイメージを払拭でき、自分のこともチェコのこともあまり知らないであろう読者を対象にするということは祖国チェコ、自分の過去、そして現在の自分について、自由に書けるということも意味する。実際、『笑いと忘却の書』には自伝的エピソードがふんだんに盛り込まれている。

クンデラの自己正当化の意図が顕著なのは、共産主義体制下のチェコスロヴァキアの時代について語るときであり、特にフランスに移住後の作品において際立っている。西側諸国の読者がチェコスロヴァキアの歴史や文化的・社会的コンテクストについて多くを知らなかったということを逆手に取った、小説家のイメージ戦略があったと言えるだろう。したがって『笑いと忘却の書』は再出発、つまり小説家クンデラの再生の作品として読むことができる。

クンデラ研究者の中でもチェコの研究者は、このようなクンデラの自己正当化や西側読者への適応力に対して拒否反応を示し、問題視するような発言をすることがある。例えばミラン・ユングマンは、クンデラが、一九六八年八月以前のチェコスロヴァキアで自身が担った文化的・社会的貢献を故意に過小評価していると指摘する。社会主義運動において影響力のある人物であったにもかかわらず、クンデラは自分がほとんど無名の作家であったと言うことを好む。

私は三十八歳で、無名だった。三つの出版物がすべて毎回三日のうちに絶版となったのは自分でも驚きだった。一年後、ロシアの戦車が国境を越えてきた。チェコの知識人とチェコの文化はいつだってむごたらしい迫害を被るものだ。公的文書によって私は反革命の扇動者の一人とみなされた。私の本はすべて禁じられ、私の名前はいたるところで抹消され、電話帳からも消された。こんな仕打ちを受けたのはすべて一つの小説のせいだ。『冗談』のせいなのだ。(9)

ユングマンは、このような告白に懐疑的で、隠蔽の意図を暴こうとする。世界的に名の知れた我らが小説家が呑気な即興作家だったことなど決してない。彼は非常に慎重に、心配さえしながら自己表現し、自分の言葉のどんな細部も計算する人だ。前述の言い回しを選んだとき、彼は自分が何をしていて、その結果として何が生じるかを知っていた。彼は、外国のあまり知識のない読者のために、自分の伝記をキッチュなものに変えたのだ。[10]

ユングマンによれば、クンデラが描くキッチュな自画像とは、「決定的瞬間において先見の明があり、掛値なしに、主義として体制と距離をとっていた作家」[11]というものだ。当時のチェコスロヴァキアの状況についての知識を持つユングマンの主張には説得力があるが、その一方で少なからず単純すぎる見方である印象も受ける。その攻撃性は、移住後のクンデラに対し多くのチェコの知識人が抱いた否定的な意見を代表しているようだ。[12]クンデラが書いたこととクンデラが実際に行ったことの不一致をあげつらい指摘することは本章の目的ではない。ここではクンデラの自己批判の機能を備えた小説から逆説的に浮かび上がる、クンデラの自画像を見ていくことにしよう。

(3) 小説家の自画像

先に、クンデラが登場人物の失敗の描写を通して自身の過去の批判を行い、そうすることで現在の自分を正当化しているように見えると述べた。クンデラはこのような行為を人間全般に共通する性質として認識しており、実際に小説中でも、このつける薬のない性向に対して批判的な眼差しを向けている。自分の過去を批判するという行為には、現在の自分から、忌まわしい恥ずべき過去の姿やその残滓を振り払い、自分とはもはや無関係なものにしようとする強い衝動が読み取れる。クンデラは、頻繁に自分の人生の物語を修正し、過去の気に入らない部分を抹消しようという欲望に囚われている人物を描く。登場人物たちは、帰郷したときや昔の知り合いと再会したときなど、ふと自分の人生を振り返った際に、このナルシス的な欲望に突き動かされる。

『冗談』のルドヴィークは、生まれ故郷に戻った際に復讐によって青年期の挫折を挽回しようとし、『可笑しい愛』の中の短編「老いた死者は若い死者に場所を譲れ」の主人公も「十五年前に取り逃がした女」と偶然再会したことにより、過去の失敗を取り戻そうと躍起になる。『笑いと忘却の書』のミレックは自分の人生を美しく偉大なものにすることに夢中な人物で、過去にズデナという女性と交際したことを人生の汚点とみなし、自分が送った熱烈な手紙を回収して証拠を隠滅しようとする。

彼と彼の人生との関係は、彫刻家とその彫像、また小説家とその小説の関係と同じだった。小説家の不可侵の権利、それは自分の小説に再び手を加えることができるということだ。もし冒頭が気に入らなければ、書き直したり削除したりすることができる。しかし、ズデナの存在はミレックにこの作者の特権を認めなかった。ズデナは小説の最初の数ページに居座り続け、消されることを拒んでいた。(13)

『緩やかさ』に登場する著名な知識人のベルクも、自分の人生を一つの芸術作品のようにみなしている男で、ミレック同様、若い頃に恋し崇めた女性の存在に脅かされている。ベルクが自分の若かった頃の熱狂ぶりを必死に隠蔽しようとしているのに、この女性はよりによって二人の間にあった恋愛を実話にもとづく映画にしようと企てる。『無知』のヨゼフは、自分の昔の日記を読み返し、そこから読み取れる過去の自分の態度や行動に怒りを覚え、「(悪夢の中であったとしても)ある日彼がこの青二才と混同され、代わりに罵声を浴びせられ、その言うことなすことの責任を負わされることにならないよう、この青二才を無に帰せしめる必要[14]」を感じる。彼らは自分の人生の主人であろうとし、理想の自伝を仕立てあげるために汚点を消し、過去の意味を変えようとする。過去を修正することによって、現在時における自分の理想の自画像を描こうとしていると言い換えることもできる。このような登場人物の態度やナルシシズムを、クンデラは自己批判の意味も込めて、滑稽で哀れなものとして描くのだが、興味深いのはこうした態度がクンデラ自身にも見受けられるという点である。

序章でも述べたことだが、クンデラもまた抒情詩に失望するという挫折を経て、詩人から小説家に転向した。そしてこの転換を、人生に対する態度を根本的に変えた記念碑的な出来事のように語っている。しかし実際は、詩と小説を同時に書いていた時期もあり、詩から小説への移行は比較的緩やかなものだったわけである。クンデラも自身について語るときに登場人物がするのと同じ脚色をしているのだ。また、クンデラは自分の詩作品や劇作品を自分の「作品」として認めていない。未熟だったとか、成功を収めなかったといった理由で出版や上演を制限している。そして、こうしたことには口を閉ざす一方で、小説作品に関してはこれこそ作者自身による正しい解釈の仕方であると言わんばかりに詳細な説明をしている。そうすることによってクンデラは小説家としてのミラン・クンデラ像を自ら提示しているのだ。事あるごとに、亡命者や反共産主義者として扱われてきたクンデラにとっては自分の小説が限られた読み方をされるのは避けたかったであろうし、何より先入観を嫌うクンデラにとって、勝手に表面的で単純な解釈をされるのは許しがたいことであっただろう。「正しい読み方」を示して予防線を張ることや、間違った解釈を訂正することも理解できないことではない。しかし、そこに彼独特の自己演出性が見られることは否定できない。

クンデラが小説を書くのは自分の過去を修正したり、美化したりするためではない。クンデラの小説はむしろ自己批判がその目的の一つとしてある。しかし、クンデラが憎む過去の抒情や未熟さはすべて登場人物に託され、これらの登場人物が、小説を書いている現時点のクンデラと混同されることは決してないという点に注目したい。まるで他人の過去を見ているかのように、過去が現在から切り離されている。そして、現在のクンデラ自身は、登場人物よりも優位にある語り手に具現化されている。クンデラの過去の未熟さを登場人物が引き受け、語り手がそれらの欠点を批判的に観察するという構図は、もともとは自分自身を外側から批判するという自己批判を意図したものと考えられるが、それはまた過去と現在を断絶するのにも役立っているのだと言える。『無知』のヨゼフのように、クンデラもまた自分がかつてそうであった青二才と混同されたくないがために青二才であった自分を抹消したいと思ったのかもしれない。抒情詩人の恥ずべき過去を自分から切り離すことによって、クンデラは小説家としての現在を誇らしげに思っているようにも見える。

さて、語り手が過去を振り返るのに十分に明晰で成熟していると自覚しているとすれば、それは作者クンデラが現在の自分に対して多少なりとも自信を持っている証拠であるとも言える。ジャン・ルーセが、マリヴォーの小説『マリアンヌの生涯』における「語られる過去」と「語りの現在の間の隔たり」に関して述べているように、一方では過去を語るために語り手は語り始めるのであり、他方では、時間的な隔たりがあるからこそ過去は、読み解くことができるのである。[15] つまり、「私が私の物語を語る」[16] というスタイルにおいては、語る主体と語られる者は生物学的には同一人物でありながら、精神的には同じアイデンティティを共有しているわけではない。

同じことが主人公の成長を主題とした自伝的なジャンルの作品についても言える。こうした物語の中では、人生における決定的な転換や、主人公のかつての状態と最終的に到達した状態の差が強調されて描かれている。[17] 肯定的なものであれ、否定的なものであれ、過去は、主人公である語り手がそれを思い起こす準備や心構えができたときに初めて語られる。過去の批判は現在の正当化あるいは肯定と一対となっていると言えるだろう。なぜなら現在時で語る自分自身の正当化は、その時点から過去を振り返るというその方法や手順を肯定することでもあるからだ。自分が成熟したという確信があるからこそ、語り手は未熟者であった過去を語ることができるのだ。こうした観点から考えると、クンデラの自己正当化も、小説における自己批判の品質を保証するものであるとも言える。中立的で全知の語り手に同化することによって、クンデラは明晰で透徹した眼差しを持つ小説家像を提示するというわけだ。自己批判の正当性を示す語り手はクンデラの自画像とも重なる。

当初、現実のクンデラと語り手との間には大きな隔たりはなかったのかもしれない。しかし、この語り手像をより洗練させ、自分のものの見方を投影させていく過程で、語り手はクンデラ以上にクンデラ的になっていったのだとも考えられる。ヴァレリーが文学の偽りの真正さに関して批判していることはクンデラの態度にもあてはまるだろう。

作家のエゴチスムは、最終的に自分の役柄を演じるということにある。自分の本来の姿をよりそれらしく強調すること。そうしようと思い付いた、ほんの少し前の自分より、もう少しだけ自分を自分らしくすること。(18)

クンデラにも、語り手を造形する上で、自分自身の在り方や自己イメージを誇張、また単純化するというプロセスがあったと言える。あるいはジュリアン・バンダの言葉を借りれば、クンデラは「心理カウンセラーにその症例をいささか誇張して見せて(19)」しまったのかもしれない。

（4）自伝に対する抵抗

過去の自己批判は当初の目的から離れて、むしろ自己正当化を模索するクンデラの現在を際立たせている。自己批判の試みそのものが自己正当化の欲求を生み出しているとも言える。しかし、クンデラにナルシス的な欲望が芽生えたとしても、こうした自己正当化の試みがすべて、クンデラの小説家としてのモラルによって相殺されていることにも留意しなくてはならない。クンデラにとっての小説家のあるべき態度とは、どのような人間も自分がそうだと思っているような者ではないということを心得ている成熟した人間の態度である。自己正当化は、小説というフィクションの枠内で行われている。それが意味するのは、自己正当化がフィクションとして読み取り可能であること、原則としてその真正さは保証されないということだ。このことから、クンデラ自身のナルシス的な欲望に対するある種の自制を見て取ることができる。

クンデラが自らを見つめ、また見せようとするのはフィクションにおいてである。他者の目で自分を見ようとする行為と、他者の目に自分を映そうとする行為の二つがある。意図としては私小説、告白録、回想録などの自伝的な文学作品とあまり変わりはないが、アプローチや方法に関してはこれらとは全く別物であると言える。というのもクンデラにとって小説は繰り返し言うが「遊びと仮説の領域[20]」であって、完全にフィクションに属するものでしかないからだ。たとえ自伝的な要素を取り入れたり、自画像を描いたりしてみせても、それが小説というフィクションの中での行為である以上、自画像もフィクションであると自覚しているのではないだろうか。小説の創作技法についてのインタヴューの中でクンデラは、自分が作者として物語に介入する際、その語りの調子に注意すると述べている。扱っている題材がいかに深刻なものであっても、「遊戯的で、皮肉的で、挑発的で、実験的あるいは問いかけるような調子[21]」を保ちながら語るようにしているというわけだ。『存在の耐えられない軽さ』のキッチュに関する考察を例にクンデラは次のように述べている。

この、キッチュについての思索はどれも私にとって極めて重要なものである。この思索の背景には多くの考察、経験、研究、そして情熱すらあるが、その語り口は決して真面目なものではなく、挑発的なものとなっている。[22]

こうした用心深さはクンデラにとって逆説的な謙虚さのようなものである。自画自賛しているかのようで、自分が書いていることはあくまで小説の中においてのことなので真面目にとるべきものではないというわけだ。抒情に囚われないための安全策であるとみなすことができる。しかし、小説が、どのような主張も仮説として宙吊り状態になる領域であるとしても、すべての主張が絵空事として全く無効の、意味を持たないものになるということではない。不真面目さや冗談、遊びは見かけであって、クンデラはそうした中に真実を少なからず包み隠しているのだと言える。[23] クンデラは自分を表現するが、同時に自分の言っていることの真正さを保証することを拒む。それはまるで読者に嘘の中に真実を見つけ出すようにと挑発しているかのようだ。挑発的に語りながら、書かれていることが本当なのかどうかという追及を巧みにすり抜けている。

実際、クンデラは文学作品における真正さといったものに対して極めて無関心である。本当らしさを装うことにも関心がないようで、自伝的な作品、告白録、モデル小説といったものに対して否定的な考えを示している。「七十三語」というクンデラの用語集の中に、クンデラが小説家と小説家の人生との関係について述べている箇所がある。敬愛する小説家たちに触れながら、クンデラは小説の中に小説家の人生を読み取ろうとする傾向に対する激しい反発を表明している。

真の小説家の特徴。それは自分自身について話すのを好まないということだ。[…]有名なメタファーによると、小説家は自分の人生の家を取り壊し、その煉瓦で別の家、つまり小説の家を建てるという。そういうわけで小説家の伝記作家たちは小説家が作り上げたものを解体し、小説家が解体したものをもう一度作り直すということになる。彼らの仕事は、芸術の観点からすれば全くもって否定的なもので、小説の価値も小説の意味も明らかにすることができない[24]。

『裏切られた遺言』においても、モデル小説を問題にしている箇所がある。こうしたジャンルの欺瞞を非難しながら、クンデラは、読者や研究者が小説の中に作者の人生を探し出そうとする態度も批判する。カフカやヘミングウェイの作品の自伝的な解釈の例や、プルーストの「サント＝ブーヴに反論する」に言及しながら、クンデラは自身もまたこの「伝記の熱狂[25]」に対して反論を試みている。

一方の小説と、他方の回想録、伝記、自伝との間には本質的な違いがある。伝記の価値は明らかになった事実の新しさや正確さにある。小説の価値は人間存在そのもののそれまで隠されていた可能性を明らかにすることにある。言い換えれば小説は私たち各人に隠れているものを見つけ出すのだ。それゆえにモデル小説（架空の名前をつけて誰を指しているのかわからせる意図をもって実際に存在する人々について話す）は偽の小説、美学的にいかがわしく、道徳的にも卑劣なものなのだ。［…］読者の手に渡されるモデル／鍵（本当のものあるいは偽のもの）は読者を見誤らせることとしかない。人間存在のまだ知られていない局面の代わりに、読者は作者の存在のまだ知られていない局面を探してしまうだろう。小説の技法のすべての意味がこのようにして無に帰してしまう[26]。

自伝的要素が文学創作において果たす役割を否定することはしないまでも、クンデラは自分が作り上げるフィクションと自分が生きる現実とを結びつけることに何ら意義がないということをはっきりと述べている。クンデラは自分についての小説を書いているわけではないということだ。しかし、そうは言っても私たちはここでクンデラが述べている原則とクンデラが実際に行っている実践との間に齟齬があることを指摘せずにはいられない。[27] クンデラは小説の中で自分のチェコスロヴァキア時代の過去や、フランスへの移住、フランスでの生活、また自分の現在のものの見方などについて話している。他の小説家に向けて、小説創作に使った考察やインスピレーションの源を特定されてしまわないよう「モデルが誰だかわからないようにせよ[28]」と忠告してはいるものの、あまりにも自分の事柄について開けっぴろげで饒舌すぎるのではないだろうか。例えば、クンデラは「自分の心の聖域」を努めて隠そうとしたフローベールとは全く違っている。率直な自己表現と自伝的性質の放棄という二つの要素の共存は、クンデラの実践においては明らかではあるものの、論理的には両立不可能であるように見える。しかし、その逆説的な二重性の中にクンデラの小説の持っている不安定な均衡にもとづく美学のようなものがあるのだと言えるだろう。

（5）自伝的フィクションあるいはオートフィクションの可能性

小説の中で事実に言及しながらもその事実と作品が結びつくのを避けること、自分の生きた出来事をその真実性を証明することなく作品に導入すること。似たような試みをフィリップ・ロスが行っている。[29] 例えば『プロット・アゲンスト・アメリカ　もしもアメリカが…[30]』の語り手はフィリップ・ロスと名乗り、明らかにフィクションの枠組みの中で自分の家族の生活について話す。ロスはクンデラよりも現実とフィクションを分ける境界をさらに曖昧にしているように思われる。クンデラは自伝的なディスクールの部分と、クンデラの体験が間接的に反映されている登場人物についての物語をはっきりと分けている。それに対し、ロスは小説に導入した自伝的な事柄、例えば両親の人生などを捏造する。クンデラとロスの、現実とフィクションの境界を不明瞭にする方法は全く異なっているが、両者において自伝的な語り手（あるいは語り手としての作者）は小説の構造の主軸となっていて、この語り手が物語を様々な角度から照らし出す。この語り手の両義性こそが小説の可能性の探究の結果であり、それは自伝とフィクションの間にある慣習的な区分に対する反抗とも言える。『いつわり』の中でロスは次のように書いている。

　私がフィクションを書くと、それは自伝だと言われる。自伝を書けば、フィクションだと言われる。それに私はあまりにも愚かで、彼らはあまりにも賢いものだから、彼らの方が、それが何であるか、あるいは何でないかを決めるのだ(31)。

　確かに私たちは自伝と称されるものに対して懐疑的で、小説から作者の真実や本音のようなものが漏れ出てくるのを見たがる傾向がある。例えばアルベール・ティボーデは、自伝が「小説家でない人たちの小説」であると言う。

一見してすべてのジャンルの中で最も誠実なものに見える自伝は、最も偽りのものであるかもしれない。自分について語るということは自分をばらばらにすることで、作品の中に自分の知っている部分、意識に浮かび上がる部分、しかも個人の誠実な意識ではなく、全く社会的で、順応主義、虚栄、偽りによってゆがめられた意識に浮かび上がる部分だけを組み込むことである。(32)

小説と自伝の関係についてはフィリップ・ルジュンヌが、ジッドとモーリヤックの、小説を「自伝よりも真正で、より深く、より本物」たらしめようとする試みを取り上げ、それを「意図したものではないかもしれないが効果的な術策(33)」であると鋭く指摘している。

ジッドは自伝『一粒の麦もし死なずば』の中で次のように書いている。

回想録はどんなに真実に配慮したものであってもいつも半分しか誠実でない。どんなものもいつだって言うよりもずっと複雑なのだ。小説の中での方がもしかして真実により近く達することができるかもしれない。(34)

またモーリヤックも自伝の中で次のように述べている。

私の怠惰の本当の理由は、私たちの小説が私たち自身の本質を表現しているということではないだろうか。フィクションだけが嘘をつかない。フィクションはある人間の人生の上に隠された扉をわずかに開け、そこからその人間の見知らぬ魂があらゆる抑制をかいくぐって滑り落ちていくのだ(35)。

この二人の言説について、ルジュンヌが「術策」というのはこの二人の小説家が自伝を執筆し、それらを自ら不完全で断片的なものであると評価することによって、彼らがどのような人間であるかを自伝以外のテクストによって補完するように読者を導いているからだ。自伝を助けにして、読者が小説を読む際に自伝的な要素を見つけやすくするというような方法であるとも言える。

読者はこのようにして小説をただ「人間の本性」についての真実に関連するフィクションとして読むだけでなく、一人の個人をさらけだすようなファンタスム（幻想）として読むように促されるのだ。自伝契約のこの間接的な形式を私はファンタスム契約（幻想契約）と呼ぼう(36)。

このルジュンヌの論証に従うなら、ジッドとモーリヤックは自伝というジャンルの特殊な使い方をしていると言える。小説は、その中で書かれていることの真正さを一切保証することのないフィクションの領域である。彼らは、小説の小説らしさの象徴であるフィクション性を損なうことなく、その中に彼ら自身の真実を投影しているというわけだ。これはクンデラやロスの試みにも当てはまるのではないか。もちろん彼らの場合、自伝と小説が一つとなっているわけだが、それはただ単に二つを合わせたものというわけではない。なぜならこの二つは相容れない要素同士だからだ。

このように見ていくと、近年のオートフィクションという概念に言及することが別の新しい見方をもたらしてくれるように思われる。オートフィクションは、自伝とフィクションの二つの性質を同時に備えているという両義性にもとづいて成立するジャンルとして考えられている。セバスチャン・ユビエのように「自伝的な小説フィクション(37)」と言うこともできるし、ヴァンサン・コロナの用語を借りると「自分についての作り話(38)」と言うこともできる。発案者のセルジュ・ドゥブロフスキーによる「厳密に現実に起きた出来事や事件についてのフィクション(39)」という定義は、まさにこのジャンルの定義のしようのなさを強調している。

オートフィクションの概念はそのジャンルの境界をより曖昧にし、範囲をより広くしたときにこそ真価を発揮する。そうすることによって複数のカテゴリーやジャンルにまたがって、分類のしようがないようなマージナルな作品群を照らし出し、そのマージナル性を考察することができる。コロナは次のように述べている。

> こうして文学の上に広大な視座が開ける。自伝と小説、空想と事実の間で不適切に分類された数多の作品や作家が白日のもとに出現し、それ特有の美しさ、知られざる論理を明らかにする。不器用な寄せ集め、偶然の産物、特殊なアプローチがあるのだと想定していたところに知られざる大陸、類似と系譜のネットワークが現れる(40)。

オートフィクションによって、「自分について書くこと」ではなく、「自分をフィクション化すること（あるいは自分について作り話をすること）」を問題とし、作者と作品の関係を再検討することができる。

『生成とオートフィクション』の中でカトリーヌ・ヴィオレは、オートフィクションは、自伝のポストモダン的な形、「もはやその伝統的な理解のもとでは実現不可能になった自伝と、フィクションの枠組みの中間にある形式[41]」であると述べている。オートフィクションの出現の背景には、自伝的作品の行き詰まり、より正確に言えば、真実を書くという不可能性に対する作家の諦めがあるのかもしれない。たとえ「厳密に現実に起きた出来事」しか書かなかったとしても、その結果としての物語は、結局言葉による創作になってしまう。ドゥブロフスキーが言うように「人は人生を読むのではなく、テクストを読む[42]」というわけだ。オートフィクションでは、作家はもはや真実をありのままに書くという不可能性を乗り越えようとしたり、隠そうとしたりするための努力はしない。真実さを装うこともしない。その正反対に、オートフィクションはこの破綻を自発的にさらけだし、この破綻を最大限に活用する。

自分自身をフィクション化するというオートフィクションの本質をなす行為は、あらゆる自己についてのエクリチュールに多少なりとも存在するものである。オートフィクションはすべての自伝的なエクリチュールの試みのパロディであると言える。

オートフィクションの枠組みの中では、どのような自伝的な企ても幻想になってしまう。主題の真実性とエクリチュールのフィクション性という矛盾こそがオートフィクションの概念そのものなのだ。この観点からすると、クンデラはオートフィクションの世代に属する作家であると言える。真の小説家にふさわしくあるべく、クンデラは小説を自伝とみなして自分について語るということはしない。クンデラは自分自身を起点に小説を作り出す。自己批判も自己正当化もフィクション化のプロセスを経てこそなのである。

オートフィクションは表現形式に関して特定の決まりがあるというわけではない。オートフィクションの名のもとにまとめられる作品は、そのオートフィクション的な外見（つまり結果）によってオートフィクションに分類されるのであって、オートフィクションを書こうという作者の意図によってではない。もちろん発案者のドゥブロフスキーは別である。クンデラの小説にオートフィクション的な要素があるとすれば、それはクンデラの小説が極めて思索的であるという点に由来すると考えられる。クンデラは次のように述べている。

小説全体が一つの長い問いかけだ。思索的な問いかけ（問いかける思索）にもとづいて私のすべての小説は作られている[43]。

クンデラが小説を書く際に、自分自身を出発点として実存的な問いについての考察を行うのならば、その小説にクンデラ自身の存在が顕著に表れるのは当然である。小説はクンデラにとっての思索を行うための装置である。ゆえにクンデラの小説には自己のフィクション化があり、つまりクンデラは「現実のアイデンティティ（自分の本当の名前）を保ちながら、ある人格と存在を作り上げている[44]」と言えるのではないだろうか。最終的にクンデラが思索を通して捉えようとしているのは、クンデラ自身の存在の可能性なのだと言える。そしてその思索を行っている主体もクンデラ自身である。

思索の装置としての小説においてクンデラが問おうとしているものとは、人間のナルシシズムであり、より正確に言えばクンデラ自身のナルシシズムである。思索の主体も対象も「自分自身」なのである。

しかし、ナルシスの運命は、自分を見つめれば見つめるほど自分を見失うというものである。自分自身への強い意識が人を見誤らせるのである。

注

（1）*Le Rideau*, pp. 106-107.

（2）Jason Weiss, «An Interview with Milan Kundera» in *New England Review and Bread Loaf Quaterly* 8,1986, pp. 405-410.

（3）Jean Rousset, *Narcisse romancier, essai sur la première personne dans le roman*, Paris, José Corti, 1972, p. 52.

（4）クンデラの最初の小説的な作品の執筆は後に『可笑しい愛』に所収されるいくつかの短編であり、一九五九年頃から書かれ始めた。一九六一年には既に『冗談』の執筆に着手していた。当時クンデラは詩や演劇に関係する仕事にも携わっていた。一九五〇年代末から一九六〇年代初めはクンデラにとって詩人から小説家への移行期だったと考えられる。

（5）赤塚若樹の『ミラン・クンデラと小説』巻末の付録「ミラン・クンデラ年譜」を参照されたい。

（6）*Le Livre du rire et de l'oubli*, p. 102.

（7）Martin Rizek, *Comment devient-on Kundera ?*, Paris, L'Harmattan, 2001, p. 367. リゼクは『笑いと忘却の書』においてクンデラが初めて一人称で堂々と自分の反体制派としての生活について語っていることを指摘している。

（8）クンデラは「反体制」と呼ばれることを嫌う。『冗談』の政治的な解釈を拒絶するように挑発的に「これは愛の物語」だと挑発的に主張した。クンデラが小説の中であえて「正しい」読み方を提示するとしたら、それは小説の意味を単純化してしまう「インテンショナル・ファラシー」（意図に関する誤謬）を避けるためとも考えられる。

（9）Milan Kundera, «Chopinovo piano», *Reporter*, n° 1, 1985. *Le Monde des Livres* du 27 janvier 1984 に抜粋掲載あり。

（10）Milan Jungmann, «Kunderovské paradoxy» in *Z dějin českého myšlení o literatuře*, t. IV (1970-1989), *Antologie k Dějinám české literatury (1945-1990)*, Kateřina Bláhová, Michal Přibáň (éd.), Praha, Ústav pro českou literaturu AV ČR, 2005, p. 320.
（11）*Ibid.*, p. 323.
（12）赤塚若樹は、フィリップ・ロスとチェコの作家イヴァン・クリーマのインタヴュー（Ivan Klíma, *The Spirit of Prague*, London, Granta Books, 1994, pp. 52-54.）を引き合いに出して、チェコの知識人の間にクンデラに対する「アレルギー」のあることを紹介している。クリーマによれば、クンデラのチェコでの経験を単純化して見せる方法、政治闘争に醒めた態度をとる点が反感を買い、またチェコスロヴァキアに残った者にしてみれば世界的な成功をおさめたクンデラに対する嫉妬もあるそうだ（赤塚若樹『ミラン・クンデラと小説』、三二〇頁）。
（13）*Le Livre du rire et de l'oubli*, p. 26.
（14）*L'Ignorance*, p. 84.
（15）Jean Rousset, «Le passé et le présent» (pp. 83-91) in *Narcisse romancier, essai sur la première personne dans le roman*, Paris, José Corti, 1972.
（16）Pierre de Marivaux, *La Vie de Marianne*, Édition de F. Deloffre, Paris, Garnier-Bordas, 1990, p.63.
（17）Sébastien Hubier, «Faire ou être» in *Littératures intimes. Les expressions du moi, de l'autobiographie à l'autofiction*, Paris, Armand Colin, 2003, pp. 26-30.
（18）Paul Valéry, Œuvres, Paris, Gallimard, «Bibliothèque de la Pléiade», t.1, 1980, pp. 566-571.
（19）Julien Benda, *La Jeunesse d'un clerc* [1936], Paris, Gallimard, 1968, p. 7.
（20）*L'Art du roman*, p. 97.
（21）*Ibid.*, p. 99.
（22）*Idem.*
（23）『別れのワルツ』はまさにその好例である。クンデラはこの小説作品において、各登場人物の表面的な悩み事を描きながら、人間に地上に生きる価値があるかどうかという問いを投げかける。

（24）*L'Art du roman*, pp. 177-178. クンデラが挙げている作家とその発言は以下の通りである。「芸術家は後世に自分が存在しなかったのだと信じさせなければならない」（フローベール）、「一人の人間の私的な生活とその様子は公衆のものではない」（モーパッサン）、「私たち三人の誰にも真の伝記がない」（ブロッホが、自分とムージルとカフカについて述べた言葉）、「私は自分のことを話すのが嫌いだから」（詩を書かない理由を説明するチャペックの言葉）、「私は偉大な作家の大切な生活に首を突っ込むことを嫌うし、どのような伝記作家も私の私生活のベールをめくることはないだろう」（ナボコフ）、「自分の人生について本当のことなど一切誰にも話さない」と警告するイタロ・カルヴィーノ、「歴史から削除され、抹消された人間として、印刷された書物以外は歴史にどんな痕跡も残さない」ことを望むフォークナー。

（25）*Les Testaments trahis*, p. 316.

（26）*Ibid.*, pp. 313-315.

（27）ベルトラン・ヴィベールもまた、クンデラの小説作品に自伝的な考察があることを認識しているが、同時にそれらが「自伝にまつわるあらゆる意図から外れたところで」表現されているという逆説を強調している（Bertrand Vibert, «En finir avec le narrateur ? Sur la pratique romanesque de Milan Kundera», p. 486）。

（28）*Les Testaments trahis*, p. 315.

（29）Cf. Ivanova Velichka, *Fiction, utopie, histoire. Essais sur Philip Roth et Milan Kundera*, Paris, L'Harmattan, 2010.

（30）フィリップ・ロス『プロット・アゲンスト・アメリカ　もしもアメリカが…』、柴田元幸訳、集英社、二〇一四年。原題は英語で *The Plot against America* となっている。

（31）Philippe Roth, *Deception*, New York, Simon and Schuster, 1990, p. 190.

（32）Albert Thibaudet, «4. Le laboratoire de Flaubert» dans *Gustave Flaubert*, Paris, Gallimard, 1935, p. 87.

（33）Philippe Lejeune, *Le Pacte autobiographique*, nouvelle édition augmentée, Paris, Édition du Seuil, 1996, p. 42.

(34) André Gide, *Si le grain ne meurt*, Paris, Gallimard, coll. «Folio», 1972, p. 278.

(35) François Mauriac, *Commencements d'une vie* in Écrits intimes, Genève-Paris, Ed. La Platine, 1953, p. 14.

(36) Philippe Lejeune, *op. cit.*, p. 42.

(37) Sébastien Hubier, *Littératures intimes. Les expressions du moi, de l'autobiographie à l'autofiction*, p. 20.

(38) Vincent Colonna, *Autofiction et autres mythomanies littéraires*, Paris, Ed. Tristram, 2004, p. 13.

(39) Serge Doubrovsky, *Fils*, (1977), Paris, Gallimard, coll. «Folio», 2001, p. 10.

(40) Vincent Colonna, *op. cit.*, p. 12.

(41) Catherine Viollet, «Trouble dans le genre. Présentation», dans *Genèse et autofiction*, Jean-Louis Jeannelle et Catherine Viollet (dir.), Bruxelles, Academia Burylant, 2007, pp. 7-8.

(42) Serge Doubrovsky, «Les points sur les 'i'», *Genèse et autofiction*, dirigé par Jean-Louis Jeannelle et Catherine Viollet. Louvain-la-Neuve, Academia-Bruylant, coll. «Au cœur des textes», 2007, p.62.

(43) *L'Art du roman*, p. 45.

(44) Vincent Colonna, *L'Autofiction (essai sur la fictionalisation de soi en Littérature)*, thèse de doctorat sous la dir. de G. Genette, EHESS., 1989 (ANRT 1990), p. 30.

第四章　越境作家のアイデンティティ

前章の最後にクンデラの小説のオートフィクション的な要素について言及した。クンデラが作家としての自分自身を起点に実存的な問題について小説的な思策を実践する、あるいは思索的な小説を書くというのがクンデラの創作のスタイルであり、このスタイルがオートフィクション的様相を作り出していると言える。しかし、クンデラが祖国チェコを離れフランスに移住し、フランス語で執筆するようになった越境作家でもあるというその特殊な作家経歴もまた、作品にオートフィクション的な性格を与えている原因の一つになっているのではないだろうか。

クンデラのみならず、ウラジミール・ナボコフ、サルマン・ラシュディ、パトリック・シャモワゾー、また日本語で書くリービ英雄など多くの越境作家は複数の国、言語、文化の間にいるという自分の立ち位置から創作上のインスピレーションを得ている。越境作家の場合、母国以外の国で外国人作家、つまり「他者」として作品を発表するため、新しい読者にどのような作家として認識されるかによって、作品の意味が直接的に左右されてしまう。クンデラは長い間、「共産圏から亡命してきた反体制の政治的小説を書く作家」というレッテルに悩まされ、エッセーやインタヴューを通して自分の小説の意図を説明してきた。自分の作家としてのイメージ形成、また作品の受容のためにも、作品の中でも強く自己を表現する必要性を感じてきたことは理解できるし、自分の特殊な状況が創作の際に与えた影響も大きかったのではないだろうか。本章ではチェコからフランスに移住し、フランス語で執筆を行っているクンデラの越境に注目し、チェコとフランスという二つの異なる文化と社会における価値観やものの見方がナルシシズムというテーマにどのような影響を与えているのかを見ていく。

(1) クンデラの越境

クンデラが作家としての自己のイメージに強いこだわりを持っていることについては既に述べてきた通りだ。ここではクンデラのフランス移住の契機になった作品の発禁処分から移住、そしてフランス語での執筆に至るまでのクンデラの越境の経過を振り返り、クンデラの作家としてのアイデンティティに関わる戦略について考えていく。

これまで何度か言及したようにクンデラは、一九六八年の自由改革運動「プラハの春」の支持表明をきっかけに、運動の弾圧後、粛清対象となり作品がすべて発禁処分となる。作品発表は、フランスの出版社ガリマール社によるフランス語翻訳を通してのみに限られるという厳しい状況を強いられる。クンデラが初めてフランス語で執筆した小説作品は一九九五年の『緩やかさ』だが、この時点で既にフランス語が発表言語となり、フランスの読者が作品の最初の読者になるという事態になっていたということになる。この時期に執筆されたのは『生は彼方に』と『別れのワルツ』だが、当時（一九六八〜一九七〇年）を振り返り、フランス人翻訳者を意識して「言葉の無駄をそぎ落とし、その本来の意味にさかのぼる」(1)ことを試みたと述べている。クンデラは明快さと簡潔さを重視するが、チェコ語は隠喩に富み、ほのめかしが多く、感覚的な言語である一方、厳密さや正確さに欠けるため、文脈を外れると真意が伝わりにくくなることを指摘している。

翻訳者に対する意識の在り方に留意して、その前後の作品を見てみると、語りと文体における違いが指摘できる。翻訳者を意識するようになる以前に書かれた『冗談』では複数の登場人物によるモノローグによって語りがリレー形式で引き継がれていき、それゆえに各モノローグには各登場人物の性別や性格、社会的ステータスに即した文体が存在する。一方、翻訳者を意識して書かれたと思われる『生は彼方に』と『別れのワルツ』は物語外の一人称の語り手が語る形式となっており、文章の明快さや簡潔さを重視する上では有利になっていると言える。もともとクンデラの文体は、『冗談』発表の頃からボフミル・フラバルやヨゼフ・シュクヴォレツキーなど他のチェコの作家に比べて簡潔で文語的な文章を書くと指摘されているが、『生は彼方に』以降は、それにも増して文体が登場人物のセリフも含めて文語的になっていく(2)。翻訳を通しても意図したように伝わることを重視するがゆえの、飾り気がなく言葉遊びなどの遊戯性が極力抑えられた文体は、おそらく後の小説におけるクンデラのフランス語の簡潔さに繋がっていく。とはいえ、この一九七〇年当時、クンデラは自分の小説家としての道は閉ざされたものと諦めていた節がある。『別れのワルツ』は移住前に書かれた最後の作品だが、これは『生は彼方に』とともに検閲されることも、そもそもチェコの読者に読まれることも想定せずに自由気ままに書かれ、自分の最後の作品となるだろうとの思いから、当初は『エピローグ』という題が予定されていた。

少し話が前後するが、クンデラは一九七九年に行われたインタヴューをきっかけに『冗談』のフランス語訳で訳者のマルセル・エモナンが施した改変に気付き、一九八〇年代の多くの時間を『冗談』だけでなく他の作品の翻訳の見直し作業に割くことになる。翻訳にまつわるトラブルというのはこれが初めてではなく、既に一九六九年にイギリスで出版された『冗談』の英訳で、構成を勝手に変えられるという原作者にとっては暴挙ともとれる経験をしている。この時は抗議の手紙を送るに留まるが、チェコの読者に向けて書く可能性が絶たれた後では、クンデラ自身が言うように「翻訳を通してのみ生きながらえる(3)」という状況であり、フランス語訳は特になおざりにすることはできず、自分自身の手になる翻訳に着手する。

さて、このエモナンによる改変というのは、原文において意図的に繰り返し使っている語をわざわざ類語に置き換えていることや、原文の簡潔な文体を視覚的イメージの強い語を多用することで抒情的、比喩的になっている点、特殊な用語や事象が一般化されたり、翻訳言語の文化における類義語で対応している点などである。クンデラはこれを元の簡潔さを反映したものにしようとエモナン版の改訂を行うが、実際は完成した改訂版においても、エモナンが行った一般化、翻訳語の文化における類義語で置き換えるといった処置がそのままにされているところがある。特に「特殊な用語や事象の一般化」という点では、例えば「スロヴァーツコ」という地域名をより広域で知名度の高い「モラヴィア」に変更したり、人名の前に職業名をつけて補足したりなど、明らかにフランスの読者に向けた一般化の意図が見られる。『冗談』にはモラヴィアの人々に一番人気のある酒として「レジュナー（Režná）」という穀物で作る蒸留酒が出てくるが、エモナンはこれをフランスで流通している「ジュニエーヴル（Genièvre）」という似通ったアルコール飲料で代用しており、改訂版もエモナンの訳をそのまま採用している。この他にも

「ペスト記念塔」と具体的な記述がある箇所を「バロック風の建築物」と置き換えている箇所もある。

最終的に『冗談』から『存在の耐えられない軽さ』までの六作品のフランス語訳の改訂版がフランス語訳の決定版として出版され、それぞれに「チェコ語テクストと同等の価値の真正さ」が付与されることになる。留意しておきたいのはこの改訂がただ翻訳を見直すという程度のものではなく、より考えを明確にするための加筆・修正、削除を含む大幅な「改訂」であったということだ。「決定版」という言葉にはフランス語訳の決定版という意味だけでなく、作品としての決定版という意味もあると考えられる。というのもクンデラはこの決定版をもとにチェコ語のオリジナルテクストの修正にもとりかかるからだ。

一九九〇年には『不滅』が最初からクンデラ自身によって監修されたフランス語訳として刊行される。『不滅』ではフランスを舞台にフランス人の登場人物を描いているが、これに関連してクンデラの移住と小説の地理的舞台の設定の関係について少し述べておこう。クンデラがフランスに移住後初めて執筆した『笑いと忘却の書』を境にして、小説の舞台の地理的設定や主要登場人物の出身などがチェコより西側、フランスの方へと移動していく。『裏切られた遺言』の「移住の算術」という章でクンデラは「小説家、作曲家にとって、自分の想像力や固定観念、つまり自分の根本的なテーマと結びついている場所から離れることは、一種の裂傷を引き起こしかねない。[4]」と述べている。移住後に執筆した小説『笑いと忘却の書』と前作『別れのワルツ』の間に八年もの歳月が流れていたことは、母語と自分の生まれ育った土地から離れて書くことの困難さを十分に物語っている。『存在の耐えられない軽さ』が出た直後のインタヴューでは、「小説を地理的にどう位置付けるか[5]」という問題が自身の重要な課題であると述べ、

『不滅』に寄せた著者の付記ではこの時期のことを振り返り、『笑いと忘却の書』についてはフランスにいる者の視点で書かれた「ボヘミアへのノスタルジーの込められた作品」であると述べ、『存在の耐えられない軽さ』については「チェコの現代の歴史の中に題材を取りに行くことはもうできないという感覚」を覚えたと述べている。(6) 小説の舞台や登場人物の出身地のフランス化にはこうしたクンデラの取り組みがあるわけだが、注意しておきたいのは移住後の作品に描かれるフランスが非常に表面的で、他の欧米式の生活様式が定着している社会に置き換えてもさほど問題がないほど一般的なものであるということだ。クンデラが自己翻訳の際にチェコの読者にしかわからないようなほのめかしや固有名詞などを削除したのと同様に、クンデラの描く「フランス」からも、フランスの読者にしかわからないような事柄は避けられている印象を受ける。

そしてこのことと連動して、クンデラが描く人間の「生」も、一般的真実、人間全般の真実を引き出すための観察対象としての性質を強めていくように思われる。もとよりクンデラの小説には寓話的な性格があるが、移住を境に徐々に小説内におけるエッセー的な要素の割合が増え、考察の対象がはっきりと明示されるようになる。『存在の耐えられない軽さ』の登場人物はクンデラが様々な考察を吟味するための「実験的自我（エゴ）」(7) として捉えられ、人間存在について思考する装置としての小説という側面が強調されているのだ。その際、思考の主体、エッセー的な考察を進める主体となるのは語り手だが、先述したように、この語り手も移住後の作品において、物語内容により介入し、自己の体験や感覚に即した注釈を挟みやすい作者的、自伝的なものへと変化し、クンデラと名乗るまでに進化していく。語り手は自分の視点を読者と共有することで、物事の解釈の仕方を提示する。チェコや東欧諸国の現実や習慣、特殊な概念などを、事情にあまり通じていない読者に向けて説明するのも、この語り手の役割だ。この語り手の性質の変化も、新しい読者を意識した試みの一つだと言える。

このような一連の変化の中で、一九九五年にクンデラがフランス語で執筆した小説『緩やかさ』が発表され、以後の小説はすべてフランス語で執筆されている。実はこれ以前にもクンデラはエッセーをフランス語で発表し、インタヴューもフランス語で応じている。一九八五年のインタヴューにおいて、なぜフランス語で小説を執筆しないのかと聞かれたときにクンデラは一つの言語においては思考と叙述が全く異なる行為であると述べ、思考する際にはむしろチェコ語よりフランス語を好み、それゆえにエッセーやインタヴューではフランス語を選ぶこと、また叙述についてはフランス語をうまく使えないために物語を語る小説では選ばないと語っている。(8) この発言を聞くと、先に述べたクンデラの小説が移住後に思考的な機能、エッセーの要素が際立つようになる傾向と小説のフランス語執筆の開始との関連が思い起こされる。フランス語で書かれた小説作品は、文体も語りも構成も簡潔だ。この簡潔さをめぐって批評家の意見は分かれるが、これをクンデラの外国語執筆の能力の限界に起因するものであると考えるのはあまりにも短絡的だ。意図的に簡潔さを追究しているのは確かで、言語レベルにおいては先に述べたようなフランス語翻訳を意識した執筆や、自身の翻訳での経験が反映されている。クンデラはフランス語執筆について、母語で書くときと違い、言葉の自動性がなくなることによって「一つ一つの表現が精神全体の参加を呼びかける」と述べている。(9) こうした作用が、本質に達するために無駄をそぎ落とすというクンデラの目指す「純化」に貢献していると言える。

(2) 世界文学と「中欧」の概念

移住後のクンデラの小説の中にはもちろん、チェコ的なもの、またはフランス的なものも読み取れる。チェコ語の概念を持ち出すこともあり、メディア社会批判からはフランスのテレビ・ラジオ文化の様子が感じとれる。しかし、そうしたエピソードや概念は、その出自の文化の独自性を表現するためのものではなく、普遍的な事柄を理解するための手がかりとして使われている。その変換、取捨選択の仕方がクンデラにおいては非常に巧みである。こうした事柄からは、自分が生活する環境に創作や思考が影響されるとしても、国家的なものとの結びつきを可能な限り抑え、言語、内容ともに世界的に読まれるための工夫、つまり「世界文学」という枠組みの中に自分の作品を位置付けたいという意思が読み取れる。移住後間もない一九七六年のインタヴューでクンデラは「ゲーテ以来、一つの国民に向けて発信される文学は時代錯誤的でその本質的な機能を果たしていないと確信している」[10]と述べている。また、エッセー『カーテン』では「カフカがチェコ人だったら今日、誰もカフカのことを知らないだろう」といったことや、ゴンブローヴィチの『フェルディドゥルケ』についてポーランド語で出版されたが故にフランスの読者に届くまでに長い年月がかかったと述べている[11]。

世界的に読まれる上での発表言語の格差を指摘した発言だが、これらの発言はクンデラの世界文学への企てを表している。国家的なものとの距離や一般化が必ずしも世界文学への唯一の道ではないにしろ、クンデラはメジャーな言語であるフランス語、そして一般化を施した作品で、世界的な作家になったと言えるだろう。

一般化の他にもう一つ、際立つ点として指摘しておきたいのがクンデラの自作品に対するオーソリティー、権限の問題である。翻訳の決定版もそうだが、自作品の解説、自分の作品リストにおける選定からもこの管理者的意識が強く感じられる。ここには越境作家ならではの事情があるとまず考えられる。同じ母語や文化を共有しない他者に向けて書くと同時に、読者から見れば外の世界から来た「他者」であるがゆえに恣意的なレッテルを貼られたり、出身地の文化の代弁者のように見られたり、エキゾティシズム混じりの好奇心で見られたりすることがある。クンデラの場合、母国チェコの読者と切り離され、新しい読者を対象にせざるをえないという状況になった際、チェコのこともチェコの作家としての自分の経歴もあまり知られていないということをむしろ好機と捉えて積極的に自分の作家像を自身の手で形成していったという印象を受ける。

その際、キーワードとなったのは、フランスでもチェコでもなく、「中欧」（中央ヨーロッパ）という特殊で抽象的なコンテクストだ。クンデラは一九七三年に『生は彼方に』がフランスのメディシス賞外国文学賞を受賞し、その授与式の際、「私はチェコ語で書くフランスのおかしな作家だ[12]」と述べている。またフランス語版の作品にはクンデラの略歴として「ミラン・クンデラはチェコスロヴァキアに生まれた。一九七五年に彼はフランスに移住した[13]」というごく簡潔な二文が添えられることがある。フランスとチェコの両方でもあり、どちらでもないというような曖昧な二重性を帯びた表現は、クンデラの小説のどのような立場をもとらないという相対主義的な在り方にもつながっているが、こうした中、「中欧」は唯一クンデラが小説家としてのアイデンティティの基盤として認めているコンテクストである。

しかし、この「中欧」という概念も、具体的にどの国を指すのか基準のはっきりしない漠然とした概念だ。一方では小国の運命、歴史を共通項とするような共同体を想定することができ、また他方ではソ連圏の国々を文化も政治もひとまとめに「東欧」あるいは「東側」と認識するような西側諸国の見方への抵抗ともとれる。[14]クンデラはおそらく両方の意味を込めて、中欧を「地理的にヨーロッパの中央、文化的には西、政治的には東に位置する小さな国々の集合」[15]と述べている。クンデラだけでなく、ハンガリーのゲオルギー・コンラッド、ユーゴスラヴィアのダニロ・キシュも「中欧」について考察を残しているが、三人とも中欧が示す領域の境界線の曖昧さと、それにもかかわらず確かに存在する類似を指摘している。[16]興味深いのは彼らが「中欧」の概念によって、その地域のヨーロッパへの文化的帰属を強調しながらも、支配される者の歴史にもとづく独特の懐疑的で相対的な精神風土という西側のヨーロッパとはまた違う独自のアイデンティティを主張している点だ。それらは亡命作家でもある彼らの両義的でマージナルな状態を反映しているようにも思われる。

少なくともクンデラにとってこの「中欧」という言葉が表す内容はいくつかの点で有効だと言える。まず先ほども述べた、クンデラの中立を好む相対的な態度との相性だ。「中欧」と言うことで西と東のどちらにつくことにもならないわけで、しかも、その中欧の精神風土とは、クンデラの小説の基調をなす不真面目さにもとづいている。さらに、戦略的な面に注目すれば、「中欧」とはクンデラがヨーロッパ小説の流れの中に自らを位置付けようとする際に非常に便利なものとなる。セルバンテスやラブレーを祖とするヨーロッパ小説の歴史においてクンデラは二十世紀をカフカやムージル、ブロッホ、ゴンブローヴィチなど中欧の作家の時代と捉えている。この中欧の大作家たちの直系として自らを位置付けることで、つまり「中欧」というコンテクストを挟むことによって、クンデラは文化的オリジナリティを維持しながらもヨーロッパ小説の継承者を自認することができるのだ。ヨーロッパという地域には限定されるものの、国別の文学の枠組を越えること、国民文学からの脱却という点では、世界文学というより大きなコンテクストへの文学的帰属を目指したものと言えるだろう。

（3）チェコ的または中欧的な精神風土

「フランス」を介した一般化とも呼べるような現象があるとはいえ、クンデラの小説からチェコ的な事象が取り除かれたということではない。すぐに目につくものとして、意図的に引き合いに出されるチェコ関連の言葉や事柄がある。クンデラがチェコ的な概念やチェコ語特有の表現をチェコ語で引用し、それをチェコの事情に通じていない読者に向けて紹介している箇所である。『笑いと忘却の書』でリートストというチェコ語の言葉に全七部のうち一部をまるまる割いていること、随所でチェコの現実や習慣を紹介していることがその例だが、こういった箇所はやはりフランスからの視点で書かれ、チェコを舞台にした『笑いと忘却の書』にとりわけ顕著に見られる特徴である。その後の作品でも言葉とそれが指示しうるものや現実との関係を考察することがあり、そのときにチェコ語はもちろん言及されるが、チェコ語とフランス語という二言語の対比ではなく、ドイツ語やポーランド語、スウェーデン語など様々な言語が引き合いに出され、より広く一般的なコンテクストが設定されている。例えば一九八四年の『存在の耐えられない軽さ』での「同情」について述べた箇所、一九八六年の『小説の技法』所収の「七十三語」というクンデラによる用語説明集の「我が家」（Chez-soi）の項目がその例である。[17] 二〇〇三年の『無知』でのノスタルジーに関する考察では、スペイン語、ポルトガル語、ドイツ語、オランダ語、チェコ語、フランス語、アイスランド語まで参照している。[18]

こうした具体的な事柄ではなく、ものの見方や価値観に注目すると、クンデラの後期の作品にもチェコ的または中欧的な精神風土と呼ばれるものが反映されているのがわかる。ヨゼフ・クロウトヴォルが「中欧の困難さ――アネクドートと歴史――」[19]の中で述べているのだが、チェコを含む中欧には日常の中の不条理に対する特別な意識があるという。それは「メランコリーと誇張された陽気さ（つまりグロテスク）」[20]である。クロウトヴォルは、文学がこの中欧の精神風土を如実に表現していると述べ、その代表的な作家群としてカフカ、ムージル、ハシェク、フラバルなどとともにクンデラの名前を挙げている。[21]まさにクンデラも登場人物の日常の中に潜む不条理、また彼ら自身の存在の不条理性を暴き出している。「自分が自分の思っているような人間ではない」という状況、自分が主体的に生きるべき人生において運命に支配されてしまうという状況である。自分の知らないところで何か外部の力によって自分の運命が決まるという悲哀は、軽率な悪ふざけのせいで転落するルドヴィークや「誰も笑おうとしない」の語り手、自分の人生を思い通りに描こうとするものの、それがかなわないミレック、フランツ、ポール、ヴァンサン、ベルクに見られる。自分の顔や身体との不和に苦しむというのはヒッチハイクの少女、ヤロミール、テレザ、アニエス、シャンタルに共通し、感情的な計画が思わぬ悲劇をもたらすのはヘレナもミレナも同じである。

このようにいつ主体から客体になってしまうかもわからないという懐疑的な人生観や人間観から、自分や物事に対して不真面目であること、つまり批判的な距離を置くことを知恵として求めるようなクンデラの小説の流れが生まれているのだと言える。ヴァーツラフ・ハヴェルは不真面目さとほぼ同義のクンデラの「反抒情」を、チェコないし中央ヨーロッパの精神風土の表れとして捉え、次のように書いている。

中欧の風土の伝統には、強いアイロニーと自己アイロニーのセンスがあり、ユーモアとブラックユーモアがあり、(この場合恐らく一番重要なことだろうが)誇張され、それゆえおのずと滑稽になった生真面目さや、悲愴さと感傷性や、大言壮語や、「世界に対する抒情的態度」とクンデラが呼ぶものへの強い恐れがあるのである。(22)

また、ハヴェルはそのような懐疑的態度、不真面目さの背景を、自分の体験に重ねながら次のように説明している。

チェコスロヴァキアにおける反体制派の生活は、確かにこれといって陽気なものではないし、チェコスロヴァキアの監獄の中での生活は、なおさら陽気なものではない。このような生活についてわれわれがしばしば冗談を言うということは、その深刻さと矛盾するものではなく、逆にその不可避的な結果なのである。そのすべてがいかに不条理であって、したがっていかに滑稽かということを、もしも人が同時に見なかったならば、もしかするとそれは耐えることさえできないのかもしれない。(23)

ハヴェルは、真面目さと滑稽さの対比関係に極めて意識的である。この関係が、まさにチェコの笑いを特徴づけるものであると指摘している。数歩引いて距離を置き、自分の状況を見渡し自身のことを笑う。笑いはユーモアをもって現実の不条理を捉える方法、より具体的に言えば、自分の置かれている状況の深刻さを滑稽さとともに捉える方法なのだ。チェコ人の懐疑主義とそれにもとづく笑いは、長い歴史の中で大国に翻弄され続けた地域に生を受けた人々の知恵だと言える。真面目に取らないからこそ、滑稽さが見え、笑うことが彼らを絶望から遠ざけてくれるのだろう。

真面目で深刻なものに対してこそ、抒情を排し、不真面目に懐疑をもって直面するべきであるというクンデラの「非＝真面目の精神」や反抒情にもこうしたチェコ人の懐疑主義が反映している。その例としてクンデラの小説における「死」のテーマを取り上げてみよう。死を扱うエピソードはいくつかあるが、そのいずれも真面目さや深刻さを欠いたものである。『冗談』の中で、ルドヴィークとの不倫の末に失恋したヘレナは自殺未遂をするが、睡眠薬と間違えて下剤を大量に服用してしまったため、悲劇的ドラマとは程遠い醜態をさらしてしまう。『可笑しい愛』の「シンポジウム」では、看護婦アンジェビタのガス中毒事件が起きるが、同僚はアンジェビタの容態を気にかけず、平然と会話を続ける。『別れのワルツ』のヤクブの「殺人」もまた偶然が引き起こしたものとはいえ、ヤクブ本人ですら良心の呵責を覚えないという軽さの中で描かれている。「死」は、一般的に小説の中で最も頻繁に取り上げられるテーマの一つであり、小説風に潤色されることも多い。それに対し、クンデラの小説における死の「軽視」は、深刻なものとして無批判に受け止められている「死」の相対化である。[24] ハヴェルの言説をもう一度参照すると、この真面目さへの懐疑や不信は、自ら真面目なものと称するものや絶対と思われているものに対する気詰まりであり、そのようなものに心を動かされ、感傷的になるまいとする抵抗にもとづいているのだと考えられる。

このようにチェコ的な自己アイロニーとの関連で見ていくと、クンデラの小説で、なぜ抒情的で自己愛の強いナルシスのような人間性が強調され、それが滑稽に描かれるのかが理解できる。クンデラの小説では、西欧の小説やコンテクストであれば、必ずしも滑稽なものにならないはずのものが、滑稽で恥ずべきことで、遠ざけるべきもののように描かれている。ヘレナの自殺未遂が下痢に終わるというエピソードもその一例だが、美しい光景を見てそれに感動し、さらにそれに感動する自分自身にも感動するということが、抒情的なナルシシズムとしてクンデラの小説では厳しい非難の対象となっている。『不滅』の中で、クンデラは「ホモ・センチメンタリス」という造語で、自分の感情に陶酔した人間についての考察を行っている。

ホモ・センチメンタリスは、感情を感じる者としてではなく（なぜなら感情を感じる能力は誰にでもあるのだから）、それを価値あるものに仕立てた者として定義されなければならない。感情が価値あるものとみなされるようになると、誰もが皆それを強く感じたがるようになる。そして、私たちは誰しも自分の価値を誇らしく思うものであるため、感情をひけらかそうとする誘惑は大きいのである。(25)

クンデラの、情熱や美しさや崇高さ、偉大さといったものに対する拒絶は、フランスの読者にとっても強烈なものであるようで、クンデラは「悪魔的」、「挑発的」、「破壊的」といったように形容されることがある。(26) フランソワ・リカールは「サタンの視点」という論文の中で、既存の価値体系や既成の秩序をことごとく破壊していく様を「悪魔的」と称し、クンデラの小説を読むことには、自分がそれまで持っていた価値観や自分が生きている世界の秩序が危険にさらされる恐れがあると述べている。

クンデラを読むということは、政治と歴史、詩、愛、そして一般的に言って、あらゆる知識に対して、この悪魔の視点を取り入れるということなのである。そして、それゆえにクンデラの作品は純粋な転覆であるだけでなく、純粋な文学なのである。なぜならクンデラの作品は、相対性という知識以外のいかなる知識ももたらさないのだから。(27)

クンデラ自身もまた『笑いと忘却の書』の中で自身が好む笑いを「悪魔的」と形容している。(28)「神」が創造した秩序を善として全面的に同意する「天使の笑い」との対比で、「悪魔の笑い」と定義しているのだが、その機能は物事の意味を相対的に捉えるというもので、真面目には受け取らずに疑うという「非＝真面目の精神」と重なる。

言葉や表現を変えて繰り返し、世界や物事に対して疑いの目を向けるようにと説くクンデラだが、この「転覆」を引き起こすようなものの見方の根底には、ハヴェルが言うような、チェコをはじめとする中欧の風土に特有の自己アイロニーとブラックユーモアのセンスがあるのではないだろうか。少なくともクンデラのナルシシズム批判については、チェコの自己アイロニーに満ちた精神風土が基盤にあり、それゆえに自分自身を高め、美しくしようとする試みが滑稽なもの、遠ざけるべきもの、罠のようなものとして、笑いと恐れの対象にしかなりえないのかもしれない。クンデラの「運命による支配」における滑稽さと悲惨さの共存がチェコ的なものだとすると、「非＝真面目の精神」は自分の置かれている現状に注意を傾け、忘我のうちに客体となってしまわないようにするための警戒心のなせる業であると考えられる。

（4）フランスにおける現代社会批判

舞台のフランス化、またフランスをはじめとする西側ヨーロッパの読者への意識は既に述べた通りだが、それでは「フランス」はナルシシズムがクンデラの小説のテーマとして深化していく上でどのような影響を与えたのだろうか。フランスで執筆された作品に顕著に見られる現代社会批判の側面に注目して考えてみたい。クンデラ自身は自分の小説のテーマは現代社会批判ではないと述べている(29)。しかし、移住後の作品では、『存在の耐えられない軽さ』に見られるキッチュ批判、『不滅』でのマスメディアのイメージ戦略を皮肉る「イマゴロジー論」、『緩やかさ』においてメディアに露出したがる人々を揶揄して「舞踏家」呼ばわりする態度、『ほんとうの私』の主人公の広告業界に対するシニスムなど、メディア批判とも呼べるような傾向が見られ、フランス社会への強い関心が伺える。

クンデラの現代社会批判は主に、見かけが現実に対して優位に立つことに向けられている。とりわけクンデラにおいて問題となるのは、イメージ先行の社会において個人の生活がその内密なところに至るまで脅かされることである。自分という人間を見られる対象とすることに慣れ、好ましく見えることを渇望する人間の「生」は空虚なものとなってしまう。クンデラの小説の邦訳に長きに渡って携わってきた西永良成が指摘しているように、このようなクンデラの見解には、ギー・ドゥボールの『スペクタクル社会』での主張との類似が見られる。(30)「生」が直接的に生きられるものではなく、スペクタクル（見世物）となってしまう様子をクンデラは共産主義体制下のチェコスロヴァキアで知り、さらに資本主義社会の西側諸国で再び見出す。小説の登場人物の物語にもこれと同じ経験が描かれている。サビナはメーデーの大行進を眺める共産主義の幹部と、芝生を駈ける子供たちを見つめるアメリカ人の上院議員に同じ微笑を認める。ヨゼフにとって、白人の手と黒人の手が握手しているポスターと、チェコ人労働者がロシア兵の手を握っているポスターは同じ類のものに見える。どちらの陣営にあっても、実態はさておき、好ましいイメージで表面を飾るスペクタクルの原理にもとづいているのだ。そして、クンデラにおいては、同じスペクタクルの社会であっても強制的な圧力が支配する共産主義のスペクタクル社会よりも、人々が自発的に順応するような資本主義社会におけるスペクタクル社会の方が、質が悪いとされている。フィリップ・ロスとのインタヴューで、西側諸国では私生活が共産主義下の国々と比べてより尊重されていると感じるかと聞かれ、次のように答えている。

共産主義体制の国々には一つの利点がある。何が悪くて何が良いのかがはっきりしているのだ。警察が私たちのプライヴェートな会話を録音したら、誰にとってもそれは悪いことだ。しかしイタリアでカメラマンが子供を殺された母親の顔や溺れている男がもがき苦しんでいる様子を撮るために付近に潜んでいるとき、私たちはそれをプライヴェートの侵害ではなく、報道の自由だと言うのである。[31]

この返答は、『存在の耐えられない軽さ』の中でのサビナのキッチュに対する嫌悪の描写、「現実の共産主義の世界では何とか生きられるが、共産主義の理想が実現した世界ではおぞましさのあまり一週間で死んでしまう」[32]を思い出させる。クンデラ同様、亡命者であるサビナを介したこの表現は、クンデラの全体主義時代の経験が社会のスペクタクル性に敏感たらしめているのではないかと思われる。小説『冗談』が描く「個人主義の残滓」[33]すら有害とされる全体主義社会が糾弾されるべきものであったとしても、耐え難いのは、個人が自ら一つの原理に同化していくような協調的な全体主義の方なのだ。

クンデラのスペクタクル社会に対する批判は、とりわけ個人の生活、つまりプライヴァシーの危機を憂えての批判であるが、チェコの全体主義の歴史を生きた者の視点から西洋の資本主義社会を批判している。つまり、クンデラはヨーロッパへの親近性や帰属感を強調し、ヨーロッパ的な精神としての懐疑や個人主義を称賛する一方で、他方、マスメディアの文化の軽薄さを批判することによってその称賛に留保を付しているのだ。ロジャー・キンボールはこのようなクンデラの態度を「西側諸国に対する態度の両義性」[34]であると論じ、クンデラが西側諸国のスペクタクル社会を文化的欠陥ではなく、全体主義にも通じる現象として批判していることを指摘する。

『不滅』においては広告代理店が打ち出すイメージ戦略とイメージの強さを考察するイマゴロジー論が展開されるが、ここでも資本主義におけるスペクタクル社会の優位が強調されている。「イマゴロジー」

というのは「イメージ」と「イデオロギー」（フランス語読みでは「イデオロジー」）を組み合わせたクンデラの造語だが、マスメディアが発信する「一連の暗示的なイメージや象徴(35)」によって構築される価値体系や思考体系を指す。何らかの政治的宗教的価値観や知識が支配するのではなく、イメージによるディスクールであると言ってもよいかもしれない。イマゴロジーを養うのは語り手曰く「広告代理店、政治家の広報、新車のボディラインやジムの設備を企画するデザイナー、ファッション・メーカーや高級婦人服デザイナー、美容師、肉体的美しさの規準を押しつけるショー・ビジネスのスターたち(36)」などである。イマゴロジーはこれらの魅力的で感じのよいイメージによって、生き方や考え方、振舞い方を人々に刷り込んでいくわけだ。イデオロギーが他のイデオロギーと対立し、思想によってある時代を席巻することができるのに対し、イマゴロジーは流行という「シーズンごとの軽快なリズム(37)」に乗って、次々と平和的に交代していくのだ。『ほんとうの私』の登場人物であり、広告代理店に勤めるシャンタルが相手にしているのは、このような社会なのである。シャンタルの上司であるルロワは次のように述べる。

僕らは常に多数派を求める。アメリカの選挙キャンペーン中の大統領候補者のようにね。僕らがしているのは、購買者の大多数を惹きつけるようなイメージの魔法の輪の中に商品を入れてやることだ(38)。

そのようなイメージとは、キッチュそのものである。第一部で既に見たように『存在の耐えられない軽さ』の中でクンデラは、大多数の人々に好まれるべく美しくわかりやすく感動的な姿をしているものやそれを好む態度をキッチュと呼び、多くのページをキッチュ論に割いている。それは個人の生活がインタヴューでも述べているように東側よりもマスメディアの発達している西側の諸国において脅かされていることへの警鐘として読むことができるだろう。

気に入られ、最大多数の注目を集めるという絶対的な必要性からして、マスメディアの美学は不可避的にキッチュである。しかも、マスメディアが私たちの生活全体を取り囲み、その隅々にまで浸透していくにつれて、キッチュは私たちの日常の美学とモラルになっていくのである。(39)

クンデラがキッチュ論を展開してから三十年以上もたった現在、西側と東側という対立構造は消滅し、その代わりにスペクタクル社会は地球的規模に拡大した。キッチュであることを問題視する人はもはや誰もいないし、そもそも「キッチュ」という言葉自体がその批判的意味を失っている。政治家やスターに限らず誰もが自分の顔写真をメディアで不特定多数に発信し、最大多数の同意を得ようとする時代に私たちは生きている。確かに現今のこの社会では、問い質すことや異議を唱えることは禁じられてはいない。しかし、溢れる情報とめまぐるしい流行の変化の中では、少数派の声はもみ消され、忘れ去られ、多数派は快適さに甘んじて考えることを放棄してしまう。まさにクンデラのいう「先入観の非＝思考(40)」の状態である。

こうしたクンデラの小説における現代社会についての考察からは、強い危機感や、同時代の社会が抱えている問題に直接的に関わろうとする意思が読み取れる。小説というフィクションの物語を介した、まさに小説的な現代社会批判だからこそ、登場人物の苦難や自己の問い直しを通して、読者は自らを振り返り、存在や生きることについて考えるよう促されるのである。特にここで紹介したメディア批判が顕著に見られるフランス移住後の小説では、現代社会において、いかにして個人の「生」は守られるのかという問いが改めて投げかけられている。

注

（1）Entretien «Rencontre avec Milan Kundera», Propos recueillis par Ulligné Karvelis in *Le Monde*, 23 janvier 1976.

（2）Cf. Susanna Roth, «La Traduction est belle seulement si elle est fidèle, à propos de *La Plaisanterie* de Milan Kundera» in *Etudes tchèques et slovaques* no. 7, Textes réunis par Hana Jechova, PUPS, 1989, pp. 63-79.

（3）«Poznámka autora» in *Nesmrtelnost* (L'Immortalité), Brno, Atlantis, 1993, p. 355.

（4）*Les Testaments trahis*, pp. 114-115.

（5）*Idem*.

（6）«Poznámka autora» in *Nesmrtelnost*, p. 352.

（7）*L'Art du roman*, p. 47.

（8）Jordan Elgrably, «Conversation with Milan Kundera» in Critical Essays on Milan Kundera, p. 64.

（9）Journal de Genève, 17-18 janvier 1998.

（10）«Rencontre avec Milan Kundera» (1976) in *Le Monde des livres*, le 23 janvier 1976.

（11）*Le Rideau*, p. 49.

（12）Didier Jacob, «Kundera pléiadisé» in *Le Nouvel observateur*, le 24 mars 2011.

（13）原文のフランス語は次の通りである。«Milan Kundera est né en Tchécoslovaquie. En 1975, il s'installe en France.»

（14）スーザン・ソンタグは、「中欧」の概念を、一九八〇年代の「東側諸国」出身の亡命知識人による「西側知識人に対する教示」と捉え、西側知識人がソ連圏の国々を文化も政治もひとまとめに「東欧」あるいは「東側」と認識している地域内にヨーロッパを起源とする文化圏があると教えるためのものであると述べている。Susan Sontag, «The Lisbon Conference on Literature : Central Europe and Russian Writers», *Cross Currents – A Yearbook of Central European Culture 9*, 1990.

（15）Milan Kundera, «Un Occident kidnappé ou la tragédie de l'Europe centrale» in *Le Débat*, 1983/5 n°27, Paris, Gallimard, p. 2.

（16）チェコスロヴァキアのクンデラは八三年に『誘拐された西欧あるいは中央ヨーロッパの悲劇』(« Un Occident kidnappé ou la tragédie de l'Europe centrale», *Le Débat*, no.27, Paris, Gallimard, 1983)、ハンガリーのゲオルギー・コンラッドは一九八四年に『中央ヨーロッパの夢』(Gyorgy Konrad, «Der Traum von Mitteleuropa» in Erhard Busek and Gerhard Wilfinger, eds., *Aufbuch nach Mitteleuropa. Rekonstruktion eines versunkenen Kontinents*, Wien, Atelier, 1986)、ユーゴスラヴィアのダニロ・キシュは一九八六年に『中央ヨーロッパのテーマについての変奏』(Danilo Kiš, «Variations on Central European Themes» in Susan Sontag, eds., *Homo poeticus. Essays and Interviews* (New York: Farrar Straus Giroux, 1995) をそれぞれ執筆し、「中央ヨーロッパの３Ｋ」(Ilma Rakusa, «Pannonische Inventuren» *Bogen*, 1987, no. 22, p. 1.) とも呼ばれた。

（17）*L'Insoutenable légèreté de l'être*, p.36. *L'Art du roman*, p.149.

（18）*L'Ignorance*, p.12.

（19）ヨゼフ・クロウトヴォル「中欧の困難さ——アネクドートと歴史——」石川達夫訳、『思想』二〇一二年第四号、岩波書店。

（20）同上、一四二頁。

（21）同上、一三一頁。

（22）ヴァーツラフ・ハヴェル『反逆のすすめ』飯島周監訳、恒文社、一九九一年、二〇五頁。

（23）同上、二〇八－二〇九頁。

（24）死に限らず、子供をつくること、結婚すること、恋人たちの再会（テレザのお腹）、昔の恋愛（イレナ）など小説的な題材はすべて、素気なく感傷抜きで描かれている。

（25）*L'Immortalité*, p. 289.

（26）作家のフィリップ・ソレルスは『不滅』の書評の中で、『不滅』を「素晴らしく、悪魔的な小説」（«un merveilleux et diabolique roman»）と形容し（Philippe Sollers, *Le Nouvel observateur*, 11-17 janvier, 1990）、エヴァ・ル・グランは『存在の耐えられない軽さ』の中のクンデラの反キッチュ論に触れ、その「挑発的」な解釈を強調している（Eva Le Grand, *Kundera or the memory of desire*, Wilfrid Laurier Univ. Press, 1999, p. 13）。一方、マルタン・リゼクは『どのようにしてクンデラとなるか』の中で、『笑いと忘却の書』以降のクンデラが語り手を通して自らに「悪魔的」なイメージを付与しようとしていると指摘している（Martin Rizek, *Comment devient-on Kundera ?*, p. 367）。

（27）François Ricard, «Le point de vue de Satan», *Liberté*, vol. 21, no. 1, (121), 1979, p. 65.

（28）*Le Livre du rire et de l'oubli*, p. 107.

（29）«Poznámka autora» in *Nesmrtelnost*, p. 353.

（30）西永は『緩やかさ』の登場人物ポントヴァンのモデルがドゥボールであるかもしれないという面白い仮説を紹介している。ポントヴァンもまたドゥボール同様に反スペクタクル社会の理論家である（西永良成『ミラン・クンデラの思想』、二一八頁）。リゼクによれば、ポントヴァンはフィリップ・ソレルスがモデルとなっている可能性がある。

（31）*The Village Voice*, interview with Philip Roth cité in «The Ambiguities of Milan Kundera», Roger Kimball, in *Bloom's Modern Critical Views Milan Kundera*.『不滅』では登場人物のアニエスが、個人の私生活を侵犯する報道メディアに対する嫌悪感を表明している。次のような文章がある。「どこにいってもカメラマンがいる。繁みの後ろに隠れて

いるカメラマン。足の不自由な乞食の恰好をしたカメラマン。どこにいても見られている。どこにいてもレンズが向けられている。［…］個人主義？　臨終の際もカメラで撮影されるところのどこに個人主義があるというの。はっきりしているのはむしろ個人が個人のものではなく、他人の所有物になっているということだわ。」（*L'Immortalité*, pp. 54-57.)

（32）*L'Insoutenable légèreté de l'être*, p. 366.

（33）*La Plaisanterie*, p. 50.

（34）Roger Kimball, «The Ambiguities of Milan Kundera» in *Bloom's Modern Critical Views Milan Kundera.*, p. 43.

（35）*L'Immortalité*, p. 172.

（36）*Idem.*

（37）*L'Immortalité*, p. 175.

（38）*L'Identité*, p. 67.

（39）*L'Art du roman*, pp. 196-197.

（40）*Ibid.*, p. 195.

第五章　「私」の唯一性を求めて

東側の全体主義の政治体制よりも、西側の、マスメディアが強い影響を及ぼす大衆社会においてこそ、社会のスペクタクル化、キッチュ化がいっそう完全な形で進行していることをクンデラは指摘している。個人主義の価値が損なわれる一方でメディア・イメージへの順応主義がのさばっている。[1]それは一つの体制や生活様式を忠実に順守するような厳格なものではなく、色やデザインといった表面的な多様な選択を提供し、あたかも構成員自らが個人的な選択をしたとさりげなく信じ込ませるようなソフトな手法によって実現される順応主義である。消費可能なイメージや記号が日常生活、そして人々の心の中まで侵犯し、すべてをスペクタクルとしてしまう社会で、人々は自身を個人たらしめる唯一性を知らず知らずの間に手放してしまうのである。第二部、そして本書全体の終章として、ここでは再度クンデラの小説作品の登場人物に注目し、スペクタクル化やキッチュ化への対抗手段として、クンデラ独特のある一つの試みを紹介したい。それは性愛を通して個人の唯一性を捉え、それを自らの側に引き留めようとする試みである。そして最後にクンデラの小説から伝わってくる「よく」生きるということについて考えてみたい。

（1）想像しがたいもの

性愛の場面はクンデラの小説の中で最も頻繁に描かれており、重要な意味を持つ。それらは物語の構造においても、様々な登場人物が最も密接に関わり合い、彼らの行動や人生に対する態度を左右する極めて重要な分岐点としても位置付けられているが、感傷的なドラマのクライマックスとは程遠く、登場人物の誤解や幻想が一挙に吹き飛んでしまうほど滑稽で悲惨なものである。しかし、こうしたユーモアと皮肉に満ちているにもかかわらず、真剣な試みとして描かれているのが、男性の登場人物が相手の女性の本質を捉えようとする場面である。性愛の当事者である男性の登場人物の満足の如何は、精神的な愛の充足でも性欲の解消でもなく、性愛の最中に女性の本質を捉えることができたかどうかという感覚一つにかかっているのだ。

単なる愛情の表現でも、快楽への耽溺でもない、本質を捉える試みとしての性愛は『可笑しい愛』から既に見受けられる。「老いた死者は若い死者に場所を譲れ」に登場する三十五歳の男は、未熟だった頃に憧れの年上の女と一夜をともにするという機会をふいにしたという後悔を引きずっている。彼は、常に穏やかな表情をたたえ落ち着き払った女が肉体的に興奮したとき、その顔にどのような歪みが刻まれるのか見たいという強い欲望を抱いていたのだが、暗がりの中で何も読み取ることができない。

彼は彼女の顔を見たが、薄明かりの中では表情を捉えることができず、顔立ちすらはっきり見分けることができなかった。彼は明かりをつけなかったことを悔やんだが、今更起き上がってドアのところに行きスイッチを入れるのは不可能なことに思われた。だから彼はひたすら無駄に目を凝らしていた。彼女を彼女だと思うことができなかった。他の誰かを抱いているような印象を持った。まがいものの、あいまいで、個性を剥ぎ取られた人物を抱いているようだった[2]。

「エドゥワルドと神」の中でも、エドゥワルドが恋人のアリツェを抱いてもその存在を漠然としたものとしてしか感じることができないという失望が描かれている。どちらの試みも失敗に終わってはいるものの、体が興奮して平静を装うことができなくなったときに女の本当の姿が出現するのではないかという考えがもとにある。

『冗談』においては女の本質を捉える場としての性愛の意味がより具体的な形をもって説明されている。ルドヴィークという登場人物がかつての親友ゼマーネクに復讐するためにその妻のヘレナを寝取ろうとする際、彼の性愛に関する持論を展開する。重要なのは享楽に耽ることではなく、ある特定の人物の私的な世界を捉えることで、それは女が痙攣の中で偽り装うことのない本来の姿となった瞬間にしか訪れない。

私はこのシーンのどのような細部も注意深く記憶にとどめた。一人の女（どんな女であれ）と性急な快楽に達するのは私にとって重要なことではない。私は内奥の未知の世界そのものを奪うことを強く欲していた。私はそれを一回の昼下がりだけで奪わなくてはならなかった。そのたった一回の性交のうちに、私はただ快楽に身を委ねる者になるのではなく、逃れようとする獲物をつけ狙い、それゆえに警戒に一切の抜かりない者となってそれを奪わなくてはならなかった(3)。

ルドヴィークはこの自説に従ってヘレナを執拗にサディスティックなまでに刺激し、その様子を冷徹に観察し、復讐を果たすと同時に個人的な快楽を得る。

『笑いと忘却の書』に至ると、人体の不合理こそがまるで女の本質を隠している秘密の場所であるかのように男を興奮させ、その獲得に男を駆り立てることとなる。第三部「天使たち」で、クンデラ自身が語り手の「私」として登場し、一九六八年のロシア人たちによるチェコ占領後しばらくして、他の知識人同様に職場を追われた頃のことを回想する。秘密警察の監視をかろうじて免れながら、彼は女性ジャーナリストRが提供してくれた週刊誌の星占いコーナーを担当するが、Rともども窮地に立たされてしまう。尋問に備えて、口裏を合わせるために、二人はアパートの一室で落ち合う。そのとき、Rを脅かしていたのは、身の危険が迫っているという不安や恐怖よりも、胃腸の不調だった。クンデラは、上品な身なりで常に慎重に振る舞うことで完璧なまでに体の存在感を感じさせないRという女が猛烈な下痢に襲われ、何度もトイレに立って困惑した顔で戻ってくるのを見て欲情したというエピソードを語る。

私は突然、彼女とセックスしたいという激烈な欲望を覚えた。より正確に言えば、それは彼女を犯したいという激烈な欲望だった。彼女に襲いかかり、たった一度の抱擁で彼女を、耐え難いまでに興奮させるその矛盾もろとも、完璧な服装と反乱する腸、理性と恐怖、誇りと恥ずかしさもろとも捉えたいという激烈な欲望。そのような矛盾の中にこそ彼女の本質が、あの秘宝、金塊、深奥に潜むあのダイヤモンドが隠されているような気がするのだった。私は彼女に飛びかかってそれをもぎ取ってしまいたかった。私は、彼女の糞も彼女のえもいわれぬ魂もひっくるめて彼女をそっくりそのままにとどめておきたかった。[4]

また『存在の耐えられない軽さ』のトマーシュは、女たちの興奮した体に一人ひとりのわずかな差異を見出すことのできる性愛にとりつかれた人物として描かれている。彼は医者としてどの人体も似通っていることを熟知しているが、それでも百万分の九十九万九千九百九十九の類似に対する百万分の一の差異という個性のわずかな存在を信じ、それを貴重なものと考えている。外科医から窓拭きに身を落としたトマーシュが、依頼主の女と情事に耽るエピソードでは、彼がこの「キリンとコウノトリに似た女の奇妙な不均斉[5]」にひどく魅了され、彼女の百万分の一の差異を手にしたことで満足する様子が描かれている。

彼女のもとを去るとき、彼はすこぶる機嫌がよかった。彼は要点を思い出し、この女の唯一性（百万分の一の差異）を定義することを可能にするような化学式によってその思い出をまとめようと努めた。最終的に彼は、三つの条件からなる定式にたどりついた。一、熱意と結びついた不器用さ、二、バランスを失って倒れる者のたじろいだ顔、三、振りかざされた武器を前に降伏する兵士の両腕のように高く上げられた両足。この定式を繰り返しながら、彼は世界のかけらをまた一つ手に入れたのだという晴れやかな気持ちを抱いた。自分の想像上のメスで、宇宙の無限のキャンバスから細長い布の切れ端を切り取ったという晴れやかな心持だった。[6]

性愛が一人の人間の本質的なものを捉えるのに適しているのは、それが普段の生活では隠されているもの、つまり思いがけないものや矛盾が露わになってしまう最も私的な場であるからだ。女の体にその本質を捉えたいと欲する男の登場人物の目に、外見とは違う中身、装いきれないものの発露、無自覚なありのままの姿といった思いがけなさが捉えられる瞬間は、束の間ではありながらも、スペクタクルを離れ、「生」の現実を直接に感じ取れる瞬間であるからだと言えるだろう。『ほんとうの私』のジャン＝マルクは、シャンタルの目のまばたきに彼女の「魂の翼」[7]を見出し感動するのだから必ずしも性愛に限った話ではない。他と見分けのつかない体とその抑制不可能な生理現象に、スペクタクル化を免れた個性の断片を認めるというのはクンデラならではだが、そこにはスペクタクル社会に対するクンデラの深い諦め、あるいはかすかな希望が読み取れるとでも言うべきであろうか。

エッセー集『カーテン』でクンデラは「先入観の非＝思考」を「予備解釈された世界」という言葉で新たに考察し、次のように述べている。

世界は、最初の逢引に急いで出かける前に化粧をする女のように、私たちの誕生の際に私たちの方に駆けつけるときには、既に化粧がなされ、仮面をつけ、予備解釈されている。[8]

小説は紋切型のイメージや態度、考えを賛美するものではなく、「予備解釈されたカーテン」を引き裂くものなのだとクンデラは言う。とってつけたような表情、服装、態度をはぎとり、仮面の下の女の本質を捉えようとする男性の登場人物たちの試みは、小説を通して、先入観や紋切型のイメージの裏に隠された物事の姿を明らかにしようとするクンデラの姿勢と重なるというわけだ。

(2) よく生きること

クンデラにとって、公私は混同されるべきものではなく、私生活はどのような理由であれ侵してはならない個人の聖域である。個人はこの空間の主人でなくてはならない。[9] クンデラは社会において個人の私生活が保障されることを強く望む。日常において視線にさらされない快適な場所があること。このようなプライヴェートな空間が維持できないような社会になっていることをクンデラは憂えている。クンデラの小説には個人としての人生を味わっている人物が何人か登場する。彼らをクンデラ的個人と呼んで紹介していくことにしよう。

『生は彼方に』の四十代男は、外の世界で起きていることに背を向け自分のアパルトマンで穏やかな日々を送っている。トマーシュはドン・ファンさながらに多くの女性と付き合い、唯一無二の差異を見出すという個人的な楽しみに没頭する。ポントヴァンは才気を身内だけに披露するにとどめ、社会からは慎重に距離を置いている。ジャン＝マルクは職を転々としながら年上の恋人のシャンタルとともに悠々自適の生活を送っている。彼らクンデラ的個人の快楽や幸福はすべて、社会の中ではなく、プライヴェートの領域で実現されている。社会や人の目の届かないところで彼らは密かに生を享受しているのだ。『緩やかさ』はこうした密かな快楽を礼賛する小説である。快楽とはT夫人の城のように閉ざされ、親密な空間に存在するのだ。

なぜ社会ではなく私生活でなくてはならないのか。それは社会においては、すなわち多くの他者と関わる場においては、シャンタルが二つの顔を使い分けているように、社会的な「誰か」である必要があるからだ。「誰か」であることは、自分が望もうが望むまいが、様々な属性を身に付けることであり、属性が増えれば増えるほど、本来の自分が見失われてしまう。『不滅』のアニエスにもう一度登場してもらおう。彼女は自分の「唯一性」を養うために「引き算的方法」を選択する。妹のローラが逆の「足し算的方法」によってありとあらゆる属性やイメージ、アイテムによって自分の唯一性を養うのに対し、アニエスは属性をすべて引きはがしていく。

アニエスは自分の自我から、外面的なものと借り物であるものすべてを差し引き、そうすることで自分の純粋な本質に（次々と引き算していくことにより最後にはゼロになってしまうという危険を冒しながら）近づいていこうとするのだ。[10]

既に見たようにアニエスにとって、生きるために社会における「誰か」になることは苦痛でしかない。クンデラ的個人の登場人物も同じく、ただそこに存在するということを望む。「誰か」にならずに、「誰でもない私」として生きることを望む。彼らは、様々なパーソナリティーの間を揺れ動く個人や、誰でもないという空虚におびえる個人でもない。「誰かでなくてはならない」、「こうでなくてはならない」という至上命令を免れて、プライヴェートな空間で自由に存在する個人である。クンデラ的個人がこのような生き方を完全に実現できていないにしろ、彼らからは、見かけを重視せずにできるだけ少ない属性で生きようとする意志めいたものを読み取ることができる。クンデラが提案するのは、自分を外面的に特徴づけるものを手放し、誰でもなくなるということなのだ。

なぜか。それは自らの主観を感じるためである。『緩やかさ』にあるように、「快楽はそれを感じる人のものである」[11]からだ。とってつけたような交換可能な「誰か」であることをやめたときにこそ、自分の感覚で物事を感じ取り、自分の方法で考えることができる。クンデラは人間が個人となるのは「真実の確信」と「他者の全員一致の同意」を放棄するときだと述べている。[12]社会的生活を諦めた者のみが、本当の「生」を生きることができるというわけだが、もちろん一般的に考えて実際に社会生活を放棄することは不可能である。だからこそ、クンデラは社会が入り込んでこない完全なプライヴェートの時間や空間を守る必要性を説いているのだ。『存在の耐えられない軽さ』の語り手が述べているように、誰もが他人に見られることを必要としているが、「観衆を持つこと、観衆のことを考えることは、嘘の中で生きること」[13]であり、それは「生」をスペクタクルにしてしまう行為である。社会生活を送りながらも、一個人であることを保つためには、他者の視線や評価を忘れ、自分に偽りなく過ごせるという意味での完全なプライヴェート空間を守る必要があるのだ。

このような私生活において、自己実現を求める個人の在り方を消極的な生き方と見ることもできるだろう。しかし、クンデラ的個人は社会の中で個人であることを守るために社会から遮断された私生活の空間を必要とする。集団との同意を無効化した私的空間において、クンデラ的個人は相対主義的な立場を得ると同時に、純粋な「私」に近づくことによって主観を取り戻すことができるのだ。物事の意味を出来合いの価値観で評価し、借り物の論理で考えるのではなく、主観によって物事と対峙し、そうすることで世界との関係を再構築する、あるいは初めて構築する。このような生き方は消極的というよりもむしろ主体的なものであると言える。重要なのは前もって作られた世界において、意味のある「誰か」になることではなく、自身が意味の奪われた存在となっても物事と世界に意味を与える者になることなのだ。

クンデラの小説は一見、クンデラの人間の本性に対する絶望や虚無感を強く感じさせる。クンデラはナルシシズムの罠にかかる人間の喜劇と悲惨を執拗に描き出し、「私」という人間のアイデンティティも唯一性も幻想なのだと笑う。しかし、本当はクンデラこそが誰よりもいかなる集団性にも浸食されることのない確かな主観の存在を信じている理想主義者なのではないだろうか。世界の相対性に自身の主観をもって一人対峙するというクンデラ的個人の生き方には、そうしたクンデラの信仰にも似た思いが託されているのではないか。

最後に、クンデラの希望を感じさせるエピソードを、幸福論としても読める『緩やかさ』の中から紹介して終わることにしたい。『緩やかさ』の最後の部分において、ヴィヴァン・ドゥノンの短編「明日はない」の主人公である若い騎士と、語り手の想像する物語の登場人物であるヴァンサンが出会う不思議なシーンがある。二人の対比は、快楽によって幸福になれるかどうか、自分の私生活を守れるかどうか、他者に見られたいという欲望に打ち克てるかどうか、といった問いのヒントを与えてくれている。

夜の明けた朝、二人の青年はそれぞれ、前夜に自分の経験した情事を振り返る。騎士はT夫人と情熱的な夜を過ごしたものの、城を出発する段になってT夫人の愛人だという侯爵に、自分が呼ばれたのは

T夫人の夫の疑いの目を侯爵から逸らすためなのだと知らされる。利用されたことに憤りを覚えつつも、すべてを暴露するのは礼儀に反すると思い騎士は悶々としている。一方、ヴァンサンの方は昆虫学会が行われているホテルのプールサイドで、知り合ったばかりのジュリーという娘と性交にまで及ぶが、いざというときに萎えてしまう。翌朝、ヴァンサンが真っ先に考えたのはこの出来事を皆に話して注目を集めようということだった。失敗を含めてありのままに話したら、笑い者になるだけだと思い、都合よく修正を施した体験談をこしらえる。そうして満足したところで、思案に暮れていた騎士と遭遇する。彼らは互いに時代錯誤的な奇妙な不審者の姿に驚く。ヴァンサンは騎士に自分が素晴らしい一夜を過ごしたのだと言う。騎士にも自分の過ごした一夜の素晴らしさを語りたいという欲望が沸き起こる。しかし、ヴァンサンの「何がなんでも話したいという執拗な欲望[14]」を見て、そうしようとする気はすっかり失せてしまう。騎士は思い出を自分の心の中にしまうことにし、その場を立ち去る。侯爵に笑われたことなどもはや気にならず、ただただ美しい時間を与えてくれたT夫人への感謝の気持ちを胸にゆっくりと夢見るようにパリに向かう馬車の中でのひと時を味わいたいと思う。一方、最後まで話を聞いてもらえなかったヴァンサンの方は、突然自分を弱く感じ、さっさと前夜の出来事を忘れ、この出来事を消し去りたいと望む。速さへの渇望に囚われて、ヴァンサンはバイクにまたがり、スピードを出しながらすべてを忘れ去ろうとする。

この二人を眺める語り手のクンデラは、馬車に向かう騎士のゆったりとした足取りに、「幸福のしるし[15]」を認める。そしてこう語りかける。

明日はない。聴衆もいない。友よ、どうか、幸せに。なんとなく、私たちの唯一の希望が君の幸福になる能力にかかっているような気がするのだ[16]。

幸福になるためには、体験したばかりのことを語りたいというナルシス的欲望をぐっとこらえるだけの力がありさえすれば十分なのだろう。

注

（1）Cf. *L'Art du roman*, p. 197.
（2）«Que les vieux morts cèdent la place...» in *Risibles amours*, p. 193.
（3）*La Plaisanterie*, p. 292.
（4）*Le Livre du rire et de l'oubli*, p. 130.
（5）*L'Insoutenable légèreté de l'être*, p. 294.
（6）*Ibid.*, pp. 296-297.
（7）*L'Identité*, p. 85.
（8）*Le Rideau*, p. 110.
（9）*Les Testaments trahis*, pp. 310-311.
（10）*L'Immortalité*, p. 151.
（11）*La Lenteur*, p. 17.
（12）*L'Art du roman* , p. 191

（13）*Ibid.*, p. 164.
（14）*Ibid.*, p. 179.
（15）*Ibid.*, p. 183.
（16）*Idem.*

参考文献

1．ミラン・クンデラに関連する文献

（1）作品

Kundera, Milan. *L'Art du roman*. Paris : Gallimard, coll. « Folio », 1986.（『小説の精神』金井裕・浅井敏夫訳、法政大学出版局、一九九〇年／『小説の技法』西永良成訳、岩波書店、二〇一六年）

———. *La Fête de l'insignifiance*. Paris : Gallimard, 2014.（『無意味の祝祭』西永良成訳、河出書房新社、二〇一五年）

———. *L'Identité*. Paris : Gallimard, coll. « Folio », 2000.（『ほんとうの私』西永良成訳、集英社、一九九七年）

———. *L'Ignorance*. Paris : Gallimard, 2003.（『無知』西永良成訳、集英社、二〇〇一年）

———. *L'Immortalité*. Traduit du tchèque par Eva Bloch. Paris : Gallimard, coll. « Folio », 1993.（『不滅』菅野昭正訳、集英社、一九九二年）

———. *L'Insoutenable légèreté de l'être*. Traduit du tchèque par François Kérel. Nouvelle édition revue par l'auteur. Paris : Gallimard, coll. « Folio », 1989.（『存在の耐えられない軽さ』千野栄一訳、集英社、一九九三年／『存在の耐えられない軽さ』西永良成訳、河出書房新社、二〇〇八年）

———. *Jacques et son maître, hommage à Denis Diderot en trois actes*. Paris : Gallimard, coll. « Folio », 1998.（『ジャッ

クとその主人』近藤真理訳、みすず書房、一九九六年）

——. *La Lenteur.* Paris : Gallimard, coll. « Folio », 1998.（『緩やかさ』西永良成訳、集英社、一九九五年）

——. *Le Livre du rire et de l'oubli.* Traduit du tchèque par François Kérel. Nouvelle édition revue par l'auteur. Paris : Gallimard, coll. « Folio », 1985.（『笑いと忘却の書』西永良成訳、集英社、一九九二年）

——. *Nsmrtelnost.* Brno : Atlantis, 1993.（『不滅』チェコ語版）

——. *La Plaisanterie.* Traduit du tchèque par Marcel Aymonin. Paris : Gallimard, 1968.

——. *La Plaisanterie.* Traduit du tchèque par Marcel Aymonin. Entièrement révisée par Claude Courtot et l'auteur. Version définitive. Paris : Gallimard, coll. « Folio », 2003.（『冗談』西永良成訳、岩波書店、二〇一四年）

——. *Risibles amours.* Traduit du tchèque par François Kérel. Nouvelle édition revue par l'auteur. Paris : Gallimard, coll. « Folio », 1994.（『可笑しい愛』西永良成訳、集英社、二〇〇三年）

——. *Une Rencontre.* Paris : Gallimard, 2009.（『出会い』西永良成訳、河出書房新社、二〇一二年）

——. *Le Rideau.* Paris : Gallimard, 2005.（『カーテン——七部構成の小説論』西永良成訳、二〇〇五年）

——. *Les Testaments trahis.* Paris : Gallimard, coll. « Folio », 1993.（『裏切られた遺言』西永良成訳、集英社、一九九四年）

——. *La Valse aux adieux.* Traduit du tchèque par François Kérel. Nouvelle édition revue par l'auteur. Paris : Gallimard, coll. « Folio », 1999.（『別れのワルツ』西永良成訳、集英社、一九九三年）

——. *La Vie est ailleurs.* Traduit du tchèque par François Kérel. Nouvelle édition revue par l'auteur. Paris : Gallimard, coll. « Folio », 1987.（『生は彼方に』西永良成訳、早川書房、一九七八年）

——. *Žert.* Toronto : Sixty-Eight Publishers, 1989.（『冗談』チェコ語版）

(2) インタヴュー

———. « An Interview with Milan Kundera », interview with Jason Weiss, *New England Review and Bread Loaf Quarterly* 8, Middlebury College Publications, 1986.

———. « Chopinovo piano», *Report*ér, n° 1, 1985.

———. « Conversations with Milan Kundera », interview with Jordan Elgrably, *Critical Essays on Milan Kundera*, Peter Petro (dir.). New York : G.K.Hall & Co., 1999.

———. « Le Massacre de la culture tchèque », *Le Monde,* le 19 janvier 1979.

———. « Un Occident kidnappé ou la tragédie de l'Europe centrale », *Le Débat*, n° 27, mai 1983, Paris : Gallimard.（「誘拐された西欧——あるいは中央ヨーロッパの悲劇」里見達郎訳、『ユリイカ』一九九一年二月号、青土社、六二—七九頁）

———. « Rencontre avec Milan Kundera », Le Monde des livres, *Le Monde*, le 23 janvier 1976.

———. *The Village Voice*, interview with Philip Roth cited in « The Ambiguities of Milan Kundera », Roger Kimball, *Bloom's Modern Critical Views, Milan Kundera*. Bloom, Harold (dir.), Philadelphia: Chelsea House Publishers, 2003.

———.「歴史の両義性」聞き手・訳：西永良成、『海』特集、一九八一年一月号、中央公論社、二八四—三〇三頁。

(3) 研究書・論文・批評

赤塚若樹『ミラン・クンデラと小説』水声社、二〇〇〇年。

Bloom, Harold (dir.). *Bloom's Modern Critical Views, Milan Kundera*. Philadelphia : Chelsea House Publishers, 2003.

Boyer-Weinmann, Martine. *Lire Milan Kundera*. Paris : Armand Colin, 2009.

Le Grand, Éva. *Kundera ou la mémoire du désir*. Paris et Montréal : L'Harmattan et XYZ éditeur, coll. « Théorie et littérature », 1995.

Chvatík, Květoslav. *Le Monde romanesque de Milan Kundera*. Paris, traduit de l'allemand par Bernard Lortholary, Paris : Gallimard, coll. « Arcades », 1995.

Ivanova, Velichka. *Fiction, utopie, histoire. Essais sur Philip Roth et Milan Kundera*. Paris : L'Harmattan, 2010.

Jacob, Didier. « Kundera pléiadisé » in *Le Nouvel observateur*, le 24 mars 2011.

Jungmann, Milan. « Kunderian paradoxes », *Critical Essays on Milan Kundera*, Peter Petro (dir.), New York : G.K.Hall & Co., 1999.

Kadiu, Sylvia. *George Orwell – Milan Kundera, Individu, littérature et révolution*. Paris : L'Harmattan, 2007.

Klíma, Ivan. *The Spirit of Prague*. London : Granta Books, 1994.

工藤庸子『小説というオブリガート——ミラン・クンデラを読む』東京大学出版会、一九九六年。

西永良成『ミラン・クンデラの思想』平凡社、一九九八年。

————『小説の思考：ミラン・クンデラの賭け』平凡社、二〇一六年。

Petro, Peter (dir.). *Critical Essays on Milan Kundera*. New York : G.K.Hall & Co., 1999.

Ricard, François. « Le point de vue de Satan ». *Liberté*, vol. 21, no. 1, (121) 1979, pp. 60-66.

————. *Le Dernier après-midi d'Agnès, Essai sur l'œuvre de Milan Kundera*. Paris : Gallimard, coll. « Arcades », 2003.

Rizek, Martin, *Comment devient-on Kundera ? Images de l'écrivain, l'écrivain de l'image*. Paris : L'Harmattan, coll. « Espaces Littéraires », 2001.

Scarpetta, Guy. *L'Âge d'or du roman*. Paris : Grasset, coll. « Figures », 1996.（『小説の黄金時代』本田文彦訳、法政大学出版局、二〇〇三年）

———. *L'Impureté*. Paris : Grasset, 1985.

Thirouin, Marie-Odile et Boyer-Weinmann, Martine (dir.). *Désaccords parfaits : La réception paradoxale de l'œuvre de Milan Kundera*. Grenoble : Ellug, 2009.

Vibert, Bertrand. « En finir avec le narrateur ? Sur la pratique romanesque de Milan Kundera ». *La Voix Narrative*. Actes du Colloque international de Nice. Édités par Jean-Louis Brau, volume n°2, Presses Universitaires de Nice, 2001.

2. その他の文献

Benda, Julien. *La Jeunesse d'un clerc* [1936]. Paris : Gallimard, 1968.

Bonnefoy, Yves (dir.). *Dictionnaire des mythologies et des religions des sociétés et du monde antique*. Paris : Flammarion, 1981.

Brunel, Pierre. (dir.). *Dictionnaire des mythes littéraires*. Nouvelle édition augmentée. Monaco : Édition du Rocher, 1994.

Calinescu, Matei. *Five faces of modernity*. Durham : Duke University Press, 1987.（『モダンの五つの顔』富山英俊・栂正行訳、せりか書房、一九九五年）

イタロ・カルヴィーノ『冬の夜ひとりの旅人が』脇功訳、ちくま文庫、二〇〇七年。

Colonna, Vincent. *L'Autofiction (essai sur la fictionalisation de soi en Littérature)*. Thèse de doctorat sous la dir. de G. Genette. EHESS, 1989 (ANRT 1990).

———. *Autofiction et autres mythomanies littéraires*. Paris : Ed. Tristram, 2004.

Debord, Guy. *La Société du spectacle*. Paris : Gallimard, coll. « Folio », 2011.（『スペクタクルの社会』木下誠訳、筑摩書房、二〇〇三年）

Diderot, Denis. *Jacques le fataliste et son maître*, édition d'Yvon Belaval, Paris : Gallimard, coll. « Folio classique », 2011.（『運命論者ジャックとその主人』王寺賢太・田口卓臣訳、白水社、二〇〇六年）

Doubrovsky, Serge. *Fils* [1977]. Paris : Gallimard, coll. « Folio », 2001.

————.« Les points sur les 'i' », *Genèse et autofiction*. Dirigé par Jean-Louis Jeannelle et Catherine Viollet. Louvain-la-Neuve : Academia-Bruylant, coll. « Au cœur des textes », 2007.

Eco, Umberto. Postscript to *The Name of the rose*. Translated by William Weaver. New York : Harcourt Brace Jovanovich, 1984.

Encyclopaedia Universalis version 16, [DVD-ROM], Paris, Encyclopaedia Universalis, 2011.

ジョン・ファウルズ『フランス軍中尉の女』沢村灌訳、サンリオ、一九八二年。

Flaubert, Gustave. *Correspondance.* Édition par Jean Bruneau. Paris : Gallimard, coll. « Bibliothèque de la Pléiade », t. II, 1980.

Freud, Sigmund. « Les tendances de l'esprit ». *Le Mot d'esprit et sa relation à l'inconscient* [1905]. Traduit de l'allemand par Marie Bonaparte et le Dr M.Nathan. Paris : Gallimard, coll. « Idées », 1971.（『フロイト全集〈8〉一九〇五年 機知』中岡成文・太寿堂真・多賀健太郎訳、岩波書店、二〇〇八年）

Gass, William H.. *Fiction and the Figures of Life*. New York : Knopf, 1970.

Genette, Gérard. *Figures III*. Paris : Seuil, coll. « Poétique », 1972.（『フィギュールⅢ』天野利彦・矢橋透訳、白馬書房、一九八七年）

――. *Nouveau discours du récit*, Paris, Seuil, coll. « Poétique », 1983.

Gide, André. *Si le grain ne meurt* [1926]. Paris : Gallimard, coll. « Folio », 1972.（『一粒の麦もし死なずば』堀口大學訳、新潮社、一九六九年）

Girard, René. *Mensonge romantique et vérité romanesque*. Paris : Fayard, coll. « Pluriel », 2011.（『欲望の現象学』古田幸男訳、法政大学出版局、二〇一〇年）

Hamburger, Käte. *La Logique des genres littéraires*. Paris : Seuil, « Poétique », 1977.

ヴァーツラフ・ハヴェル『反逆のすすめ』飯島周監訳、恒文社、一九九一年。

Hubier, Sébastien. *Littératures intimes. Les expressions du moi, de l'autobiographie à l'autofiction*. Paris : Armand Colin, 2003.

Hutcheon, Linda. *Narcissistic narrative : The Metafictional paradox*. Waterloo : Wilfrid Laurier Univ. Press, 1981.

――. *A Theory of Parody, the teachings of twentieth-century art forms*. New York and London : Routledge, 1985.（『パロディの理論』辻麻子訳、未来社、一九九三年）

Kayser, Wolfgang. « Qui raconte le roman ? » *in Poétique du récit*, G. Genette et T. Todorov. Paris : Édition du Seuil, coll. « Points », 1977, pp. 59-83.

Kiš, Danilo. « Variations on the theme of Central Europe », *Homo poeticus. Essays and Interviews*. Edited by Susan Sontag. New York : Farrar Straus Giroux, 1995, pp. 95-114.

Konrad, Gyorgy , « Der Traum von Mitteleuropa », in Erhard Busek, Gerhard Wilfinger, *Aufbuch nach Mitteleuropa. Rekonstruktion eines versunkenen Kontinents*, Wien : Atelier, 1986.

ヨゼフ・クロウトヴォル「中欧の困難さ――アネクドートと歴史――」石川達夫訳、『思想』二〇一二年第四号、岩波書店。
——『中欧の詩学　歴史の困難』石川達夫訳、法政大学出版局、二〇一五年。
Lejeune, Philippe. *Le Pacte autobiographique. Nouvelle édition augmentée*, Paris : Édition du Seuil, 1996.（『自伝契約』井上範夫・花輪光・住谷在昶訳、水声社、一九九三年）
Lodge, David. *After Bakhtin : Essays on fiction and criticism.* New York : Routledge, 1990.（『小説の技巧』柴田元幸・斎藤兆史訳、白水社、一九九七年）
Marivaux, de Pierre. *La Vie de Marianne*. Paris : Édition de F. Deloffre, Garnier-Bordas, 1990.
Mauriac, François. *Commencements d'une vie* [1932]. Écrits intimes, Genève-Paris : Ed. La Platine, 1953.（「ある人生の始まり」南部全司訳、『モーリヤック著作集一』所収、春秋社、一九八二年）
Mitterand, Henri. *Le Discours du roman.* Paris : PUF, 1986.
Moles, Abraham A.. *Psychologie du kitsch. L'art du bonheur*. Paris : Denoël /Gonthier, 1977.（『キッチュの心理学』万沢正美訳、法政大学出版局、一九八六年）
Montaigne, de Michel. *Les Essais*. Livre II. Paris : Gallimard, coll. « Bibliothèque de La Pléiade », 2007.（『エセー5』宮下志朗訳、白水社、二〇一三年）
Roth, Philip. *Tromperie*. Traduit de l'anglais par Maurice Rambaud. Paris : Gallimard, coll. « Du monde entier », 1994.（『いつわり』宮本陽一郎訳、集英社、一九九三年）
フィリップ・ロス『プロット・アゲンスト・アメリカ　もしもアメリカが…』柴田元幸訳、集英社、二〇一四年。
Roth, Susanna. « La traduction est belle seulement si elle est fidèle. À propos de *La Plaisanterie* », Études tchèques et slovaques. Textes réunis par Hana Voisine-Jechova, Paris : PUPS, 1990, pp. 63-79.

Rousset, Jean. *Narcisse romancier, essai sur la première personne dans le roman*. Paris : José Corti, 1972.

Sontag, Susan, « The Lisbon Conference on Literature : Central Europe and Russian Writers ». *Cross Currents – A Yearbook of Central European Culture* 9, 1990.

Thibaudet, Albert. *Gustave Flaubert*. Paris : Gallimard,1935. （『ギュスターヴ・フロベール』戸田吉信訳、法政大学出版局、二〇〇一年）

Todorov, Tzvetan. « Les hommes-récits » [1967]. *Poétique de la prose*. Paris : Seuil, 1971.

Valéry, Paul. « Essai sur Stendhal », Œuvres, Paris : Gallimard, coll. « Bibliothèque de la Pléiade », t.1, 1980.

Viollet, Catherine. « Trouble dans le genre. Présentation », *Genèse et autofiction*. Jean-Louis Jeannelle et Catherine Viollet (dir.). Bruxelles : Academia Burylant, 2007.

カート・ヴォネガット『スローターハウス5』伊藤典夫訳、早川書房、二〇一三年。

Waugh, Patricia. *Metafiction, the theory and practice of self-conscious fiction*, New York : Routledge, 1984. （『メタフィクション——自意識のフィクションの理論と実際』結城英雄訳、泰流社、一九八六年）

あとがき

本書は、二〇一三年五月にストラスブール大学大学院比較文学研究科に提出した博士論文『ミラン・クンデラの小説における笑いとメランコリー』（原題：*Le Rire et la mélancolie dans les romans de Milan Kundera*, 主査：Pascal Dethurens, 副査：Catherine Douzou, Florence Fix, Luc Fraisse）に大幅な改訂を施し、新たな研究成果および視点を加えたものである。特に第二部第四章は、科学研究費助成事業・若手研究（B）の研究課題「越境文学における作家のアイデンティティ形成——ミラン・クンデラの試みを中心に」（平成二六〜二九年度）の研究成果をもとに書き下ろしたものである。研究者のみならず一般の読者にもわかりやすいように、テーマを抽象的な印象のある「笑いとメランコリー」から誰にとっても身近な問題として捉えやすい「ナルシシズム」にフォーカスすることとし、クンデラの小説の紹介を通して現実の様々な社会問題や人生そのものについて考えることのできるような書物を目指した。なお、本書は静岡大学情報学研究科の平成二九年度出版助成によって刊行される。

私がクンデラを研究しようと思ったきっかけは、卒業論文のテーマを探していた大学四年生のときにさかのぼる。時間をかけて研究をするのならば、書きながら自分自身についても何か知ることができるようなテーマがよいなどと、今思うと自意識過剰気味なことを考えて選んだ作家がクンデラだった。最初に読んだのは『存在の耐えられない軽さ』だったが、登場人物のテレザを通して描かれる身体と心の不一致の問題が強く私を惹きつけた。身体が自分自身の忠実な再現であって欲しいという願望と、それとは裏腹に理性ではコントロールできない身体の生理現象。当時、何か身体的な問題に悩まされていたわけではないと思うが、私の中で言葉にすらならずにもやもやとしていた違和感が、クンデラの小説の中で的確かつ軽妙に言い表されているのを読んで、「そうだったのか」と啓示にも似た驚きを感じたのを覚えている。恋人との再会の抱擁でテレザのお腹が鳴るなど、ロマンチックなシーンをぶち壊しにするようなクンデラ的展開も痛快だった。

卒業論文では『存在の耐えられない軽さ』と『不滅』における「顔と自我」の関係を扱ったが、このテレザのお腹の音や『冗談』のヘレナの下痢のシーンなどに代表される幻想が打ち砕かれるときの独特のユーモアはどこか病みつきになるところがあり、大学院進学後はクンデラの小説に特有の「笑い」を考察したいと考えるようになった。とはいえ「笑い」というテーマは修士論文で扱うにはあまりにも大きく無謀に思われたため、修士論文ではクンデラの小説における登場人物のいくつかの類型に注目し、偶発的に割り当てられた顔や身体の特徴、単純なイメージによってステレオタイプに還元されてしまう登場人物の「生」の皮肉や不条理を明らかにした。交換留学生として在籍したスイスのジュネーヴ大学では、登場人物自身に自己をステレオタイプに投影し、他者に誇示したいという自己演出性があることを考察した。これが、登場人物のナルシシズムを取り上げた本書の第一部の出発点となっている。そして、ストラスブール大学において博士論文に着手し、自己愛ゆえに破滅する登場人物の悲喜劇、その様子をユーモアと皮肉たっぷりに観察する語り手、この語り手に投影される小説家クンデラのナルシシズムに対する抵抗と諦観の三点の分析および考察を通してクンデラの小説世界に漂う笑いとメランコリーを追究した。

留学先がジュネーヴとストラスブールであると言うと、二つとも中心から外れた国境沿いの街だがクンデラの研究と何か関係があるのかと聞かれることがある。クンデラのフランスへの移住、二つの言語と二つの文化の中間にある越境状態、周縁から物事を観察する醒めた眼差しなどを踏まえた問いだと思われるが、どちらかというと答えは「いいえ」だ。ジュネーヴ大学は交換留学先としての枠があったからで、ストラスブール大学はヨーロッパ文学というコンテクストの中でクンデラやムージル、ゴンブローヴィッチなど中欧の作家を扱うドゥテュランス先生のもとで研究を進めたかったからだ。しかし、どこか「国」の意識を忘れさせる、穏やかなこの二つの街でのんびりと研究をしながら、パリでなくてよかったと思ったのも事実である。

ストラスブールに留学中、チェコのブルノにあるマサリク大学のサマースクールにも参加した。ブルノはクンデラの生まれた街だが、この街で、共産主義時代を思わせる古ぼけた画一的な建物の一室で共同生活を営み、日用品を買い、ホスポダ（チェコの居酒屋）でビールを注文するのはわくわくする日々だった。もちろん日中はチェコ語の勉強に励んだ。チェコ語の教科書の「最上級」を学ぶ単元で、『冗談』はミラン・クンデラの最も優れた小説である」という文章があったときには思わず笑ってしまった。この『冗談』を原作とする映画をはじめ、様々なチェコ映画を滞在中鑑賞したが、チェコ人が、日本的感覚なら思わず眉をひそめたり、かわいそうだと思ったりするような場面（病人や怪我人が出てくる場面など）で突然大笑いするのを見て、これがチェコのブラックユーモアかと感心した。また、サマースクールの最終日の夜、教師と生徒全員で行ったディスコで、軍隊を思わせる厳格な発音の指導をする女の先生が弾けたように踊りまくっていたときは、クロウトヴォルが言う「メランコリーと誇張された陽気さ」ではないが、慎重さの背後に隠された陽気さとでも言えるようなチェコ的な気質が垣間見えたような気がした。

　こうして振り返ってみるとクンデラ、正確に言えばクンデラの小説のことばかりを考えて過ごした十数年だった。研究だけに限らず、普段の生活においてもいつもクンデラの小説の言葉が寄り添っていたように思う。効率主義に陥りそうになったときに小川の流れる野原に横たわるアニエスを思い出してみたり、怒りの感情に押し流されそうなときに「このままだとリートストになる」と気を取り直したり、傲慢さや虚栄心が頭をもたげてくるようなときにポントヴァンの知恵に思いを馳せたりしてきた。クンデラの小説は私にとって、地に足をつけ、心の平安を取り戻させてくれるものだった。今回、日々重ねてきた考察が本として一つの形にまとまり、この上ない嬉しさを感じている。

　本書がこうして無事刊行されるのは、多くの方のご助力あってのことである。ストラスブール大学で博士論文の指導教員となってくださったパスカル・ドゥテュランス先生、ジュネーヴ大学でＤＥＡ（博士予備課程）論文の指導をしてくださったロラン・ジェニー先生、学部生時代から今に至るまで温かく見守ってくださっている塚本昌則先生をはじめとする東京大学仏文研究室の先生方に心から謝意を表したい。特にドゥテュランス先生には論文指導のみならず、シンポジウムの企画や文学部での授業担当などチャレンジ精神を刺激するような貴重な機会をいただいた。先生の誠実で前向きな姿勢に倣い、研究者そして教育者としてより精進を重ねていきたい。

クンデラ研究に十五年以上携わってきた中でお世話になった西永良成先生、本書の出版計画に際して成文社の南里功氏を紹介してくださり、研究上の的確なアドヴァイスも多くいただいた石川達夫先生にも深く感謝申し上げる。

博士論文を提出し、それを一冊の本として刊行するまで五年近くかかった。この間、私を支え、励まし、理解を示してくれた静岡大学情報学部の同僚の先生方、友人、両親、そして夫と娘にもありがとうを伝えたい。

最後に、クンデラについての本を出版するという私の夢を叶えてくださった成文社の南里功氏に特別の感謝を。ちょうど今から一年前の三月にいただいた南里さんの「出版できる」という言葉を呪文のように心の中で唱えながら、毎夜寝静まった家でパソコンを開いた。

二〇一八年三月、浜松にて

ローベル柊子

著者紹介

ローベル（田中）柊子（ローベル（タナカ）シュウコ）

1981年東京生まれ。2011年東京大学大学院博士課程人文社会系研究科単位取得退学。2013年ストラスブール大学比較文学研究科博士課程修了。博士（比較文学）。2012年より静岡大学情報学部専任講師、准教授を経て、2018年より東洋大学経済学部准教授。専攻はフランス文学、比較文学、ヨーロッパ文学・文化。主な論文に「ミラン・クンデラとチェコ文化の平民的伝統」『スラヴ学論集』（第17号、2014年）、「ミラン・クンデラにおける越境とローカル性」『フランス語フランス文学研究』（第106号、2015年）がある。

ミラン・クンデラにおけるナルシスの悲喜劇

2018年3月31日　初版第1刷発行

著　者　ローベル柊子
装幀者　山田英春
発行者　南里　功

発行所　成文社

〒240-0003 横浜市保土ヶ谷区天王町 2-42-2
電話 045 (332) 6515
振替 00110-5-363630
http://www.seibunsha.net/

落丁・乱丁はお取替えします

組版　編集工房 dos.
印刷・製本　シナノ

Printed in Japan

ISBN978-4-86520-027-0 C0098

歴史・文学

マサリクとの対話

哲人大統領の生涯と思想

カレル・チャペック著　石川達夫訳

Ａ５判上製
３４４頁
３８００円
978-4-915730-03-0

チェコスロヴァキアを建国させ、両大戦間の時代に奇跡的な繁栄と民主主義を現出させた哲人大統領の生涯と思想を、「ロボット」の造語で知られるチャペックが描いた大ベストセラー。伝記文学の傑作として名高い原著に、詳細な訳注をつけ初訳。各紙誌絶賛。　１９９３

文学

ポケットのなかの東欧文学

ルネッサンスから現代まで

飯島周、小原雅俊編

四六判上製
５６０頁
５０００円
978-4-915730-56-6

隠れた原石が放つもうひとつのヨーロッパの息吹。四十九人の著者による詩、小説、エッセイを一堂に集めたアンソロジー。目を閉じてページをめくると、そこは、どこか懐かしい、それでいて新しい世界。ポケットから語りかける、知られざる名作がここにある。　２００６

芸術・文学

イジー・コラーシュの詩学

阿部賢一著

Ａ５判上製
４５２頁
８４００円
978-4-915730-51-1

チェコに生まれたイジー・コラーシュは「コラージュ」の詩人である。かれはコラージュという芸術手法を造形芸術のみならず、言語芸術においても考察し、体系的に検討した。ファシズムとスターリニズムの時代を生きねばならなかった芸術家の詩学の全貌。　２００６

文学

チェスワフ・ミウォシュ詩集

関口時正・沼野充義編

四六判上製
２０８頁
２０００円
978-4-915730-87-0

ポーランドで自主管理労組《連帯》の活動が盛り上がりを見せる一九八〇年、亡命先のアメリカでノーベル文学賞を受賞し、一躍世界に名を知られることとなったチェスワフ・ミウォシュ。かれの生誕百年を記念して編まれた訳詩集。　２０１１

歴史・文学

暗黒 上巻

18世紀、イエズス会とチェコ・バロックの世界

アロイス・イラーセク著　浦井康男訳

Ａ５判上製
４０８頁
５４００円
978-4-86520-019-5

フスによる宗教改革の後いったんは民族文化の大輪の花を咲かせたものの独立を失い、ハプスブルク家の専制とイエズス会による再カトリック化の中で言語と民族文化が衰退していったチェコ史の暗黒時代。史実を基に周到に創作された、本格的な長編歴史小説。　２０１６

歴史・文学

暗黒 下巻

18世紀、イエズス会とチェコ・バロックの世界

アロイス・イラーセク著　浦井康男訳

Ａ５判上製
３６８頁
４６００円
978-4-86520-020-1

物語は推理小説並みの面白さや恋愛小説の要素も盛り込みつつ、いよいよ佳境を迎える。隠れフス派への弾圧が最高潮に達した18世紀前半の宗教・文化・社会の渾然一体となった状況が、立場を描き分けられた登場人物たちの交錯により、詳細に描写されていく。　２０１６

SEIBUNSHA

出版案内
2017

ゲルゲティ村のサメバ教会（『アレクサンドレ・カズベギ作品選』カバーより）

成文社

〒 240-0003　横浜市保土ヶ谷区天王町 2-42-2

Tel. 045-332-6515　Fax. 045-336-2064　URL http://www.seibunsha.net/

価格はすべて本体価格です。末尾が◎の書籍は電子媒体（PDF）となります。

歴史

栗生沢猛夫著

『ロシア原初年代記』を読む

キエフ・ルーシとヨーロッパ、あるいは「ロシアとヨーロッパ」についての覚書

A5判上製貼函入 1056頁 16000円

978-4-86520-011-9

キエフ・ルーシの歴史は、スカンディナヴィアからギリシアに至る南北の道を中心として描かれてきた。本書は従来見過ごされがちであった西方ヨーロッパとの関係（東西の道）に重点をおいて見直し、ロシアがヨーロッパの一員として歴史的歩みを始めたことを示していく。 2015

歴史

R・G・スクルィンニコフ著　栗生沢猛夫訳

イヴァン雷帝

四六判上製 400頁 3690円

978-4-915730-07-8

テロルは権力の弱さから発し一度始められた強制と暴力の支配はやがて権力の統制から外れそれ自体の論理で動きだす――イヴァン雷帝とその時代は、今日のロシアを知るうえでも貴重な示唆を与え続ける。朝日、読売、日経、産経など各紙誌絶賛のロングセラー。 1994

歴史

長縄光男著

評伝ゲルツェン

A5判上製 560頁 6800円

978-4-915730-88-7

トム・ストッパード「コースト・オブ・ユートピア」の主人公の本邦初の本格的評伝。十九世紀半ばという世界史の転換期に「人間の自由と尊厳」の旗印を掲げ、ロシアとヨーロッパを駆け抜けたロシア最大の知識人の壮絶な生涯を鮮烈に描く。 2012

歴史

大野哲弥著

国際通信史でみる明治日本

A5判上製 304頁 3400円

978-4-915730-95-5

明治初頭の国際海底ケーブルの敷設状況、それを利用した岩倉使節団と留守政府の交信、台湾出兵時の交信、樺太千島交換交渉に関わる日露間の交信、また日露戦争時の新技術無線電信の利用状況等の史実を明らかにしつつ、政治、外交、経済の面から、明治の日本を見直す。 2012

歴史

稲葉千晴著

バルチック艦隊ヲ捕捉セヨ

海軍情報部の日露戦争

四六判上製 312頁 3000円

978-4-86520-016-4

新発見の史料を用い、日本がいかにしてバルチック艦隊の情報を入手したかを明らかにし、当時の海軍の情報戦略を解明していく。さらに世界各地の情報収集の現場を訪れ、集められた情報の信憑性を確認。日本海軍がどれほどの勝算を有していたか、を導き出していく。 2016

歴史

松村正義著

日露戦争一〇〇年

新しい発見を求めて

四六判上製 256頁 2000円

978-4-915730-40-5

日露戦争から一〇〇年を経て、ようやく明らかにされてきた真実を紹介する。講和会議を巡る日露および周辺諸国の虚々実々の駆け引き。前世紀末になって開放された中国、ロシアの戦跡訪問で分かった事。歴史的遺産を丹念に発掘し、改めて日露戦争の現代的意義を問う。 2003

歴史

マツヤマの記憶
日露戦争一〇〇年とロシア兵捕虜
松山大学編

四六判上製
２４０頁
２０００円
978-4-915730-45-0

マツヤマ！　そう叫んで投降するロシア兵がいたという。国際法を遵守して近代国家を目指した日本。実際に捕虜を迎えた市民たち。捕虜受け入れの実相、国内の他の収容所との比較、日露の収容所比較、ロシア側からの視点などを包摂して、その実態を新たに検証する。　２００４

歴史

日露戦争研究の新視点
日露戦争研究会編

Ａ５判上製
５４４頁
６０００円
978-4-915730-49-8

戦争に大きく関わっていた欧米列強。戦場となった朝鮮半島と中国。戦いの影響を受けざるをえなかったアジア諸国。当事国であった日露、とくにロシア側の実態を明らかにするとともに、従来の研究に欠けていた新たな視角と方法を駆使して百年前の戦争の実相に迫る。　２００５

歴史

日露戦争と日本在外公館の“外国新聞操縦”
松村正義著

Ａ５判上製
３２８頁
３８００円
978-4-915730-82-5

極東の小国日本が大国ロシアに勝利するために採った外交手段のひとつが“外国新聞操縦”であった。現在では使われなくなったこの用語の内実に迫り、戦争を限定戦争として世界大戦化させないため、世界中の日本の在外公館で行われた広報外交の実相に迫る。　２０１０

歴史

「帝国」の黄昏、未完の「国民」
日露戦争・第一次革命とロシアの社会
土屋好古著

Ａ５判上製
３５２頁
６０００円
978-4-915730-93-1

日露戦争がロシアに問いかけたもの——それは、「帝国」という存在の困難と「国民」形成という課題であった。日露戦争を「長い一九世紀」という歴史的文脈の中に位置づけて、自由主義者たちの「下から」の国民形成の模索と第一次革命の意味を論じる。　２０１２

歴史

ロシアの失墜
届かなかった一知識人の声
Ｅ・Ｊ・ディロン著　成田富夫訳

Ａ５判上製
５１２頁
６０００円
978-4-86520-006-5

十九世紀半ば、アイルランドに生まれた著者は、ロシアへと深く入り込んでいく。ウィッテの側近にもなっていた彼は、帝政ロシアの崩壊に直面。ロシアが生まれ変わろうとするとき、それはロシア民衆にとって幸せなことか、未知なるものへの懐疑と願望を吐露していく。　２０１４

歴史・文学

トルストイ　新しい肖像
Ｅ・Ｊ・ディロン著　成田富夫訳

四六判上製
３４４頁
３４００円
978-4-86520-024-9

アイルランド生まれの著者は、十九世紀末葉、世界的に名を馳せていたトルストイとの関係を築いていく。文学作品の翻訳から始まり、トルストイと彼を取り巻く人々との交わりは、著者ならではの体験と観測とを育んでいく。新たなトルストイ像が形造られていく。　２０１７

歴史

「北洋」の誕生

場と人と物語

神長英輔著

A5判上製
280頁
3500円
978-4-86520-008-9

北洋とは何か、北洋漁業とは何か。十九世紀半ば以降のその通史（＝場）を概観し、そこに関わった人物たちの生涯（＝人）を辿りながら、北洋（漁業）の歴史の語り方そのもの（＝物語）を問うていく。いまなお形を変えながら語り継がれている物語に迫る。 2014

歴史

「ロシア・モダニズム」を生きる

日本とロシア、コトバとヒトのネットワーク

太田丈太郎著

A5判上製
424頁
5000円
978-4-86520-009-6

一九〇〇年代から三〇年代まで、日本とロシアで交わされた、そのネットワークに迫る。個々のヒトの、作品やコトバの関わり、その彩りゆたかなネットワーク。それらを本邦初公開の資料を使って鮮やかに蘇らせる。掘り起こされる日露交流新史。 2014

歴史

トナカイ王

北方先住民のサハリン史

N・ヴィシネフスキー著　小山内道子訳

四六判上製
224頁
2000円
978-4-915730-52-8

サハリン・ポロナイスク（敷香）の先住民集落「オタス」で「トナカイ王」と呼ばれたヤクート人ドミートリー・ヴィノクーロフ。かれは故郷ヤクーチア（現・サハ共和国）の独立に向け、日本の支援を求めて活動した。戦前、日本とソ連に翻弄された北方先住民たちの貴重な記録。 2006

歴史・文学

始まったのは大連だった

リュドミーラの恋の物語

リディア・ヤーストレボヴァ著　小山内道子訳

四六判上製
240頁
2000円
978-4-915730-91-7

大連で白系ロシア人の裕福な家庭に育ったミーラ。日本降伏後に進攻してきたソ連軍の将校サーシャ。その出会い、別離、そして永い時を経ての再会。物語は、日本人の知らなかった満州、オーストラリア、ソ連を舞台に繰り広げられる。 2012

歴史

日露交流都市物語

沢田和彦著

A5判上製
424頁
4200円
978-4-86520-003-4

江戸時代から昭和時代前半までの日露交流史上の事象と人物を取り上げ、関係する都市別に紹介。国内外の基本文献はもとより、日本正教会機関誌の記事、外事警察の記録、各地の郷土資料、ロシア語雑誌の記事、全国・地方紙の記事を利用し、多くの新事実を発掘していく。 2014

歴史

白系ロシア人と日本文化

沢田和彦著

A5判上製
392頁
3800円
978-4-915730-58-0

ロシア革命後に故国を離れた人びとの多くは自国の風俗、習慣を保持しつつ、長い年月をかけて世界各地に定着、同化、それぞれの国や地域の政治・経済・文化の領域において多様な貢献をなしてきた。日本にやってきたかれらが残した足跡を精緻に検証する。 2007 ◎

歴史

ニコライ堂遺聞

長縄光男著

四六判上製
416頁
3800円
978-4-915730-57-3

明治という新しい時代の息吹を胸に、その時代の形成に何ほどかの寄与をなさんとした人々。祖国を離れ新生日本の誕生に己の人生をかけたロシア人たちと、その姿に胸打たれ後を追った日本人たち。ニコライ堂に集った人々の栄光、挫折、そして再生が描かれる。　2007

歴史

ポダルコ・ピョートル著

白系ロシア人とニッポン

A5判上製
224頁
2400円
978-4-915730-81-8

来日した外国人のなかで、ロシア人が最も多かった時代があった。一九一七年の十月革命後に革命軍に抗して戦い、敗れて亡命した白系ロシア人たちだ。ソ連時代には顧みられなかった彼らを、日露関係史を専門とするロシア人研究者が入念に掘り起こして紹介する。　2010

歴史

満洲の中のロシア

境界の流動性と人的ネットワーク

生田美智子編

A5判上製
304頁
3400円
978-4-915730-92-4

満洲は、白系ロシアとソヴィエトロシアが拮抗して共存する世界でも類を見ない空間であった。本書は、その空間における境界の流動性や人的ネットワークに着目、生き残りをかけたダイナミズムを持つものとして、様々な角度から照射していく。　2012

歴史

ロシア革命史

R・パイプス著　西山克典訳

A5判上製
446頁
5000円
978-4-915730-25-2

秘匿されていたレーニン文書の閲読、革命の対象としてのより広い時間の枠組、対象内容の広汎さ――。二十世紀末葉にして初めて駆使できる資料と方法とで描かれる一大叙事詩。革命とは？　それが作り上げた体制とは？　求められ反芻される問いへの導きの書。　2000

歴史・思想

ボリス・ブルツクスの生涯と思想

民衆の自由主義を求めて

森岡真史著

A5判上製
456頁
4400円
978-4-915730-94-8

ソ連社会主義の同時代における透徹した批判者ボリス・ブルツクスの本邦初の本格的研究。ブルツクスがネップ下のロシアで、また国外追放後に亡命地で展開したソヴェト経済の分析と批判の全体像を、民衆に根ざした独自の自由主義経済思想とともに明らかにする。　2012

歴史

在外ロシア正教会の成立

移民のための教会から亡命教会へ

近藤喜重郎著

A5判上製
280頁
3200円
978-4-915730-83-2

革命によって離散を余儀なくされたロシア正教会の信徒たち。国内外で起きたさまざまな出来事が正教会の分裂と統合を促していく。その歴史を辿るなかで、在外ロシア正教会の指導者たちがいかにして信徒たちを統率しようとしていったのかを追う。　2010

歴史

クレムリンの子どもたち

V・クラスコーワ編　太田正一訳

A5判上製
446頁
5000円
978-4-915730-24-5

「子どもたちこそ輝く未来！」――だが、この国の未来はそら恐ろしいものになってしまった。秘密警察長官ジェルジーンスキイから大統領ゴルバチョフまで、歴代の赤い貴族の子どもたちを通して、その「家族の記録」すなわち「悲劇に満ちたソ連邦史」を描き尽くす。　1998

歴史

スターリンとイヴァン雷帝

スターリン時代のロシアにおけるイヴァン雷帝崇拝

モーリーン・ペリー著　栗生沢猛夫訳

四六判上製
432頁
4200円
978-4-915730-71-9

国家建設と防衛、圧制とテロル。矛盾に満ちたイヴァン雷帝の評価は、その時代の民衆と為政者によって、微妙に、そして大胆に変容を迫られてきた。スターリン時代に、その跡を辿る。国家、歴史、そしてロシアを考えるうえで、示唆に満ちた一冊。　2009

歴史

さまざまな生の断片

ソ連強制収容所の20年

J・ロッシ著　外川継男訳　内村剛介解題

四六判上製
208頁
1942円
978-4-915730-16-0

フランスに生まれ、若くしてコミュニストとなり、スパイ容疑でソ連で逮捕。以降二十四年の歳月を収容所で送った著者が、その経験した出来事を赤裸々に、淡々と述べた好編。スターリン獄の実態、そしてソ連邦とは何だったのかを考えるうえでも示唆的な書。　1996　◎

歴史・思想

サビタの花

ロシア史における私の歩み

外川継男著

四六判上製
416頁
3800円
978-4-915730-62-7

若き日にロシア史研究を志した著者は、まずアメリカ、そしてフランスに留学。ロシアのみならずさまざまな地域を訪問することで、ロシア・ソ連邦史、日露関係史に関する独自の考えを形成していく。訪れた地域、文明、文化、そして接した人びとの姿が生き生きと描かれる。　2007

歴史

日本領樺太・千島からソ連領サハリン州へ

一九四五年―一九四七年

エレーナ・サヴェーリエヴァ著　小山内道子訳　サハリン・樺太史研究会監修

A5判上製
192頁
2200円
978-4-86520-014-0

日本領樺太・千島がソ連領サハリン州へ移行する過程は、ソ連時代には半ばタブーであった。公文書館に保存されていた「極秘」文書が一九九二年に公開され、ようやくその全容が知られることになる。民政局によって指導された混乱の一年半を各方面において再現、検証する。　2015

歴史

異郷に生きる
来日ロシア人の足跡
長縄光男、沢田和彦編
A5判上製 274頁 2800円
978-4-915730-29-0

日本にやって来たロシア人たち――その消息の多くは知られていない。かれらは、文学、思想、芸術の分野だけでなく、日常生活の次元において、いかなる痕跡をとどめているのか。数奇な運命を辿った人びとの足跡を追うとともに、かれらが見た日本を浮かび上がらせる。 2001

歴史

異郷に生きるII
来日ロシア人の足跡
中村喜和、長縄光男、長與進編
A5判上製 274頁 2800円
978-4-915730-38-2

数奇な運命を辿ったロシアの人びとの足跡。それは、時代に翻弄されながらも、人としてしたたかに、そして豊かに生きた記録でもある。日本とロシアの草の根における人と人との交流の跡を辿ることで、異郷としての日本をも浮かび上がらせる。好評の第二弾―― 2003

歴史

遥かなり、わが故郷
異郷に生きるIII
中村喜和、安井亮平、長縄光男、長與進編
A5判上製 294頁 3000円
978-4-915730-48-1

鎖国時代の日本にやってきたロシアの人や文化。開国後に赴任したペテルブルクで榎本武揚が見たもの。大陸や半島、島嶼で出会うことになる日露の人々と文化の交流。日本とロシアのあいだで交わされた跡を辿ることで、日露交流を多面的に描き出す、好評の第三弾―― 2005

歴史

異郷に生きるIV
来日ロシア人の足跡
中村喜和、長縄光男、ポダルコ・ピョートル編
A5判上製 250頁 2600円
978-4-915730-69-6

ポーランド、東シベリア、ウラジヴォストーク、北朝鮮、南米、北米。ロシア、函館、東京、ソ連、そしてキューバ。時代に翻弄され、数奇な運命を辿ることになったロシアの人びと。さまざまな地域、時代における日露交流の記録を掘り起こして好評のシリーズ第四弾―― 2008

歴史

異郷に生きるV
来日ロシア人の足跡
中村喜和、長縄光男、ポダルコ・ピョートル編
A5判上製 360頁 3600円
978-4-915730-80-1

幕末の開港とともにやって来て発展したロシア正教会。日露戦争、日露協商、ロシア革命、大陸での日ソの対峙、そして戦後。その間にも多様な形で続けられてきた交流の歴史。さまざまな地域、時期における日露交流の記録を掘り起こして好評のシリーズ第五弾―― 2010

歴史

異郷に生きるVI
来日ロシア人の足跡
中村喜和、長縄光男、沢田和彦、ポダルコ・ピョートル編
A5判上製 368頁 3600円
978-4-86520-022-5

近代の歴史の中で、ともすれば反目しがちであった日本とロシア。時代の激浪に流され苦難の道を辿ることになったロシアの人々を暖かく迎え入れた日本の人々。さまざまな地域、さまざまな時期における日露交流の記憶を掘り起こす好評のシリーズ、最新の論集―― 2016

歴史

R・リケット著　青山孝徳訳

オーストリアの歴史

四六判並製
208頁
1942円
978-4-915730-12-2

中欧の核であり、それゆえに幾多の民族の葛藤、類のない統治を経てきたオーストリア。そのケルト人たちが居住した古代から、ハプスブルク帝国の勃興、繁栄、終焉、そして一次、二次共和国を経て現代までを描いた、今まで日本に類書がなかった通史。　1995

歴史

H・バラージュ・エーヴァ著　渡邊昭子、岩崎周一訳

ハプスブルクとハンガリー

四六判上製
416頁
4000円
978-4-915730-39-9

中央ヨーロッパに巨大な版図を誇ったハプスブルク君主国。本書は、その啓蒙絶対主義期について、幅広い見地から詳細かつ精緻に叙述する。君主国内最大の領域を有し、王国という地位を保ち続けたハンガリーから眺めることで、より生き生きと具体的にその実像を描く。　2003

歴史

松家仁著

統制経済と食糧問題

第一次大戦期におけるポズナン市食糧政策

A5判上製
304頁
3200円
978-4-915730-32-0

十八世紀末葉のポーランド分割でドイツに併合されたポズナン。本書は、第一次大戦下、そこで行われた戦時統制経済を具体的に描き出し、分析していく。そこには、民族、階級の問題など、それ以降の統制経済に付き纏うさまざまな負の遺産の萌芽がある――。　2001

歴史

亀田真澄著

国家建設のイコノグラフィー

ソ連とユーゴの五カ年計画プロパガンダ

A5判上製
184頁
2200円
978-4-86520-004-1

ユーゴスラヴィア第一次五カ年計画のプロパガンダは、ソ連の第一次・第二次五カ年計画とはいかに異なる想像力のうえになされていたのか。それぞれのメディアで創りだされる視覚表象を通し、国家が国民をどのようにデザインしていったのかを解明していく。　2014

歴史

ジークフリート・ナスコ著　青山孝徳訳

カール・レンナー

1870―1950

四六判上製
208頁
2000円
978-4-86520-013-3

オーストリア＝ハンガリー帝国に生まれ、両大戦間には労働運動、政治の場で生き、そして大戦後のオーストリアを国父として率いたレンナー。本書は、その八十年にわたる生涯を、その時々に国家が直面した問題と、それに対するかれの対応とに言及しながら記述していく。　2015

歴史

ヤーン・ユリーチェク著　長與進訳

彗星と飛行機と幻の祖国と

ミラン・ラスチスラウ・シチェファーニクの生涯

A5判上製
336頁
4000円
978-4-86520-012-6

スロヴァキアの小さな村に生まれ、天文学の道へ。パリ―アルプス―南米―タヒチと世界を巡り、第一次大戦時にはフランス軍でパイロットとして活躍。そして、マサリク、ベネシュとともにチェコスロヴァキア建国に専念していく。その数奇な生涯をたどる。　2015

社会思想

黒滝正昭著

私の社会思想史

マルクス、ゴットシャルヒ、宇野弘蔵等との学問的対話

A5判上製
488頁
4800円
978-4-915730-75-7

「初期マルクス」の思想形成過程から入って、宇野弘蔵、ヒルファーディング等現代社会思想の森林の迷路を旅する。服部文男・ゴットシャルヒの導きで学問的対話の域に達した著者四十五年間の、研究の軌跡と問いかけ。 2009

歴史・思想

小沼堅司著

ユートピアの鎖

全体主義の歴史経験

四六判上製
296頁
2500円
978-4-915730-41-2

マルクス＝レーニン主義のドグマと「万世一党」支配の下で起っていた多くの悲劇。本書は、スターリンとその後の体制がもったメカニズムを明らかにするとともに、ドストエフスキー、ジイド、オーウェルなどいち早くそこに潜む悲劇性を看取した人びとの思想を紹介する。 2003

歴史・思想

A・シュタイン著　倉田稔訳

ヒルファディング伝

ナチズムとボルシェヴィズムに抗して

B6変並製
112頁
1200円
978-4-915730-00-9

名著『金融資本論』の著者としてだけでなく、社会民主主義を実践し大戦間の大蔵大臣を務めるなど党指導者・政治家として幅広く活躍したヒルファディング。ナチズムによる非業の死で終った彼の生涯を、個人的な思い出とともに盟友が鮮やかに描き尽くす。 1988

歴史・思想

倉田稔著

マルクス『資本論』ドイツ語初版

B6判変形
36頁
300円
978-4-915730-18-4

小樽商科大学図書館には、世界でも珍しいリーナ・シェーラー宛マルクス自署献呈本がある。この本が、シェーラーに献呈された経緯と背景、また日本の図書館に入って来ることになった数奇な経緯をエピソードとともに辿る。不朽の名著に関する簡便な説明を付す。 1997

歴史

倉田稔著

ハプスブルク・オーストリア・ウィーン

四六判上製
192頁
1500円
978-4-915730-31-3

中央ヨーロッパに永らく君臨したハプスブルク帝国。その居城であったウィーンは、いまでも多くの文化遺産を遺した、歴史に彩られた都である。その地に三年居住した著者が、歴史にとどまらず、多方面から独自の視点でオーストリア、ウィーンを描きだす。 2001

歴史・思想

倉田稔著

ルードルフ・ヒルファディング研究

四六判上製
240頁
2400円
978-4-915730-85-6

二十世紀前半の激動の時代に、ヒルファディングは初めマルクスに従いながら創造的な研究をし、そしてマルクスを超える視点を見出した。『金融資本論』の著者は、新しい現実をユニークに分析し、とりわけナチズムとソ連体制を冷静に観察し、批判した人物でもある。 2011

歴史・思想

倉田稔著

ヨーロッパ社会思想 小樽

私のなかの歴史

四六判上製
２５６頁
２０００円
978-4-915730-99-3

学問への目覚めから、ヨーロッパを中心とする社会思想史、そして小林多喜二論、日本社会論へと続く、著者の学問的足跡をたどる。『北海道新聞』に連載された記事（２０１１年）に大きく加筆して再構成。また、留学したヨーロッパでの経験を、著者独自の眼差しで描く。２０１３

歴史・思想

倉田稔著

マルクス主義

四六判並製
１６０頁
１２００円
978-4-86520-002-7

マルクス主義とは何か。その成り立ちから発展、変遷を、歴史上の思想、人物、事象を浮き彫りにしながら辿る。かつ、現代の世界情勢について、マルクス主義の視座から、グローバルにそして歴史を踏まえつつ分け入っていく。今日的課題を考えるときの一つの大きな視点。２０１４

歴史・思想

N・K・ミハイロフスキー著　石川郁男訳

進歩とは何か

Ａ５判上製
２５６頁
４８５４円
978-4-915730-06-1

個人を神聖不可侵とし、個人と人民を労働を媒介として結び付け、社会主義を「共同体的原理による個人的原理の勝利」とする。この思想の出発点が本書でありナロードニキ主義の古典である。その本邦初訳に加え、訳者「生涯と著作」所収。待望の本格的研究。１９９４

歴史・思想

高野雅之著

ロシア「保守反動」の美学

レオンチエフの生涯と思想

四六判上製
２４０頁
２４００円
978-4-915730-60-3

十九世紀ロシアの特異な人物であり、今日のロシアでブームを呼び起こしているレオンチエフの波乱にみちた生涯を追う。そして思想家としてのかれのなかに、すなわちその政論と歴史哲学のなかに、「美こそすべての基準」という独自の美学的世界観を跡づけていく。２００７

歴史・思想

浜由樹子著

ユーラシア主義とは何か

四六判上製
３０４頁
３０００円
978-4-915730-78-8

ロシアはヨーロッパでもアジアでもないユーラシアである。ソ連邦崩壊後にロシア内外で注目を集めたこの主張は、一九二〇年代のロシア人亡命者の中から生まれた思想潮流に源を発している。その歴史的起源を解明し、戦間期国際関係史の中への位置づけを図る。２０１０

歴史・思想

デイヴィド・シンメルペンニンク＝ファン＝デル＝オイェ著　浜由樹子訳

ロシアのオリエンタリズム

ロシアのアジア・イメージ、ピョートル大帝から亡命者まで

Ａ５判上製
３５２頁
４０００円
978-4-86520-000-3

敵か味方か、危険か運命か、他者か自己か。ロシアにとってアジアとは。他のヨーロッパ人よりもはるかに東方に通じていたロシア人が、オリエントをいかに多様な色相で眺めてきたかを検証。ユーラシア史、さらには世界史を考えようとする人には必読の書（杉山正明氏）。２０１３

歴史・思想

ロシア社会思想史 上巻
インテリゲンツィヤによる個人主義のための闘い
イヴァーノフ゠ラズームニク著　佐野努・佐野洋子訳

A5判上製
616頁
7400円
978-4-915730-97-9

ロシア社会思想史はインテリゲンツィヤによる人格と人間の解放運動史である。ラジーシェフ、デカブリストから、西欧主義とスラヴ主義を総合してロシア社会主義を創始するゲルツェンを経て、革命的民主主義者チェルヌイシェフスキーへとその旗は受け継がれていく。　2013

歴史・思想

ロシア社会思想史 下巻
インテリゲンツィヤによる個人主義のための闘い
イヴァーノフ゠ラズームニク著　佐野努・佐野洋子訳

A5判上製
584頁
7000円
978-4-915730-98-6

人間人格の解放をめざす個人主義のための闘い。倫理的個人主義を高唱したトルストイとドストエフスキー、社会学的個人主義を論証したミハイローフスキー。「大なる社会性」と「絶対なる個人主義」の結合というロシア社会主義の尊い遺訓は次世代の者へと託される。　2013

歴史・文学

監獄と流刑
イヴァーノフ゠ラズームニク回想記
松原広志訳

A5変上製
376頁
5000円
978-4-86520-017-1

帝政ロシアの若き日に逮捕、投獄された著者は、物理学徒からナロードニキ主義の作家・思想家の途へ転じ、その著作で頭角を現す。革命後のロシアでは反革命の嫌疑をかけ続けられ、革命と戦争の激動の時代に三度の投獄・流刑の日々を繰り返した。その壮絶な記録。　2016

歴史・思想

ロシアとヨーロッパⅠ
ロシアにおける精神潮流の研究
T・G・マサリク著　石川達夫訳

A5判上製
376頁
4800円
978-4-915730-34-4

第1部「ロシアの歴史哲学と宗教哲学の諸問題」では、ロシア精神を理解するために、ロシア国家の起源から第一次革命に至るまでのロシア史を概観する。第2部「ロシアの歴史哲学と宗教哲学の概略」では、チャアダーエフからゲルツェンまでの思想家たちを検討する。　2002

歴史・思想

ロシアとヨーロッパⅡ
ロシアにおける精神潮流の研究
T・G・マサリク著　石川達夫・長與進訳

A5判上製
512頁
6900円
978-4-915730-35-1

第2部「ロシアの歴史哲学と宗教哲学の概略」（続き）では、バクーニンからミハイローフスキーまでの思想家、反動家、新しい思想潮流を検討。第3部第1編「神権政治対民主主義」では、西欧哲学と比較したロシア哲学の特徴を析出し、ロシアの歴史哲学的分析を行う。　2004

歴史・思想

ロシアとヨーロッパⅢ
ロシアにおける精神潮流の研究
T・G・マサリク著　石川達夫・長與進訳

A5判上製
480頁
6400円
978-4-915730-36-8

第3部第2編「神をめぐる闘い。ドストエフスキー」は、本書全体の核となるドストエフスキー論であり、ドストエフスキーの思想を批判的に分析する。第3編「巨人主義かヒューマニズムか。プーシキンからゴーリキーへ」では、ドストエフスキー以外の作家たちを論じる。　2005

歴史・思想

A・F・ローセフ著　大須賀史和訳
神話学序説
表現・存在・生活をめぐる哲学

四六判上製
322頁
3000円
978-4-915730-54-2

スターリン体制が確立しようとする一九二〇年代後半、ソ連に現れた哲学の巨人ローセフ。革命前「銀の時代」の精神をバックグラウンドに、ギリシア哲学、ロシア正教、宗教哲学、西欧哲学に通暁した著者が、革命の時代に抗いながら提起した哲学的構想の一つ。　2006

歴史・思想

御子柴道夫著
ロシア宗教思想史

四六判上製
304頁
2500円
978-4-915730-37-5

神を論じることは人間を論じること、神を信じることは人間を信じること。ロシア正教一千年の歴史のなかで伝統として蓄積され、今なおその底流に生き続ける思想とはなにか。ビザンチン、ヨーロッパ、ロシアの原資料を渉猟し、対話することで、その思想の本質に迫る。　2003

歴史・思想

御子柴道夫編
ロシア革命と亡命思想家
1900―1946

A5判上製
432頁
4000円
978-4-915730-53-5

革命と戦争の時代を生きたロシアの思想家たちが、その雰囲気を語り、その社会に訴えかけた諸論文を紹介する。その背後には、激しい時代の奔流の中で何かを求めて耳傾けている切迫した顔の聴衆が見える。時代を概観できる詳細な年表、各論文の丁寧な解題を付す。　2006

歴史・文学

川崎隆司著
原典によるロシア文学への招待
古代からゴーゴリまで

四六判上製
336頁
3200円
978-4-915730-70-2

古代から近代までのロシア文学・思想を、その特異な歴史的背景を解説しながら、それぞれの代表的作品の原典を通して紹介。文学を理解するために一番大切なことはなによりも原典を読むことであるとする著者が、独自の視点で描く。　2008

歴史・文学

白倉克文著
近代ロシア文学の成立と西欧

四六判上製
256頁
3000円
978-4-915730-28-3

カラムジン、ジュコフスキー、プーシキン、ゴーゴリ。ロシア文学の基礎をなし、世界的現象にまで高めたかれらは、いかにして西欧と接し、どのようなものを享受したのか。西欧世界の摂取を通じ、近代の相克そのものを体験せねばならなかったロシアを微細に描きだす。　2001

歴史・文学

白倉克文著
ラジーシチェフからチェーホフへ
ロシア文化の人間性

四六判上製
400頁
4000円
978-4-915730-84-9

十八世紀から二十世紀にかけてのロシア文化が、思想・文学を中心に据えて、絵画や音楽も絡めながら、複合的・重層的に紹介される。そこに通底する身近な者への愛、弱者との共感という感情、そうした人間への眼差しを検証していく。　2011

歴史・文学

ロシア出版文化史
十八世紀の印刷業と知識人

ゲーリー・マーカー著　白倉克文訳

A5判上製
400頁
4800円
978-4-86520-007-2

近代ロシアの出版業はピョートル大帝の主導で端緒が開かれ、十八世紀末には全盛期を迎えた。この百年間で出版業の担い手は次々に移り変わったが、著者はその紆余曲折を、政治・宗教・教育との関係のなかに丹念に検証していく。特異で興味深いロシア社会史。　2014

歴史・文学

森と水と日の照る夜
セーヴェル民俗紀行

M・プリーシヴィン著　太田正一訳

A5変上製
320頁
3107円
978-4-915730-14-6

知られざる大地セーヴェル。その魂の水辺に暮らすのは、泣き女、呪術師、隠者、分離派、世捨て人、そして多くの名もなき人びと…。実存の人、ロシアの自然の歌い手が白夜に記す「愕かざる鳥たちの国」の民俗誌。一九〇六年夏、それは北の原郷への旅から始まった。　1996

自然・文学

プリーシヴィンの森の手帖

M・プリーシヴィン著　太田正一編訳

四六判上製
208頁
2000円
978-4-915730-73-3

ロシアの自然のただ中にいた！　生きとし生けるものをひたすら観察し洞察し表現し、そのなかに自らと同根同種の血を感受する歓び、優しさ、またその厳しさ。生の個性の面白さをとことん愉しみ、また生の孤独の豊かさを味わい尽くす珠玉の掌編。　2009

歴史・民俗

ロシア民衆挽歌
セーヴェルの葬礼泣き歌

中堀正洋著

四六判上製
288頁
2800円
978-4-915730-77-1

世界的に見られる葬礼泣き歌を十九世紀ロシアに検証する。天才的泣き女と謳われたフェドソーヴァの泣き歌を中心に、時代とセーヴェル（ロシア北部地方）という特殊な地域の民間伝承、民俗資料を用い、当時の民衆の諸観念と泣き歌との関連を考察していく。　2010

歴史・文学

イワンのくらし いまむかし
ロシア民衆の世界

中村喜和編

四六判上製
272頁
2718円
978-4-915730-09-2

ロシアで「ナロード」と呼ばれる一般の民衆＝イワンたちはどんな生活をしているだろうか？　「昔ばなし」「日々のくらし」「人ともの」「植物誌」「旅の記録」。五つの日常生活の視点によってまとめられた記録、論稿が、ロシア民衆の世界を浮かび上がらせる。　1994

文学

村の生きものたち

V・ベローフ著　中村喜和訳

B6判上製
160頁
1500円
978-4-915730-19-1

ひとりで郵便配達をした馬、もらわれていった仔犬に乳をやりにいく母犬、屋根に登ったヤギのこと……。「魚釣りがとりもつ縁」で北ロシアの農村に暮らす動物好きのフェージャと知り合った「私」が、村のさまざまな動物たちの姿を見つめて描く詩情豊かなスケッチ集。　1997

文学

大森雅子著

時空間を打破する ミハイル・ブルガーコフ論

A5判上製
448頁
7500円
978-4-86520-010-2

二十世紀ロシア文学を代表する作家の新たな像の構築を試みる。代表作に共通するモチーフやテーマが、当時のソ連の社会、文化の中でどのように形成され、初期作品から生涯最後の長篇小説『巨匠とマルガリータ』にいかに結実していったのかを明らかにする。 2014

文学

S・ドヴラートフ著　沼野充義訳

わが家の人びと

ドヴラートフ家年代記

四六判上製
224頁
2200円
978-4-915730-20-7

祖父達の逸話に始まり、ドヴラートフ家の多彩な人々の姿を鮮やかに描きながら、アメリカに亡命した作者に息子が生まれるまで、四代にわたる年代記が繰り広げられる。その語りは軽やかで、ユーモアに満ち、どこまで本当か分からないホラ話の呼吸で進んでいく。 1997

文学

S・ドヴラートフ著　ペトロフ＝守屋愛訳　沼野充義解説

かばん

四六判上製
224頁
2200円
978-4-915730-27-6

ソ連からアメリカへ旅行鞄一つで亡命したドヴラートフ。彼がそのかばんをニューヨークで開いたとき、そこに見出したのは、底の抜けた陽気さと温かさ、それでいてちょっぴり悲しいソビエトでの思い出の数々だった。独特のユーモアとアイロニーの作家、本邦第二弾。 2000

文学

竹内恵子著

廃墟のテクスト

亡命詩人ヨシフ・ブロツキイと現代

四六判上製
336頁
3400円
978-4-915730-96-2

ソ連とアメリカ、東西陣営の両端から現代社会をアイロニカルに観察するという経験こそ、戦後の文化的廃墟から出発した彼を世界的詩人へと押し上げていく。ノーベル賞詩人の遺したテクストを読み解く本邦初の本格的研究。「極上の講義を受けている気分」（管啓次郎氏）。 2013

歴史・文学

高橋誠一郎著

ロシアの近代化と若きドストエフスキー

「祖国戦争」からクリミア戦争へ

四六判上製
272頁
2600円
978-4-915730-59-7

祖国戦争から十数年をへて始まりクリミア戦争の時期まで続いたニコライ一世（在位一八二五―五五年）の「暗黒の三〇年」。父親との確執、そして初期作品を詳しく分析することで、ドストエフスキーが「人間の謎」にどのように迫ったのかを明らかにする。 2007

歴史・文学

高橋誠一郎著

黒澤明で「白痴」を読み解く

四六判上製
352頁
2800円
978-4-915730-86-3

「白痴」の方法や意義を深く理解していた黒澤映画を通し、登場人物の関係に注目しつつ「白痴」を具体的に読み直す―。ロシアの「キリスト公爵」とされる主人公ムィシキンの謎に迫るだけでなく、その現代的な意義をも明らかにしていく。 2011

歴史・文学

高橋誠一郎著

黒澤明と小林秀雄

「罪と罰」をめぐる静かなる決闘

四六判上製
304頁
2500円
978-4-86520-005-8

一九五六年十二月、黒澤明と小林秀雄は対談を行ったが、残念ながらその記事が掲載されなかったため、詳細は分かっていない。共にドストエフスキーにこだわり続けた両雄の思考遍歴をたどり、その時代背景を探ることで「対談」の謎に迫る。　2014

文学

長瀬隆著

ドストエフスキーとは何か

四六判上製
448頁
4200円
978-4-915730-67-2

全作品を解明する鍵ドヴォイニーク（二重人、分身）は両義性を有する非合理的な言葉である。唯一絶対神を有りとする非合理な精神はこの一語の存在と深く結びついている。ドストエフスキーの偉大さはこの問題にこだわり、それを究極まで追及したことにある。　2008

文学

木下豊房著

近代日本文学とドストエフスキー

夢と自意識のドラマ

四六判上製
336頁
3301円
978-4-915730-05-4

二×二が四は死の始まりだ。近代合理主義への抵抗と、夢想、空想、自意識のはざまでの葛藤。ポリフォニックに乱舞し、苦悩するドストエフスキーの子供たち。近代日本の作家、詩人に潜在する「ドストエフスキー的問題」に光を当て、創作意識と方法の本質に迫る。　1993

文学

木下豊房著

ドストエフスキー その対話的世界

四六判上製
368頁
3600円
978-4-915730-33-7

現代に生きるドストエフスキー文学の本質を作家の対話的人間観と創作方法の接点から論じる。ロシアと日本の研究史の水脈を踏まえ、創作理念の独創性とその深さに光をあてる。国際化する研究のなかでの成果。他に、興味深いエッセイ多数。　2002

文学

木下宣子著

ロシアの冠毛

A5判上製
112頁
1800円
978-4-915730-43-6

著者は二十世紀末の転換期のロシアを三度にわたって訪問。日本人として、日本の女性として、ロシアをうたった。そこに一貫して流れるのは、混迷する現代ロシアの身近な現実を通して、その行く末を温かく見つめようとする詩人の魂である。精霊に導かれた幻景の旅の詩。　2003

歴史・芸術

イメージのポルカ

スラヴの視覚芸術

近藤昌夫、渡辺聡子、角伸明、大平美智代、加藤純子著

A5判上製 272頁 2800円
978-4-915730-68-9

聖像画イコン、シャガール、カンディンスキーの絵画、ノルシュテイン、シュヴァンクマイエルのアニメ、ペトルーシュカやカシュパーレクなどの喜劇人形──聖と俗の様々な視覚芸術を触媒に、スラヴ世界の共通性とともに民族の個性を追い求める六編を収録。

2008

文学

新編 ヴィーナスの腕

J・サイフェルト詩集 飯島周訳

四六変上製 160頁 1600円
978-4-915730-26-9

詩人の全作品を通じて流れるのは『この世の美しきものすべて』、特に女性の美しさと自由に対するあこがれ、愛と死の織りなす人世模様や不条理を、日常的な言葉で表現しようとする努力である。ノーベル文学賞を受賞したチェコの国民的詩人の本領を伝える新編選集。

2000

文学

チェスワフ・ミウォシュ詩集

関口時正・沼野充義編

四六判上製 208頁 2000円
978-4-915730-87-0

ポーランドで自主管理労組《連帯》の活動が盛り上がりを見せる一九八〇年、亡命先のアメリカでノーベル文学賞を受賞し、一躍世界に名を知られることとなったチェスワフ・ミウォシュ。かれの生誕百年を記念して編まれた訳詩集。

2011

文学

ポケットのなかの東欧文学

ルネッサンスから現代まで

飯島周、小原雅俊編

四六判上製 560頁 5000円
978-4-915730-56-6

隠れた原石が放つもうひとつのヨーロッパの息吹。四十九人の著者による詩、小説、エッセイを一堂に集めたアンソロジー。目を閉じてページをめくると、そこは、どこか懐かしい、それでいて新しい世界。ポケットから語りかける、知られざる名作がここにある。

2006

芸術・文学

ブルーノ・シュルツの世界

加藤有子編

A5判上製 252頁 3000円
978-4-86520-001-0

シュルツの小説は、現在四十ちかくの言語に訳され、世界各地で作家や芸術家にインスピレーションを与えている。そのかれは画業も残した。かれのガラス版画、油彩を収録するほか、作品の翻案と翻訳、作品が各所に与えた影響を論じるエッセイ、論考を集める。

2013

歴史・文学

バッカナリア 酒と文学の饗宴

沓掛良彦・阿部賢一編

四六判上製 384頁 3000円
978-4-915730-90-0

「酒」を愛し、世界の「文学」に通じた十二名の論考による「饗宴」。世界各地の文学作品で言及される酒を、縦横に読解していく。盃を片手に、さらなる読書へと誘うブックガイドも収録。酒を愛し、詩と小説を愛するすべての人に捧げる。

2012

歴史・文学

アロイス・イラーセク著　浦井康男訳

暗黒 上巻

18世紀、イエズス会とチェコ・バロックの世界

A5判上製
408頁
5400円
978-4-86520-019-5

フスによる宗教改革の後いったんは民族文化の大輪の花を咲かせたものの独立を失い、ハプスブルク家の専制とイエズス会による再カトリック化の中で言語と民族文化が衰退していったチェコ史の暗黒時代。史実を基に周到に創作された、本格的な長編歴史小説。　2016

歴史・文学

アロイス・イラーセク著　浦井康男訳

暗黒 下巻

18世紀、イエズス会とチェコ・バロックの世界

A5判上製
368頁
4600円
978-4-86520-020-1

物語は推理小説並みの面白さや恋愛小説の要素も盛り込みつつ、いよいよ佳境を迎える。隠れフス派への弾圧が最高潮に達した18世紀前半の宗教・文化・社会の渾然一体となった状況が、立場を描き分けられた登場人物たちの交錯により、詳細に描写されていく。　2016

文学

ペトル・クラール著　阿部賢一訳

プラハ

四六判上製
208頁
2000円
978-4-915730-55-9

パリへ亡命した詩人が、故郷プラハを追憶するとき、かつてない都市の姿が浮かび上がってくる。さりげない街の光景に、詩人は、いにしえの都市が発するメッセージを読み取っていく。夢想と現実を行き来しながら、百塔の都プラハの魅力を伝えてくれる珠玉のエッセイ。　2006

歴史・文学

エマヌエル・フリンタ著　ヤン・ルカス写真　阿部賢一訳

プラハ　カフカの街

菊判上製
192頁
2400円
978-4-915730-64-1

プラハ生まれのドイツ語作家フランツ・カフカ。彼のテクストに刻印された都市を、世紀末プラハを知悉する批評家エマヌエル・フリンタが解読していく。世紀転換期における都市の社会・文化的位相の解読を試みる画期的論考。写真家ヤン・ルカスによる写真を多数収録。　2008

芸術・文学

阿部賢一著

イジー・コラーシュの詩学

A5判上製
452頁
8400円
978-4-915730-51-1

チェコに生まれたイジー・コラーシュは「コラージュ」の詩人である。かれはコラージュという芸術手法を造形芸術のみならず、言語芸術においても考察し、体系的に検討した。ファシズムとスターリニズムの時代を生きねばならなかった芸術家の詩学の全貌。　2006

文学

アヴィグドル・ダガン著　阿部賢一他訳

古いシルクハットから出た話

四六判上製
176頁
1600円
978-4-915730-63-4

世界各地を転々とした外交官が〈古いシルクハット〉を回すとき、都市の記憶が数々の逸話とともに想い起こされる。様々な都市と様々な人間模様――。プラハに育ち、イスラエルの外交官として活躍したチェコ語作家アヴィグドル・ダガンが綴る晩年の代表的な短編集。　2008

文学

アレクサンドレ・カズベギ作品選

三輪智恵子訳　ダヴィド・ゴギナシュヴィリ解説

四六判上製
288頁
3000円
978-4-86520-023-2

ジョージア（旧グルジア）の古典的著名作家の本邦初訳作品選。グルジア出身のスターリンもよく読んでいたことが知られている。ジョージア人の慣習や気質に触れつつ、ロシアに併合された時代の民衆の苦しい生活を描いた作品が多い。四つの代表的短編を訳出。　2017

文学

イヴァン・ツァンカル作品選

イヴァン・ゴドレール、佐々木とも子訳　鈴木啓世画

四六判上製
176頁
1600円
978-4-915730-65-8

四十年間働き続けたあなたの物語——労働と刻苦の末、いまや安らかな老後を迎えるばかりのひとりの農夫。しかし彼の目の前に突き出されたのはあまりにも意外な報酬だった。スロヴェニア文学の巨匠が描く豊かな抒情性と鋭い批判精神に満ちた代表作他一編。　2008

文学

慈悲の聖母病棟

イヴァン・ツァンカル著　佐々木とも子、イヴァン・ゴドレール訳　鈴木啓世画

四六判上製
208頁
2000円
978-4-915730-89-4

町を見下ろす丘の上に佇む慈悲の聖母会修道院——その附属病棟の一室に十四人の少女たちがベッドを並べている。丘の下の俗世を逃れたアルカディアのような世界で四季は夢見るように移り変わり、少女たちの静謐な日々が流れていくが……。　2011

文学

新版 ファンタジー文学の世界へ

主観の哲学のために

工藤左千夫著

四六判上製
160頁
1600円
978-4-915730-42-9

ファンタジーは現代への警鐘の文学であるとする著者が、J・R・R・トールキン、C・S・ルイス、フィリパ・ピアス、神沢利子、M・エンデ、プロイスラー、宮沢賢治、ル・グウィンなどの東西の著名な作品を読み解き、そのなかで、主観の哲学獲得のための糸口を探る。　2003

文学

すてきな絵本にであえたら

絵本児童文学基礎講座Ｉ

工藤左千夫著

四六判並製
192頁
1600円
978-4-915730-46-7

小樽の絵本・児童文学研究センターで長年にわたって開講され、好評を得ている基礎講座の待望の活字化。第一巻の本巻は、就学前の児童にどのような絵本を、どのように読み聞かせたらよいのかを解説する。母親が子どもと一緒に学んでいくための必携、必読の書。　2004

文学

本とすてきにであえたら

絵本児童文学基礎講座II

工藤左千夫著

四六判並製
200頁
1600円
978-4-915730-66-5

絵本・児童文学研究センター基礎講座の第二弾。本巻は、就学後の児童にどのような本を与えたらよいのかを解説する。情操の必要性、第二次反抗期と秘密、社会性の意味、自尊の必要性など、子どもの成長に合わせ、そして自己実現へ向けた本との出会いを考えていく。　2008

文学

だから子どもの本が好き

工藤直子、斎藤惇夫、藤田のぼる、工藤左千夫、中澤千磨夫著

四六判上製
176頁
1600円
978-4-915730-61-0

私は何故子どもの本が好きか、何故子どもと子どもの本にかかわるのか、子どもの本とは何か——。五人の著者たちが、多くの聴衆を前に、この難問に悪戦苦闘し、それぞれの立場、それぞれの方法で、だから子どもの本が好き!、と答えようとした記録。

2007

文学

シベリアから還ってきたスパイ

南裕介著

四六判上製
340頁
1600円
978-4-915730-50-4

敗戦後シベリアに抑留され、ソ連によってスパイに仕立てられた日本人。帰国したかれらを追う米進駐軍の諜報機関、その諜報機関の爆破を企む反米過激派組織。戦後まもなく日本で起きたスパイ事件をもとに、敗戦後の日本の挫折と復活というテーマを独自のタッチで描く。

2005

国際理解

国際日本学入門

トランスナショナルへの12章

横浜国立大学留学生センター編

四六判上製
232頁
2200円
978-4-915730-72-6

横浜国立大学で六十数カ国の留学生と日本人学生がともに受講することのできる「国際理解」科目の人気講義をもとに執筆された論文集。対峙する複数の目=「鏡」に映り、照らし合う認識。それが相互に作用し合う形で、「日本」を考える。

2009

哲学

素朴に生きる

大森荘蔵の哲学と人類の道

佐藤正衞著

四六判上製
256頁
2400円
978-4-915730-74-0

大森哲学の地平から生を問う! 戦後わが国の最高の知性の一人である大森荘蔵と正面からとり組んだ初めての書。大森が哲学的に明らかにした人間経験の根本的事実を、人類の発生とともに古い歴史をもつ狩猟採集文化の時代にまでさかのぼって検証する。

2009

芸術

ロシアの演劇教育

マイヤ・コバヒゼ著 鍋谷真理子訳

A5判上製
228頁
2000円
978-4-86520-021-8

ロシアの演劇、演劇教育は、ロシア文化と切っても切り離せない重要な要素であり、独自の貢献をしている。ロシアの舞台芸術に長く関わってきた著者が、劇場、演劇教育機関、その俳優教育メソッドを紹介し、ロシアの演劇教育の真髄に迫る。

2016

歴史・思想

石川達夫著

マサリクとチェコの精神

アイデンティティと自律性を求めて

A5判上製
310頁
3800円
978-4-915730-10-8

マサリクの思想が養分を吸い取り、根を下ろす土壌となったチェコの精神史とはいかなるものであり、彼はそれをいかに見て何を汲み取ったのか？　宗教改革から現代までのチェコ精神史をマサリクの思想を織糸として読み解く。サントリー学芸賞・木村彰一賞同時受賞。

1995

歴史・文学

カレル・チャペック著　石川達夫訳

マサリクとの対話

哲人大統領の生涯と思想

A5判上製
344頁
3800円
978-4-915730-03-0

チェコスロヴァキアを建国させ、両大戦間の時代に奇跡的な繁栄と民主主義を現出させた哲人大統領の生涯と思想を、「ロボット」の造語で知られるチャペックが描いた大ベストセラー。伝記文学の傑作として名高い原著に、詳細な訳注をつけ初訳。各紙誌絶賛。

1993

チャペック小説選集

珠玉の作品を選んで編んだ本邦初の小説集

【全6巻】

子どもの頃に出会って、生涯忘れることのない作家。今なお世界中で読み継がれている、チェコが生んだ最高の才人。そして「ロボット」の造語で知られるカレル・チャペック。文学史上名高い哲学三部作を含む珠玉の作品を選んで、作家の本領を伝える。

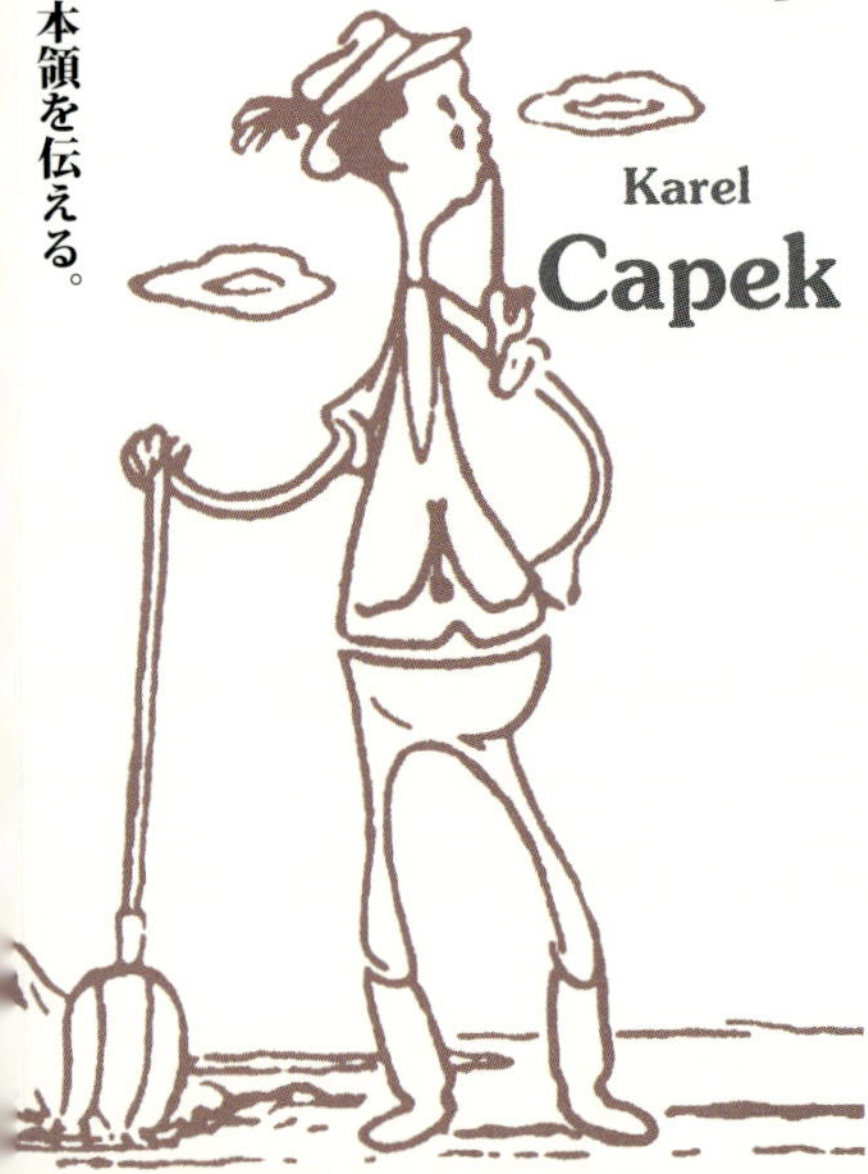

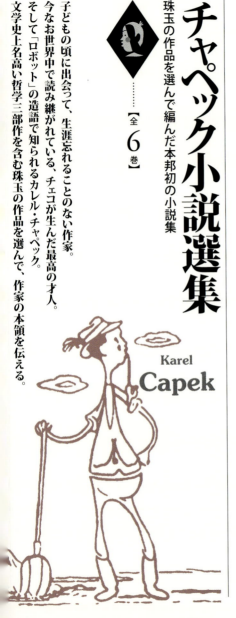

文学

①受難像

K・チャペック著　石川達夫訳

四六判上製
200頁
1942円
978-4-915730-13-9

人間が出会う、謎めいた現実。その前に立たされた人間の当惑、真実を探りつつもつかめない人間の苦悩を描いた13編の哲学的・幻想的短編集。真実とは何か、人間はいかにして真実に至りうるかというテーマを追求した、実験的な傑作。

1995

文学

②苦悩に満ちた物語

K・チャペック著　石川達夫訳

四六判上製
184頁
1942円
978-4-915730-17-7

妻の不貞の結果生まれた娘を心底愛していた父は笑われるべきか？　外的な状況からはつかめない人間の内的な真実や、ジレンマに立たされ、相対的な真実の中で決定的な決断を下せない人間の苦悩などを描いた9編の中短編集。

1996

文学

③ホルドゥバル

K・チャペック著　飯島周訳

四六判上製
216頁
2136円
978-4-915730-11-5

アメリカでの出稼ぎから帰ってくると、家には若い男が住み込んでいて、妻も娘もよそよそしい……。献身的な愛に生きて悲劇的な最期を遂げた男の運命を描きながら、真実の測り難さと認識の多様性というテーマを展開した3部作の第1作。

1995

文学

④流れ星

K・チャペック著　飯島周訳

四六判上製
228頁
2233円
978-4-915730-15-3

飛行機事故のために瀕死の状態で病院に運び込まれた身元不明の患者X。看護婦、超能力者、詩人それぞれがこの男の人生を推理し、様々な展開をもつ物語とする。一人の人間の運命を多角的に捉えようとした作品であり、3部作の第2作。

1996

文学

⑤平凡な人生

K・チャペック著　飯島周訳

四六判上製
224頁
2300円
978-4-915730-21-4

「平凡な人間の一生も記録されるべきだ」と考えた一人の男の自伝。その記録をもとに試みられる人生の様々な岐路での選択の可能性の検証。3部作の最後の作品であり、哲学的な相対性と、それに基づく人間理解の可能性の認知に至る。

1997

文学

⑥外典

K・チャペック著　石川達夫訳

四六判上製
240頁
2400円
978-4-915730-22-1

聖書、神話、古典文学、史実などに題材をとり、見逃されていた現実を明るみに出そうとするアイロニーとウィットに満ちた29編の短編集。絶対的な真実の強制と現実の一面的な理解に対して、各人の真実の相対性と現実の多面性を示す。

1997

日露戦争研究の新視点 …… 3
日露戦争と日本在外公館の“外国新聞操縦” …… 3
日露戦争の秘密 …… *
日露戦争 100 年 …… 3
日本領樺太・千島からソ連領サハリン州へ …… 6

は行

廃墟のテクスト …… 14
始まったのは大連だった …… 4
バッカナリア　酒と文学の饗宴 …… 16
白系ロシア人とニッポン …… 5
白系ロシア人と日本文化 …… 4
ハプスブルク・オーストリア・ウィーン …… 9
ハプスブルクとハンガリー …… 8
遥かなり、わが故郷 …… 7
バルチック艦隊ヲ捕捉セヨ …… 2
評伝ゲルツェン …… 2
ヒルファディング伝 …… 9
ファンタジー文学の世界へ …… *
プラハ …… 17
プラハ　カフカの街 …… 17
プリーシヴィンの森の手帖 …… 13
古いシルクハットから出た話 …… 17
ブルーノ・シュルツの世界 …… 16
平凡な人生 …… 21
ベーベルと婦人論 …… *
「北洋」の誕生 …… 4
ポケットのなかの東欧文学 …… 16
ボリス・ブルツクスの生涯と思想 …… 5
ホルドゥバル …… 21
本とすてきにであえたら …… 18

ま行

マサリクとチェコの精神 …… 20
マサリクとの対話 …… 20
マツヤマの記憶 …… 3
マルクス『資本論』ドイツ語初版 …… 9
マルクス主義 …… 10
満洲の中のロシア …… 5
村の生きものたち …… 13
森と水と日の照る夜 …… 13

や行

ユートピアの鎖 …… 9
ユーラシア主義とは何か …… 10
ヨーロッパ　社会思想　小樽 …… 10

ら行

ラジーシチェフからチェーホフへ …… 12
ルードルフ・ヒルファディング研究 …… 9
ロシア革命史 …… 5
ロシア革命と亡命思想家 …… 12
『ロシア原初年代記』を読む …… 2
ロシア社会思想史 上巻 …… 11
ロシア社会思想史 下巻 …… 11
ロシア宗教思想史 …… 12
ロシア出版文化史 …… 13
ロシアとヨーロッパⅠ …… 11
ロシアとヨーロッパⅡ …… 11
ロシアとヨーロッパⅢ …… 11
ロシアの演劇教育 …… 19
ロシアのオリエンタリズム …… 10
ロシアの冠毛 …… 15
ロシアの近代化と若きドストエフスキー …… 14
ロシアの失墜 …… 3
ロシア「保守反動」の美学 …… 10
ロシア民衆挽歌 …… 13
「ロシア・モダニズム」を生きる …… 4

わ行

わが家の人びと …… 14
私の社会思想史 …… 9
わたしの歩んだ道 …… *

書名索引

＊は現在品切れです。

あ行

アレクサンドレ・カズベギ作品選 …… 18
暗黒 上巻 …… 17
暗黒 下巻 …… 17
イヴァン・ツァンカル作品選 …… 18
イヴァン雷帝 …… 2
異郷に生きる …… 7
異郷に生きるⅡ …… 7
異郷に生きるⅣ …… 7
異郷に生きるⅤ …… 7
異郷に生きるⅥ …… 7
イジー・コラーシュの詩学 …… 17
石川啄木と小樽 …… ＊
イメージのポルカ …… 16
イワンのくらしいまむかし …… 13
インターネットの効率的学術利用 …… ＊
オーストリアの歴史 …… 8
大塚金之助論 …… ＊

か行

カール・レンナー …… 8
外典 …… 21
かばん …… 14
監獄と流刑 …… 11
近代日本文学とドストエフスキー …… 15
近代ロシア文学の成立と西欧 …… 12
苦悩に満ちた物語 …… 21
クレムリンの子どもたち …… 6
黒澤明で「白痴」を読み解く …… 15
黒澤明と小林秀雄 …… 14
原典によるロシア文学への招待 …… 12
国際通信史でみる明治日本 …… 2
国際日本学入門 …… 19
国家建設のイコノグラフィー …… 8

さ行

在外ロシア正教会の成立 …… 5
サビタの花 …… 6
さまざまな生の断片 …… 6
時空間を打破する　ミハイル・ブルガーコフ論 …… 14
慈悲の聖母病棟 …… 19
シベリアから還ってきたスパイ …… 18
受難像 …… 21
清韓論 …… ＊
人文社会科学とコンピュータ …… ＊
新編 ヴィーナスの腕 …… 16
新版 ファンタジー文学の世界へ …… 18
進歩とは何か …… 10
神話学序説 …… 12
彗星と飛行機と幻の祖国と …… 8
スターリンとイヴァン雷帝 …… 6
すてきな絵本にであえたら …… 18
素朴に生きる …… 19

た行

だから子どもの本が好き …… 18
チェスワフ・ミウォシュ詩集 …… 16
帝国主義と多民族問題 …… ＊
「帝国」の黄昏、未完の「国民」 …… 3
統制経済と食糧問題 …… 8
ドストエフスキー その対話的世界 …… 15
ドストエフスキーとは何か …… 15
トナカイ王 …… 4
トルストイ　新しい肖像 …… 3

な行

流れ星 …… 21
ニコライ堂遺聞 …… 5
日露交流都市物語 …… 4